居廉「山茶水仙圖」──居廉，廣東番禺隔山鄉人，清末廣東最重要的畫家之一，是嶺南畫派的先聲。山茶艷麗，水仙清雅，借用這幅畫作封面，用意是以這兩種花卉象徵本書的女主角袁紫衣與程靈素。

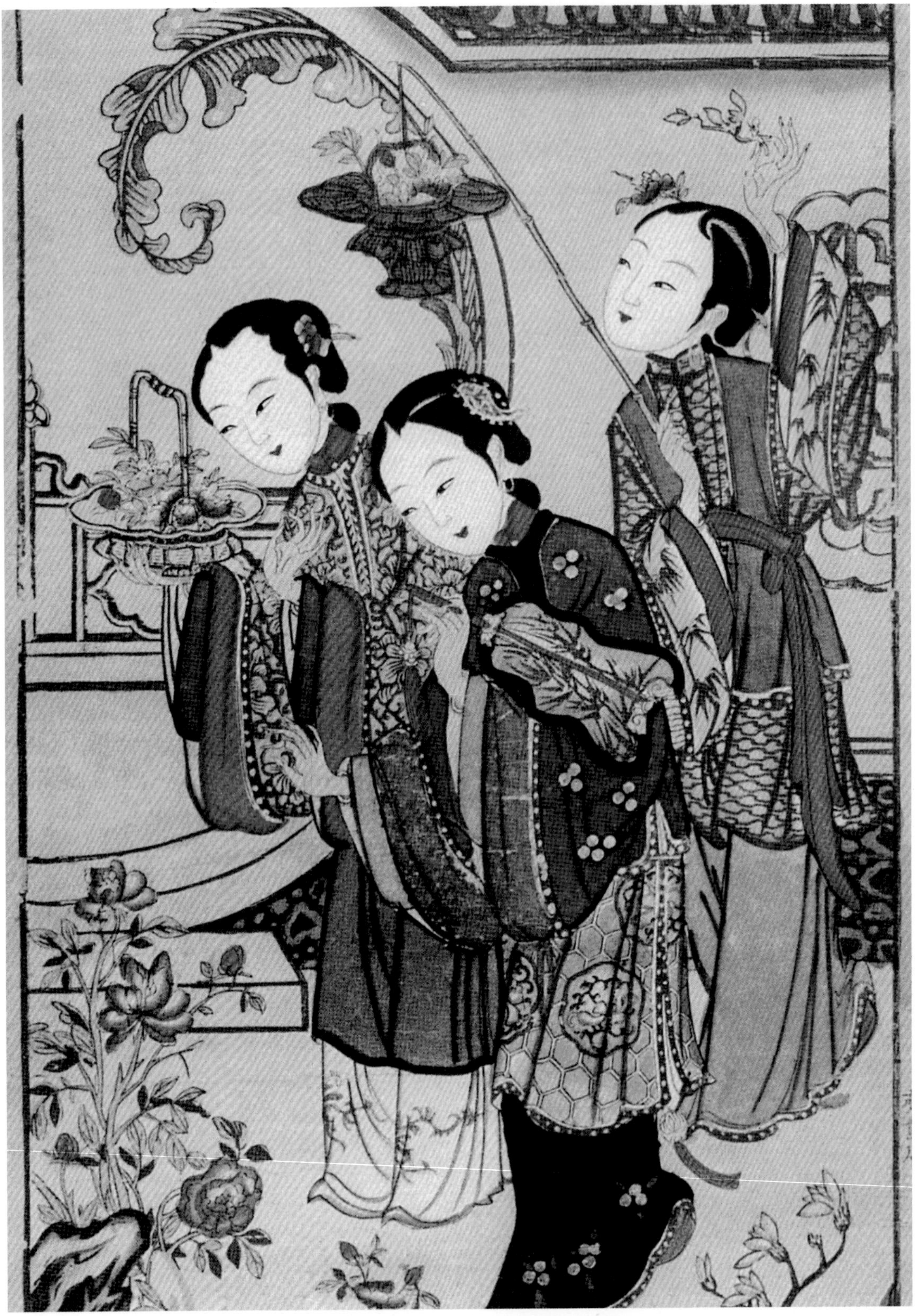

清代仕女——清代楊柳青年畫。從此圖中可以想見苗夫人南蘭、馬春花、袁紫衣等人的衣飾服裝。

梁竹亭「廣東農婦」（木雕）——梁竹亭，當代廣東雕刻家。

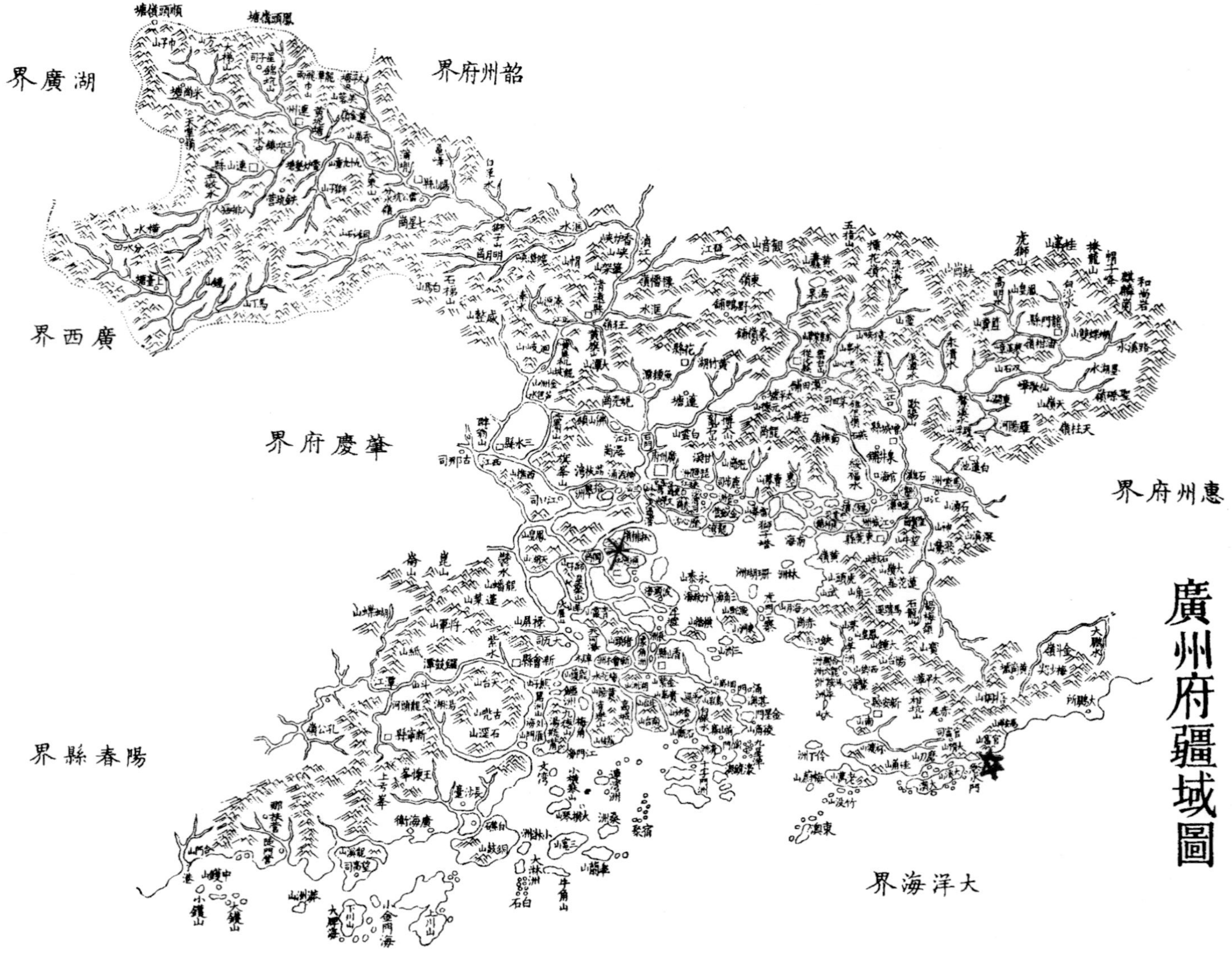

「廣州府疆域圖」——錄自《古今圖書集成》。其中紅色＊印處為佛山，胡斐大鬧之處。

★印處是香港，圖中尚無香港的名稱，但有馬鞍山、大帽山、杯渡山、大澳等名，急水門即鯉魚門。

徐琳「笛聲」(套色木刻)——徐琳，當代廣東木刻家。圖中描繪珠江三角洲夜晚水上的景色。

佛山剪紙「紙鵲」──剪紙是佛山的一種著名藝術，圖中有喜鵲、有金魚，是「喜慶有餘」的意思。喜鵲與金魚的構圖極具匠心。

佛山銅襯剪紙「唐明皇遊月宮」

陳樹人「嶺南春色」──陳樹人（1883-1948），廣東番禺人，「嶺南畫派」的中堅份子之一。本圖彩色燦爛，充分表現嶺南的鮮麗氣氛。

飛狐外傳

大字版

①鐵廳烈火

金庸

大字版金庸作品集㉗

飛狐外傳 (1)鐵廳烈火 「公元2004年金庸新修版」

The Young Flying Fox, Vol. 1

作　　者／金　庸

封面設計／唐壽南　內頁插畫／王司馬

發 行 人／王 榮 文
出版・發行／遠流出版事業股份有限公司
臺北市中山北路一段11號13樓
電話／2571-0297　**傳真**／2571-0197　**郵撥**／0189456-1

□2004年9月16日　初版一刷
□2022年4月 1 日　二版三刷

大字版 每冊*380*元（本作品全四冊，共1520元）

〔另有典藏版共36冊（不分售），平裝版共36冊，新修版共36冊，新修文庫版共72冊〕

ISBN　978-957-32-8508-3（套：大字版）
ISBN　978-957-32-8503-8（第一冊：大字版）
Printed in Taiwan

YLib 遠流博識網
http://www.ylib.com　E-mail:ylib@ylib.com

「金庸作品集」新序

金庸

小說是寫給人看的。小說的內容是人。

小說寫一個人、幾個人、一羣人、或成千成萬人的性格和感情。他們的性格和感情從橫面的環境中反映出來，從縱面的遭遇中反映出來，從人與人之間的交往與關係中反映出來。長篇小說中似乎只有《魯濱遜飄流記》，才只寫一個人，寫他與自然之間的關係，但寫到後來，終於也出現了一個僕人「星期五」。只寫一個人的短篇小說多些，尤其是近代與現代的新小說，寫一個人在與環境的接觸中表現他外在的世界、內心的世界，尤其是內心世界。有些小說寫動物、神仙、鬼怪、妖魔，但也把他們當作人來寫。

西洋傳統的小說理論分別從環境、人物、情節三個方面去分析一篇作品。由於小說作者不同的個性與才能，往往有不同的偏重。

基本上，武俠小說與別的小說一樣，也是寫人，只不過環境是古代的，主要人物是有武功的，情節偏重於激烈的鬪爭。任何小說都有它所特別側重的一面。愛情小說寫男女之間與性有關的感情，寫實小說描繪一個特定時代的環境與人物，《三國演義》與《水滸》一類小說敘述大羣人物的鬪爭經歷，現代小說的重點往往放在人物的心理過程上。

小說是藝術的一種，藝術的基本内容是人的感情和生命，主要形式是美，廣義的、美學上的美。在小說，那是語言文筆之美、安排結構之美，關鍵在於怎樣將人物的内心世界通過某種形式而表現出來。甚麼形式都可以，或者是作者主觀的剖析，或者是客觀的敘述故事，從人物的行動和言語中客觀的表達。

讀者閱讀一部小說，是將小說的内容與自己的心理狀態結合起來。同樣一部小說，有的人感到強烈的震動，有的人卻覺得無聊厭倦。讀者的個性與感情，與小說中所表現的個性與感情相接觸，產生了「化學反應」。

武俠小說只是表現人情的一種特定形式。作曲家或演奏家要表現一種情緒，用鋼琴、小提琴、交響樂、或歌唱的形式都可以，畫家可以選擇油畫、水彩、水墨、或版畫的形式。問題不在採取甚麼形式，而是表現的手法好不好，能不能和讀者、聽者、觀賞者的心靈相溝通，能不能使他的心產生共鳴。小說是藝術形式之一，有好的藝術，也有不好的藝術。

好或者不好，在藝術上是屬於美的範疇，不屬於眞或善的範疇。判斷美的標準是美，是感情，不是科學上的眞或不眞（武功在生理上或科學上是否可能），道德上的善或不善，也不是經濟上的值錢不值錢，政治上對統治者的有利或有害。當然，任何藝術作品都會發生社會影響，自也可以用社會影響的價值去估量，不過那是另一種評價。

在中世紀的歐洲，基督教的勢力及於一切，所以我們到歐美的博物院去參觀，見到所有中世紀的繪畫都以聖經故事爲題材，表現女性的人體之美，也必須通過聖母的形象。直到文藝復興之後，凡人的形象才在繪畫和文學中表現出來，所謂文藝復興，是在文藝上復興希臘、羅馬時代對「人」的描寫，而不再集中於描寫神與聖人。

中國人的文藝觀，長期以來是「文以載道」，那和中世紀歐洲黑暗時代的文藝思想是一致的，用「善或不善」的標準來衡量文藝。《詩經》中的情歌，要牽強附會地解釋爲諷刺君主或歌頌后妃。陶淵明的〈閒情賦〉，司馬光、歐陽修、晏殊的相思愛戀之詞，或者惋惜地評之爲白璧之玷，或者好意地解釋爲另有所指。他們不相信文藝所表現的是感情，認爲文字的唯一功能只是爲政治或社會價值服務。

我寫武俠小說，只是塑造一些人物，描寫他們在特定的武俠環境（中國古代的、沒有法治的、以武力來解決爭端的不合理社會）中的遭遇。當時的社會和現代社會已大不相同，人的性格和感情卻沒有多大變化。古代人的悲歡離合、喜怒哀樂，仍能在現代讀者的心靈中引起相應的情緒。讀者們當然可以覺得表現的手法拙劣，技巧不夠成熟，描寫殊不深刻，以美學觀點來看是低級的藝術作品。無論如何，我不想載甚麼道。我在寫武俠小說的同時，也寫政治評論，也寫與歷史、哲學、宗教有關的文字，那與武俠小說完全不同。涉及思想的文字，是訴諸讀者理智的，對這些文字，才有是非、眞假的判斷，讀者或許同意，或許只部份同意，或許完全反對。

對於小說，我希望讀者們只說喜歡或不喜歡，只說受到感動或覺得厭煩。我最高興的是讀者喜愛或憎恨我小說中的某些人物，如果有了那種感情，表示我小說中的人物已和讀者的心靈發生聯繫了。小說作者最大的企求，莫過於創造一些人物，使得他們在讀者心中變成活生生的、有血有肉的人。藝術是創造，音樂創造美的聲音，繪畫創造美的視覺形象，小說是想創造人物、創造故事，以及人的內心世界。假使只求如實反映外在世界，那麼有了錄音機、照相機，何必再要音樂、繪畫？有了報紙、歷史書、記錄電視片、社會調查統計、醫生的病歷紀錄、黨部與警察局的人事檔案，何必再要小說？

武俠小說雖說是通俗作品，以大衆化、娛樂性強爲重點，但對廣大讀者終究是會發生影響的。我希望傳達的主旨，是：愛護尊重自己的國家民族，也尊重別人的國家民族；和平友好，互相幫助；重視正義和是非，反對損人利己；注重信義，歌頌純眞的愛情和友誼；歌頌奮不顧身的爲了正義而奮鬥；輕視爭權奪利、自私可鄙的思想和行爲。武俠小說並不單是讓讀者在閱讀時做「白日夢」而沉緬在偉大成功的幻想之中，而希望讀者們在幻想之時，想像自己是個好人，要努力做各種各樣的好事，想像自己要愛國家、愛社會、幫助別人得到幸福，由於做了好事、作出積極貢獻，得到所愛之人的欣賞和傾心。

武俠小說並不是現實主義的作品。有不少批評家認定，文學上只可肯定現實主義一個流派，除此之外，全應否定。這等於是說：少林派武功好得很，除此之外，甚麼武當派、崆峒派、太極拳、八卦掌、彈腿、白鶴派、空手道、跆拳道、柔道、西洋拳、泰拳等等全部應當廢除取消。我們主張多元主義，既尊重少林武功是武學中的泰山北斗，而覺得別的小門派也不妨並存，它們或許並不比少林派更好，但各有各的想法和創造。愛好廣東菜的人，不必主張禁止京菜、川菜、魯菜、徽菜、湘菜、維揚菜、杭州菜、法國菜、意大利菜等等派別，所謂「蘿蔔青菜，各有所愛」是也。不必把武俠小說提得高過其應有之份，也不必一筆抹殺。甚麼東西都恰如其份，也就是了。

我寫這套總數三十六冊的《作品集》，是從一九五五年到七二年，前後約十五、六年，包括十二部長篇小說，兩篇中篇小說，一篇短篇小說，一篇歷史人物評傳，以及若干篇歷史考據文字。出版的過程很奇怪，不論在香港、臺灣、海外地區，還是中國大陸，都是先出各種各樣翻版盜印本，然後再出版經我校訂、授權的正版本。在中國大陸，在「三聯版」出版之前，只有天津百花文藝出版社一家，是經我授權而出版了《書劍恩仇錄》。他們校印認眞，依足合同支付版稅。我依足法例繳付所得稅，餘數捐給了幾家文化機構及支助圍棋活動。這是一個愉快的經驗。除此之外，完全是未經授權的，直到正式授權給北京三聯書店出版。「三聯版」的版權合同到二〇〇一年年底期滿，以後中國內地的版本由廣州出版社出版，主因是廣州、香港鄰近，業務上便於溝通合作。

翻版本不付版稅，還在其次。許多版本粗製濫造，錯訛百出。還有人借用「金庸」之名，撰寫及出版武俠小說。寫得好的，我不敢掠美；至於充滿無聊打鬥、色情描寫之作，可不免令人不快了。也有些出版社翻印香港、臺灣其他作家的作品而用我筆名出版發行。我收到過無數讀者的來信揭露，大表憤慨。也有人未經我授權而自行點評，除馮其庸、嚴家炎、陳墨三位先生功力深厚、兼又認眞其事，我深爲拜嘉之外，其餘的點評大都與作者原意相去甚遠。好在現已停止出版，出版者正式道歉，糾紛已告結束。

有些翻版本中，還說我和古龍、倪匡合出了一個上聯「冰比冰水冰」徵對，眞正是大開玩笑了。漢語的對聯有一定規律，上聯的末一字通常是仄聲，以便下聯以平聲結尾，但「冰」字屬蒸韻，是平聲。我們不會出這樣的上聯徵對。大陸地區有許許多多讀者寄了下聯給我，大家浪費時間心力。

爲了使得讀者易於分辨，我把我十四部長、中篇小說書名的第一個字湊成一副對聯：「飛雪連天射白鹿，笑書神俠倚碧鴛」。（短篇《越女劍》不包括在內，偏偏我的圍棋老師陳祖德先生說他最喜愛這篇《越女劍》。）我寫第一部小說時，根本不知道會不會再寫第二部；寫第二部時，也完全沒有想到第三部小說會用甚麼題材，更加不知道會用甚麼書名。所以這副對聯當然說不上工整，「飛雪」不能對「笑書」，「連天」不能對「神俠」，「白」與「碧」都是仄聲。但如出一個上聯徵對，用字完全自由，總會選幾個比較有意思而合規律的字。

有不少讀者來信提出一個同樣的問題：「你所寫的小說之中，你認爲哪一部最好？最喜歡哪一部？」這個問題答不了。我在創作這些小說時有一個願望：「不要重複已經寫過的人物、情節、感情，甚至是細節。」限於才能，這願望不見得能達到，然而總是朝著這方向努力，大致來說，這十五部小說是各不相同的，分別注入了我當時的感情和思想，主要是感情。我喜愛每部小說中的正面人物，爲了他們的遭遇而快樂或惆悵、悲傷，有時會非常悲傷。至於寫作技巧，後期比較有些進步。但技巧並非最重要，所重視的是個性和感情。

這些小說在香港、臺灣、中國內地、新加坡曾拍攝爲電影和電視連續集，有的還拍了三、四個不同版本，此外有話劇、京劇、粵劇、音樂劇等。跟著來的是第二個問題：「你認爲哪一部電影或電視劇改編演出得最成功？劇中的男女主角哪一個最符合原著中的人物？」電影和電視的表現形式和小說根本不同，很難拿來比較。電視的篇幅長，較易發揮；電影則受到更大限制。再者，閱讀小說有一個作者和讀者共同使人物形象化的過程，許多人讀同一部小說，腦中所出現的男女主角卻未必相同，因爲在書中的文字之外，又加入了讀者自己的經歷、個性、情感和喜憎。你會在心中把書中的男女主角和自己或自己的情人融而爲一，而每個讀者性格不同，他的情人肯定和你的不同。電影和電視卻把人物的形象固定了，觀衆沒有自由想像的餘地。我不能說那一部最好，但可以說：把原作改得面目全非的最壞，最自以爲是，最瞧不起原作者和廣大讀者。

武俠小說繼承中國古典小說的長期傳統。中國最早的武俠小說，應該是唐人傳奇的《虬髯客傳》、《紅線》、《聶隱娘》、《崑崙奴》等精彩的文學作品。其後是《水滸傳》、《三俠五義》、《兒女英雄傳》等等。現代比較認眞的武俠小說，更加重視正義、氣節、捨己爲人、鋤強扶弱、民族精神、中國傳統的倫理觀念。讀者不必過份推究其中某些誇張的武功描寫，有些事實上是不可能的，只不過是中國武俠小說的傳統。聶隱娘縮小身體潛入別人的肚腸，然後從他口中躍出，誰也不會相信是眞事，然而聶隱娘的故事，千餘年來一直爲人所喜愛。

我初期所寫的小說，漢人皇朝的正統觀念很強。到了後期，中華民族各族一視同仁的觀念成爲基調，那是我的歷史觀比較有了些進步之故。這在《天龍八部》、《白馬嘯西風》、《鹿鼎記》中特別明顯。韋小寶的父親可能是漢、滿、蒙、回、藏任何一族之人。即使在第一部小說《書劍恩仇錄》中，主角陳家洛後來也對回教增加了認識和好感。每一個種族、每一門宗教、某一項職業中都有好人壞人。有壞的皇帝，也有好皇帝；有很壞的大官，也有眞正愛護百姓的好官。書中漢人、滿人、契丹人、蒙古人、西藏人……都有好人壞人。和尚、道士、喇嘛、書生、武士之中，也有各種各樣的個性和品格。有些讀者喜歡把人一分爲二，好壞分明，同時由個體推論到整個羣體，那決不是作者的本意。

歷史上的事件和人物，要放在當時的歷史環境中去看。宋遼之際、元明之際、明清之際，漢族和契丹、蒙古、滿族等民族有激烈鬭爭；蒙古、滿人利用宗教作爲政治工具。小說所想描述的，是當時人的觀念和心態，不能用後世或現代人的觀念去衡量。我寫小說，旨在刻畫個性，抒寫人性中的喜愁悲歡。小說並不影射甚麼，如果有所斥責，那是人性中卑污陰暗的品質。政治觀點、社會上的流行理念時時變遷，不必在小說中對暫時性的觀念作價値判斷。人性卻變動極少。

在劉再復先生與他千金劉劍梅合寫的《父女兩地書》（共悟人間）中，劍梅小姐提到她曾和李陀先生的一次談話，李先生說，寫小說也跟彈鋼琴一樣，沒有任何捷徑可言，是一級一級往上提高的，要經過每日的苦練和積累，讀書不夠多就不行。我很同意這個觀點。我每日讀書至少四五小時，從不間斷，在報社退休後連續在中外大學中努力進修。這些年來，學問、知識、見解雖有長進，才氣卻長不了，因此，這些小說雖然改了三次，相信很多人看了還是要嘆氣。正如一個鋼琴家每天練琴二十小時，如果天份不夠，永遠做不了蕭邦、李斯特、拉赫曼尼諾夫、巴德魯斯基，連魯賓斯坦、霍洛維茲、阿胥肯那吉、劉詩昆、傅聰也做不成。

這次第三次修改，改正了許多錯字訛字、以及漏失之處，多數由於得到了讀者們的指正。有幾段較長的補正改寫，是吸收了評論者與研討會中討論的結果。仍有許多明顯的缺點無法補救，限於作者的才力，那是無可如何的了。讀者們對書中仍然存在的失誤和不足之處，希望寫信告訴我。我把每一位讀者都當成是朋友，朋友們的指教和關懷，自然永遠是歡迎的。

二〇〇二年四月　於香港

目錄

那高瘦大漢拉住大車，騾子再也不能向前半尺。車中美婦先行下車，走進廳去。田歸農失魂落魄般跟了進去。

第一章　大雨商家堡

「胡一刀，曲池，天樞！」

「苗人鳳，地倉，合谷！」

一個嘶啞的嗓子低聲呼叫。叫聲中充滿了怨毒和憤怒，語聲從牙齒縫中迸出來，似是千年萬年、永恆的詛咒，每一個字音上塗著血和仇恨。

突突突突四聲響，四道金光閃動，四枝金鏢連珠發出，射向兩塊木牌。

每塊木牌的正反面都繪著同樣的全身人形，一塊繪的是個濃髯粗豪大漢，旁註「胡一刀」三字；另一塊繪的是個瘦長漢子，旁註「苗人鳳」三字，人形上書明人體週身穴道。木牌下接有木柄，兩個身手矯捷的壯漢各持一牌，在練武廳中快步奔走。

大廳東北角一張椅子中坐著個五十來歲的白髮婆婆，口中喊著胡一刀或苗人鳳穴道名稱。一個二十來歲的英俊少年勁裝結束，鏢囊中帶著十幾枝金鏢，聽那婆婆喊出穴道名稱，右手急揚，一道金光射出，釘向木牌。兩名持牌壯漢頭戴鋼絲罩子，上身穿了厚棉襖再罩牛皮背心，手戴皮手套，唯恐少年失了準頭，金鏢招呼到他們身上。兩人竄高伏低，搖擺木牌，要讓他不易打中。

大廳外的窗口，伏著一個少女、一個青年漢子。兩人各在窗紙上舐濕了，弄出小孔，右眼湊著向裏偷窺。兩人見那少年身手不凡，發鏢甚準，不由得互相對望一眼，臉上都露訝異神色。

天空黑沉沉的堆滿了烏雲。大雨傾盆而下，夾著一陣陣電閃雷轟，勢道嚇人。黃豆大的雨點打在地下，唰唰聲響，直濺到窗外兩個少年男女身上。

他們都身披油布雨衣，對廳上的事很感好奇，又再湊眼到窗洞上去看時，只聽得那婆婆說道：「準頭還可將就，就是沒勁，今日就練到這裏。」說著慢慢站起。

少女拉了那漢子一把，急忙轉身，向外院走去。那漢子低聲道：「這是甚麼玩意？」那少女道：「甚麼玩意？自然是練鏢了。這人的準頭算是挺不錯了。」那漢子道：「難道練鏢我也不懂？可是木牌上幹麼寫了甚麼胡一刀、苗人鳳？」那少女道：「這就有點邪門。你不懂，我怎麼就懂了？咱們問爹爹去。」

這少女十八歲上下年紀，一張雪白晶瑩的鵝蛋臉，眼珠子黑漆漆的，兩頰暈紅，週身透著一股充滿了勁力的活潑青春氣息。那漢子濃眉大眼，比少女大著六七歲，神情粗豪，臉上生滿紫色小瘡，相貌有點醜陋，但步履輕健，精神飽滿，英氣勃勃。

兩人穿過院子，雨越下越大，潑得兩人臉上都是水珠。少女取出手帕抹去臉上水滴，紅紅白白的臉經水一洗，更顯嬌嫩。那漢子楞楞的望著她，不由得獃了。少女側過頭來，故意歪了雨笠，讓笠上雨水流入了他衣領。那漢子看得出神，竟自不覺。那少女噗哧一笑，輕輕叫了聲：「傻瓜！」走進花廳。

廳中東首生了好大一堆火，二十多人團團圍著，在火旁烘烤給雨淋濕了的衣物。這羣人身穿玄色或藍色短衣，有的身帶兵刃，是一羣鏢客、趟子手和腳夫。廳上站著三個武官打扮的漢子。這三人剛進來避雨，正在解去濕衣，斗然見到這明艷照人的少女，不由得眼睛都是一亮。

那少女走到烤火人羣中間，把一個精乾瘦削的老人拉在一旁，將適才在後廳見到的事悄聲說了。那老人約莫五十來歲，精神健旺，頭上微見花白，身高不過五尺，但目光炯炯，凜然有威。他聽了那少女的話，眉頭一皺，低聲呵責道：「又去惹事生非！若讓人家知覺了，豈不自討沒趣？」那少女伸伸舌頭，笑道：「爹，這趟陪你老人家出來走鏢，這可是第十八回挨罵啦。」那老人道：「我教你練功夫時，旁人來偷瞧，那怎麼啦？」

那少女本來嘻皮笑臉，聽父親說了這句話，不禁心頭一沉。她想起去年有人悄悄在場外偷瞧她父親演武，父親明明知道，卻不說破，在試發袖箭之時，突然一箭，將那人打瞎了一隻眼睛。總算他手下容情，勁道沒使足，否則袖箭穿腦而過，那裏還有命在？父親後來說，偷師竊藝，乃武林大忌，比偷竊財物更爲人痛恨。

那少女一想，倒有些後悔，適才不該偷看旁人練武，但姑娘的脾氣要強好勝，嘴上不肯服輸，說道：「爹，那人的鏢法也平常得緊，保管沒人偷學了。」老者臉一沉，斥道：「你這丫頭，怎麼開口就說旁人的玩意兒不成？」那少女一笑，道：「誰教我是百勝神拳馬老鏢頭的女兒呢？」

三個武官烤火，不時斜眼瞟向那美貌少女，只是他父女倆話聲很低，聽不到說些甚麼。那少女最後一句話說得大聲了，一個武官聽到「百勝神拳馬老鏢頭的女兒」幾個字，瞧瞧這短小瘦削、骨頭沒幾兩重的乾癟老頭，又橫著眼一掃插在廳口那枝黃底黑絲線繡著一匹插翅飛馬的鏢旗，鼻中哼了一聲，均想：「百勝神拳？吹得好大的氣！」

這老者姓馬，名行空，江湖上外號叫作「百勝神拳」。那少女是他的獨生愛女馬春花。這名字透著有些兒俗氣，可是江湖上的武人，也只能給姑娘取個甚麼春啊花啊的名字。跟她一起偷看人家練鏢的漢子姓徐，單名一個錚字，是馬行空的徒弟。

徐錚蹲在火堆旁烤火，見那武官不住用眼瞟著師妹，不由得心頭有氣，向他怒目瞪了一眼。那武官剛好回過頭來，跟他目光登時就對上了，心想你這小子橫眉怒目幹麼，也惡狠狠的瞪他一眼。徐錚本就是霹靂火爆的脾氣，見對方無禮，當下虎起了臉，目不轉睛的瞪著那武官。

那武官約莫三十來歲，身高膀寬，一臉精悍之色。他哈哈一笑，向左邊的同伴道：「你瞧這小子鬥鷄兒似的，是你偷了他婆娘還是怎地？」那兩個武官對著徐錚哈哈大笑。徐錚大怒，霍地站起來，喝道：「你說甚麼？」那武官笑吟吟的道：「我說，小子唉，我說錯啦，我跟你賠不是。」徐錚性子直，聽到人家賠不是，也就算了，正要坐下，那人笑道：「我知道人家不是偷了你婆娘，準是偷了你妹子。」

徐錚一躍而起，便要撲上去動手，馬行空喝道：「錚兒，坐下。」徐錚一愣，臉孔脹得通紅，道：「師父，你……你沒聽見？」馬行空淡淡的道：「人家官老爺們，愛說幾句笑話兒，又干你甚麼事了？」徐錚對師父的話向來半句不敢違拗，狠狠瞪著那個武官，卻慢慢坐了下來。那三個武官又一陣大笑，更肆無忌憚的瞧著馬春花，目光中滿是淫邪。

馬春花見這三人無禮，要待發作，卻知爹爹素來不肯得罪官府，尋思怎生想個法兒，跟這三個臭官兒打一場架。突然電光一閃，照得滿廳光亮，接著一個焦雷，震得各人耳朵嗡嗡發響，這霹靂便像打在這廳上一般。天上就似開了個缺口，雨水大片大片的潑將下來。

雨聲中只聽得門口一人說道：「這雨實在大得狠了，只得借光在寶莊避一避。」莊上一名男僕說道：「廳上有火，大爺請進吧。」

廳門推開，進來一男一女，男的長身玉立，氣宇軒昂，背上負著個包裹，三十七八歲年紀。女的約莫廿二三歲，膚光勝雪，眉目如畫，竟是個絕色麗人。馬春花本來算得是個美女，但這麗人一到，立時就給比了下去。兩人沒穿雨衣，那少婦身上披著男子的外衣，已全身盡濕。那男子攜著少婦的手，兩人神態親密，似是對新婚夫婦。那男子找了一綑麥稈，在地下鋪平了，扶著少婦坐下，顯得十分的溫柔體貼。這二人衣飾都甚華貴，少婦頭上插著一枝鑲珠的黃金鳳頭釵，那珍珠幾有小指頭大小，光滑渾圓，珠光瑩然，甚是珍貴。馬行空暗暗納罕：「這一帶道上很不太平，強徒出沒，這一對夫婦非富即貴，怎地不帶一名侍從，兩個兒孤孤單單的趕道？」饒是他在江湖上混了一世，卻也猜不透這二人來路。

馬春花見那少婦神情委頓，雙目紅腫，自是途中遇上大雨，十分辛苦，這般穿了濕衣烤火，濕氣逼到體內，非生一場大病不可，便打開衣箱，取出一套自己的衣服，走近去低聲說道：「娘子，我這套粗布衣服，你換一換，待你烘乾衣衫，再換回吧。」那少婦好生感激，向她一笑，站起身來，目光中似乎在向丈夫詢問。那男子點點頭，也向馬春花一笑示謝。那少婦拉了馬春花的手，兩個女子到後廳去借房換衣。

三個武官互相一望，臉上現出特異神色，心中都在想像那少婦換衣之時，定然美不可言。適才和徐錚鬥口的那個武官最爲大膽，心頭發癢，低聲道：「我瞧瞧去。」想設法偷看。另一個笑道：「老何，別胡鬧。」那姓何的武官睞睞眼睛，站起身來，跨出幾步，一轉念，從地下拾起腰刀，掛在身上。

徐錚受了他的羞辱，心中一直氣憤，見他走向後院，轉頭向師父望了一眼，見馬行空閉著眼睛在養神，又見戚楊兩位鏢頭、五個趟子手和十多名腳夫守在鏢車之旁，嚴行戒備，決不致出了亂子，於是跟隨在那武官身後。

那武官聽到背後腳步響，轉過頭來，見是徐錚，咧嘴一笑道：「小子，你好！」徐錚道：「臭官兒，你好。」那武官笑道：「想挨揍，是不是？」徐錚道：「是啊。我師父不許打你。咱們悄悄的打一架，好不好？」那武官自恃武藝了得，沒將這楞小子瞧在眼裏，只是他鏢行人多，己方只三人，倘若羣毆，定要吃虧，這楞小子要悄悄打架，那再好也沒有，便笑著點頭道：「好啊，咱們走得遠些。要是給你師父聽見了，這架就打不成。」

兩人穿過天井，要尋個沒人的所在動手，忽見迴廊上轉出一個人來。那人身穿綢袍，眉清目秀，正是適才練鏢的少年。徐錚心中一動：「借他的武廳打架最好不過。」上前一抱拳，說道：「爺台請了。」那少年還了一揖，說道：「達官有何吩咐？」徐錚指著武官道：「在下跟這個總爺有點小過節，想借爺台的練武廳一用。」那少年好生奇怪，心道：「你怎知我家有練武廳？」但學武之人，聽到旁人要比武打架，可比甚麼都歡喜，當即答道：「好極，好極！」領了二人走進練武廳。這時老婆婆和莊丁等都已散去，練武廳上更無旁人。

那武官見四壁兵器架上刀槍劍戟一應俱全，此外沙包、箭靶、石鎖、石鼓放得滿地，西首地下還安著七十二根梅花樁，暗暗點頭，心想：「原來這一家人會武，只怕功夫還不錯。」向那少年一抱拳，說道：「在下來貴莊避雨，還沒請教主人高姓大名。」那少年忙即還禮，說道：「小人姓商，名寶震。兩位高姓大名？」徐錚搶著道：「我叫徐錚，我師父是飛馬鏢局總鏢頭，百勝神拳馬行空。」說著向武官瞪了一眼，心道：「你聽了我師父的名頭，可知道厲害了嗎？」

商寶震拱手道：「久仰，久仰。請教這一位。」那武官道：「在下是御前侍衛何思豪。」商寶震道：「原來是一位侍衛大人。小人素聞京師有大內十八高手，想來何大人都是知交。」何思豪道：「那大半也相識的。」其實皇帝身邊的侍衛共分四等，侍衛班領，什長，一、二、三等侍衛，都由正黃、鑲黃、正白內三旗的宗室親貴子弟充任。漢人侍衛屬於第四等，這何思豪在侍衛處中只是最末等的藍翎侍衛，所謂與大內十八高手大半相識，那是他識得人家，人家就不識得他了。

徐錚大聲道：「商公子，你就給做個公證。我跟這姓何的公公平平打一架，不管是誰輸誰贏，都不許向旁人說起。」他生怕師父知道了責罵。何思豪哈哈笑道：「勝了你這楞小子有個屁了不起，還抵向旁人吹大氣的麼？楞小子，上啊。」一捋長袍，拉起袍角，在腰帶中塞好。徐錚脫下長袍，將辮子盤在頭頂，擺個「對拳」，雙足併攏，雙手握拳相對，倒也神定氣閒。

何思豪見他這姿式是「查拳」門人跟人動手的起手式，已放下了一大半心，心道：「甚麼百勝神拳！這查拳三歲小孩兒也會，有甚麼希罕？」原來「潭、查、花、洪」，向稱北拳四大家，指潭腿、查拳、花拳、洪門四派拳術而言，在北方流傳極廣，任何練拳之人都略知一二，算得是拳術中的入門功夫。何思豪見對手拳法平常，向商寶震一笑，說道：「獻醜！」一招「上步野馬分鬃」，向徐錚打了過去，他使的是太極拳。其時太極門聲勢甚盛，人人均知是厲害的內家拳法。

徐錚不敢怠慢，左腳向後踏出，上身轉成坐盤式，右手按、左手撩，一招「後叉步撩掌」，出手甚為快捷。何思豪見來招勁道不弱，忙使一招「轉身抱虎歸山」，避開了這一撩。徐錚使一招「弓步架打」，右拳呼的一聲擊出，直撲對方面門。何思豪不及避讓，便使一招「如封似閉」，雙掌一封。二人拳掌相交，何思豪只感手腕隱隱生疼，心道：「這小子蠻力倒大。」

霎時之間，二人各展拳法，拆了十餘招。商寶震站著旁觀，見徐錚腳步沉穩，出拳有力，何思豪卻身形飄忽，顯然輕功頗有根基，使的是太極拳，手腳卻甚迅捷。

鬥到酣處，何思豪哈哈一笑，一掌擊中徐錚肩頭。徐錚飛腳踢去，何思豪側身閃避，一招「玉女穿梭」，啪的一聲，又擊中徐錚手臂。徐錚更不理會，掄拳急攻，突然直出一拳，一招「弓步劈打」，砰的一響，正中對方胸口。這一拳著力極沉，何思豪腳步踉蹌，退了幾步，終於一交坐倒。只聽旁邊一個女子聲音嬌聲叫道：「好！」

商寶震回過頭去，見兩個女子站在廳口，一是少婦，另一個卻是個閨女。他先前凝神觀鬥，不知身後有人。原來馬春花和那少婦換了衣服經過此處，聽到呼叱比武之聲，在廳口一望，竟是師兄跟那武官打架，這時見師兄得勝，不由得出聲喝采。

何思豪給這一拳打得好不疼痛，在女子面前丟臉出醜，更加老羞成怒，一躍而起，乘著跳躍之勢，已抽腰刀在手，上步直劈。徐錚毫不畏懼，仍以「查拳」空手和他相鬥，只忌憚對方兵器鋒利，已然閃避多，進攻少了。馬春花見這武官臉上神情狠惡，並非尋常打架，已如拚命一般，不由得有些耽心。

那少婦扯扯她的衣袖，道：「咱們走吧！我最恨人動刀子出拳頭。」當此情勢，馬春花那裏肯走，只道：「再看一會兒。」那少婦眉頭一皺，竟自走了。

商寶震凝神看著那武官的刀勢，又留心徐錚閃避和上步搶攻之法，手上暗扣一枝金鏢，若那武官用刀傷人，他就要伸手相救。但見徐錚雙目緊緊盯住刀鋒，刀鋒向東，他眼睛跟到東，刀鋒削向西，眼睛也跟到西，但見一刀迎面砍來，他身子略閃，飛腳向敵人手腕上踢去。何思豪迴刀削足，徐錚長臂急伸，砰的一響，一拳正中他鼻樑。何思豪大痛，手腳略緩，徐錚左手揮出，抓住他右腕一拿一扭，將腰刀奪過。

何思豪怕他順勢揮刀削來，忙向後躍，舉手往臉上一抹，滿手是血。徐錚將腰刀往地下一摔，說道：「你還敢瞎著眼睛罵人？」何思豪滿臉羞慚，不敢作聲。商寶震伸手一拉徐錚後襟，使個眼色。徐錚尚未會意，商寶震已大聲說道：「雙方不分勝敗。好啦，大家武功一般高明，小弟佩服得緊……」徐錚急道：「怎……怎是不分勝敗？」商寶震道：「兩位武功各有獨到之處。徐兄的查拳純熟。何大人的太極拳和太極刀更厲害之極。徐兄，你一時僥倖，其實講真功夫，還得算何大人。」一面說，一面取出手帕，幫何思豪抹去鼻血。

徐錚還要再爭，馬春花道：「師哥，別理他。咱們出去。」

徐錚打了何思豪兩拳，一口惡氣已出了，但商寶震說話含糊，明明袒護對方，倒似自己輸了，越想越怒，狠狠望了他一眼，隨著師妹出去。走到天井，天空轟隆隆一片雷聲過去，雷聲中夾著商寶震、何思豪的大笑之聲，顯然這二人在背後笑他。

他雖打架獲勝，但越想越不忿，氣鼓鼓的坐在火旁，見師父雙目似開似閉，睡意甚濃。過了一會，何思豪走了出來，不知跟那兩個武官說些甚麼猥褻言語，三人一齊哈哈大笑，不時斜目瞟那美貌少婦。

馬行空慢慢站起，伸了個懶腰，走到鏢車旁邊檢視，忽然叫道：「錚兒，過來，你瞧這兒怎麼啦？」徐錚聽師父叫他，忙起身過去。馬行空側過身子，面向牆壁，伸手整理鏢車，低聲道：「不長進的東西，你那招『蟄步踹腿』怎麼踹偏了？否則那用跟他纏鬥這麼久？」徐錚嚇了一跳，顫聲道：「你……你老人家都瞧見啦？」馬行空道：「哼，你莫想在師父面前搗鬼。他使那招『提步高探馬』時，你幹麼不使『弓步雙推掌』？迎面直擊，早就勝了。你就膽小怕死。」徐錚回想適才相鬥之時，初時不知敵人虛實，果然有些害怕，有幾招使得太過穩重。看來師父裝作不知，其實是躲在窗外觀看。

馬行空又道：「快進去謝謝那姓商的吧。人家年紀比你輕，可有多精明能幹。」徐錚大為詫異，道：「師父，謝甚麼？這姓商的偏心，不是好人。」馬行空冷笑道：「是啊，他是偏心呢。可是他偏心維護你徐大爺哪。」徐錚滿心胡塗，怔怔的望著師父。馬行空低聲道：「你打的是甚麼人？他是御前侍衛。咱們呢，那是憑人家賞口飯吃的走鏢的。官老爺當眞跟你為起難來，咱們還不是吃不了兜著走麼？那少年護住了他面子，叫你這楞小子少了一樁後患。」

徐錚恍然大悟，連稱：「是，是！」奔到後院練武廳中，見商寶震抬手踢腿，正在練一招「查拳」中的「弓步劈打」，正是徐錚適才用以擊中何思豪那一手。他見徐錚進來，臉上一紅，急忙收拳。

徐錚抱拳道：「商公子，我師父叫我跟你道謝來啦。我起初不明白你是好意，心裏還怪你呢。」商寶震道：「徐大哥，你武功勝過那個侍衛何止十倍？小弟佩服得緊。」徐錚聽他稱讚自己，甚是高興，當即跟他談了起來，問道：「你練的是那一門功夫？」商寶震道：「小弟初學，甚麼也沒學會，談不上是那一門那一派。適才見徐大哥用這一招打他，是不是這樣？」說著右足踏出，右拳劈打，左手心向上托住右臂。

徐錚剛才以此招取勝，見他比劃自己的得意之作，自然興高采烈，說道：「這一招有兩句口訣，叫作『陸海迎門三不顧，劈拳挑打不容寬。』」這兩句順口說出，忽然想起，這是師門所傳心法，怎能胡亂說與外人知曉，忙轉口道：「你比得很對，就是這招。」商寶震道：「甚麼叫作『陸海迎門三不顧』呢？」徐錚道：「這個……我可也忘了。」他不善撒謊，這一句話出口，臉也紅了。商寶震知他不肯說，也就不再多問，只著意結納，將他捧得暈頭轉向，全身輕飄飄的如在雲端。

徐錚道：「商老弟，咱們也別鬧虛文。你使一套拳腳給我瞧瞧，倘若有甚麼不到的地方，我跟你說說，也不枉了今日結交一場。」商寶震大喜，道：「那再好也沒有了。」當下拉開架子，在場中打起拳來，但見他「頭趟繩掛一條鞭，二趟十字繞三尖」，使的是十二路潭腿。

這路拳腳使得倒也純熟，但出拳不正，腳步浮虛，雖袍袖生風，姿式華麗，若與人動手，卻半點管不得事。只把徐錚看得暗暗搖頭，等他打完「十二趟犀牛望月轉回還」，忍不住嘆了口氣，說道：「兄弟，莫怪我直言，教你武藝的師父是躭誤了你啦。」正要往下解釋，忽見馬春花在廳口一探頭，叫道：「師哥，爹叫你。」

徐錚忙向商寶震告辭，回到廳上。只見火堆旁又多了兩個避雨之人。一個是沒了右臂的獨臂人，一條極長的刀疤從右眉起斜過鼻子，直延伸到左邊嘴角，在火光照耀下顯得面目可怖；另一個是個十二三歲的男孩，黃黃瘦瘦。兩人衣衫都很襤褸。

徐錚向兩人望了一眼，也不在意，走到馬行空面前，叫了聲：「師父！」馬行空臉一沉，低聲道：「去了這麼久，又在賣弄武藝了，是不是？」徐錚道：「弟子不敢。這裏姓商的主人鏢法不錯，那知拳腳一點兒也不成。」馬行空道：「傻小子，你給人家冤啦。憑你這點功夫，就有兩個也不是人家對手。」徐錚一笑，道：「那怕不見得。他師父教的十二路潭腿，儘好看不管用。」馬行空道：「你知他師父是誰？」

徐錚心中暗奇：「我師父沒跟那姓商的見過面，又沒見他練過拳腳，怎麼連他師父是誰也知道了？」當下答道：「弟子不知，想來是個不中用的混混。」馬行空冷笑一聲，低沉著聲音，說道：「不中用的混混！哼，十三年前，你師父給人砍過一刀，劈過一拳，養了三年傷方得康復。那人是誰？」徐錚一驚，說道：「八卦刀商劍鳴。」馬行空低聲道：「半點兒也不錯。那商劍鳴是山東武定縣人，這裏可正是武定縣，主人家姓商。咱們胡亂進來避雨，初時並沒留心，你瞧，正樑上繪著甚麼？」

徐錚抬起頭來，只見正樑上金漆漆著個八卦圖形，不由得大吃一驚，忙道：「師父，快抄傢伙，咱們撞到仇家窩裏來啦。」馬行空淡淡的道：「倒不用忙。商劍鳴早給人殺啦！」徐錚曾聽師父說過當年大敗在一人手裏，那就是山東大豪八卦刀商劍鳴，只因這是師門的奇恥大辱，師父後來不提，也就從此不敢多問一句，卻不知商劍鳴原來已死，低聲道：「是你老人家後來報了仇？」馬行空哼了一聲，道：「商劍鳴的武功，我再練一輩子也趕不上，憑我這點玩藝兒，那殺得了他？」徐錚大奇，問道：「那麼是誰殺了他？」馬行空道：「那少年用金鏢打木牌上的人形，商劍鳴就是給這兩人殺的。」

徐錚睜大了眼睛，道：「胡一刀，苗人鳳？」

馬行空點了點頭，臉上神色陰鬱，便如屋外的天空那般黑沉沉地。

徐錚平素對師父佩服得五體投地，以爲當世之間，說到武功，極少有人能強得過百勝神拳馬老鏢頭了，豈知這時聽到師父言道，非但八卦刀商劍鳴武功遠勝於他，胡一刀與苗人鳳的功夫又在商劍鳴之上，不由得大爲驚詫，低聲問道：「那胡一刀與苗人鳳是何等樣人物？」馬行空道：「胡一刀的武功強我十倍，只可惜在十多年前死了。」徐錚舒了一口氣，道：「想是病死的了？」馬行空道：「給人殺死的。」徐錚睜大了眼睛，道：「胡一刀這麼厲害，有誰殺得了他？」馬行空道：「打遍天下無敵手金面佛苗人鳳。」

這「打遍天下無敵手金面佛苗人鳳」十三個字一口氣說將出來，聲音雖低，卻大具威嚴。徐錚胸口一沉，正待說話，猛聽得門外隱隱馬蹄聲響，大雨中十餘匹馬急奔而來。那面目英俊的相公與那美貌少婦聽到馬蹄聲，互望一眼，似在強自鎭定，但臉上終究露出了驚惶之色。那相公拉著少婦的手，挪動坐位，似怕火堆炙熱，移遠了些。

馬行空向外望了一眼，緊了緊腰帶。

十多匹馬奔到莊前，戛然而止。但聽得數聲唿哨，七八匹馬繞到了莊後。

馬行空一聽哨聲，臉上變色，低聲道：「定著點兒。」徐錚甚是興奮，聲音發顫，問道：「那話兒來了？」馬行空不再回答，大聲喝道：「大夥兒抄傢伙，護鏢！」這句話一喝，鏢行人衆登時大亂，知有劫鏢的黑道強人到來，當即躍起。戚楊兩鏢頭和五名趟子手指揮車夫，將十餘輛鏢車圍成一堆。馬春花反臉有喜色，拔出柳葉刀，道：

「爹，是那一路的？」馬行空皺眉道：「還不知道。」接著自言自語：「這路朋友好怪，道上也不踩盤子，就這麼說到便到。」

一言方罷，只聽得圍牆上托托托接連聲響，八名大漢一色黑衣打扮，手執兵刃，一字排開的站在牆頭。馬春花揚起右臂，就想一枝袖箭射出。馬行空臉色凝重，低聲喝道：「別胡來！瞧我眼色行事。」八名黑衣大漢望著廳上衆人，一言不發。

砰的一聲，大門推開，進來一個漢子，身穿寶藍色緞袍，衣著華麗，但面貌委崽，縮頭縮腦，與一身衣服極不相稱。這人抬頭望了望天，見大雨傾盆而下，嘿的一聲笑，足尖一點，倏地穿過院子，站在廳口。這一下飛躍身形快極，大雨雖密，卻只在他肩頭打濕了數點。徐錚與馬春花對此人本來不以爲意，忽見他露了這手輕功，這才生忌憚之心，向馬行空望了一眼。

馬行空右手握著煙袋，拱手說道：「請恕老漢眼拙，沒曾拜會。朋友尊姓大名，寶寨歇馬那裏？」

商家堡少主人商寶震聽到馬蹄聲響，便即暗藏金鏢，腰懸利刀，來到廳前。見那盜魁手戴碧玉戒指，長袍上閃耀著幾粒黃金扣子，左手拿著個翡翠鼻煙壺，不帶兵器，神情打扮，就如是個暴發戶富商，只聽他說道：「在下姓閻名基，老英雄自是百勝神拳馬行空了？」

馬行空抱拳道：「不敢，這外號是江湖朋友給在下臉上貼金。三腳貓的把式，浪得虛名，不足掛齒。」心中暗忖：「閻基？那是甚麼人？沒聽說江湖上有這號人物。」

閻基哈哈一笑，指著站在牆頭的一列黑衣漢子，說道：「弟兄們餓了幾天肚子，想請馬老英雄賞口飯吃。」馬行空道：「閻寨主言重了。錚兒，取五十兩銀子，請閻寨主賞賜弟兄。」他這是按江湖規矩行事，但瞧對方的神情聲勢，決非五十兩銀子所能打發。果然閻基仰天哈哈大笑，說道：「馬老英雄保鏢，一保就是三十萬兩。姓閻的眼界雖小，區區五十兩，倒還不在眼內。」馬行空心中嘀咕：「此人信息倒靈，怎地打聽得清清楚楚，知我保了三十萬兩銀子？」眉頭一皺，仍按江湖規矩說道：「姓馬的有個屁本事，保甚麼鏢？全憑道上朋友給臉罷了。閻寨主今日雖初見，咱們東邊不會西邊會，馬某有幸，今日又多交一位朋友了。不知閻寨主有甚麼吩咐？」

閻基道：「吩咐是不敢當，只在下生來見財開眼，三十萬鏢銀打從鼻子下過，不取有傷陰騭。但馬老鏢頭既開口朋友，閉口朋友，這樣吧，在下只取一半，二一添作五，就借十五萬兩銀子花差花差好了。」也不待馬行空答話，左手一揮，牆頭八名大漢紛紛躍下，奔到廳口。有人問道：「都取了？」閻基道：「不，拿一半，留一半！有屎大家拉，有飯大家吃！」眾大漢轟然答應，就往鏢車走去。

馬行空勃然大怒，見那些大漢從牆頭躍下時身手呆滯，並沒高手在內，已無擔憂之心，淡淡說道：「閻寨主是不肯留一點餘地了？」閻基愕然道：「怎麼不留餘地？我不是說取一半，留一半？哥兒倆有商有量，公平交易。」

徐錚再也忍耐不住，搶上兩步，伸手指著閻基，大聲說道：「虧你在黑道上行走，沒聽過飛馬鏢局的名字麼？」閻基道：「飛狗鏢局嘛，我小養媳婦兒倒聽見過，他媽的，老子卻第一次聽見。」身形一晃，忽地欺到廳右，拔下插在車架上的飛馬鏢旗，將旗桿一折兩段，擲在地下，隨即伸腳在旗上一踏。

這件事當真犯了江湖大忌，劫鏢的事情常有，卻極少有如此做到絕的，如非雙方有解不開的死仇，那是決心以性命相拚了。鏢行人眾一見之下，登時大嘩。

徐錚更不打話，衝上去一招「踏步擊掌」，左掌向他胸口猛擊過去。閻基側身閃避，說道：「小子，講打麼？」左掌反過，急抓他手腕。徐錚變「後插步擺掌」，左手向後勾掛，右掌向上擺舉，逕擊敵人下顎。閻基頭一偏，右拳直擊下來。這一拳來路極怪，徐錚忙擺頭讓開，砰的一聲，肩頭已中了一拳，但覺拳力沉重，只震得胸背隱隱作痛。徐錚腳步搖晃，險些摔倒，幸他身強力壯，下盤馬步紮得極穩，忙變「撲腿穿掌」，身子微矮，右腿屈膝蹲下，左掌穿出，那是卸力反攻，「查拳」的高明招數。

閻基並不理會，微微一笑，左腿反鉤，向後倒踢。這一腿更加古怪。徐錚大駭，急忙竄上躍避。閻基右拳直擊，喝道：「恭喜發財！」砰的一響，正中他胸口。這一拳好生厲害，徐錚仰天一交跌倒，在地下連打了幾個滾，哇的一聲吐出一口鮮血，極硬朗的一個小夥子，竟給這一拳打得站不起身。羣盜轟然喝采，叫道：「這一拳夠這小子挨的。」

鏢行中人見閻基出手如此狠辣，都又驚又怒。馬春花伸手去扶師哥，急得要哭，連問：「怎麼啦？」馬行空一生走江湖，不知見過多少大風大浪，但這盜魁使的是甚麼拳腳，卻半點也認不出來。三個侍衛也在低聲議論：「點子是那一派的？」「瞧不出來，有點像五行拳。」「不，五行拳沒那麼邪門。」

馬行空走上兩步，抱拳道：「閻寨主果然好武藝，多謝教訓了小徒，也好讓他知道江湖上儘多能人。」閻基笑道：「我這幾下三腳貓算甚麼玩意兒，給你馬英雄提鞋皮、倒便壺也還挨不上邊兒，只好哄哄人家小媳婦兒，光棍別的不會，你奶奶的，就只會這個。這就請教你馬老英雄的百勝神拳。」馬行空見他滿臉油光，說話貧嘴滑舌，不折不扣是個潑皮無賴，怎地又練就了這樣一身怪異武功，當眞奇怪，打定主意先行只守不攻，待認淸他拳路再說，當下凝神斜立，雙手虛握。

三名侍衛、商寶震、鏢行衆人一齊凝神觀鬥，都知這一場爭鬥不但關涉到三十萬鏢銀的安危，也是馬行空身家性命、一生威望之所繫。大廳中人人肅靜，只聽得火堆中柴炭爆裂，發出輕輕的必卜之聲。院子中大雨如注，竟沒半分停息之意。那華服相公自和少婦並肩低聲說話，對馬閻的爭鬥全沒留心。

閻基從懷中取出個晶瑩碧綠的翡翠鼻煙壺，伸手指蘸了些鼻煙，吸了口鼻煙，慢慢將鼻煙壺放回懷中，就像賭場上賭徒要下重注之前的姿式一般，他也知馬行空是個勁敵，將辮子在頭頂盤了個圈，叫道：「光棍祖上不積德，要吃飯就得拚老命！他奶奶的這就拚啊！」忽地猱身直上，左拳猛出，向馬行空擊去。

馬行空待他拳頭離胸半尺，一個「白鶴亮翅」，身子已向左轉成弓箭步，兩臂向後成鉤手，呼的一聲輕響，倒揮出來，平舉反擊，使的仍是少林派中極爲尋常的「查拳」，但架式凝穩，出手抬腿之際，甚爲老練狠辣。

那相公對鏢客與強人的爭鬥本來並不在意，偶然斜眼一瞥，正見到閻基一足反踢，招式奇特，不由得留神觀看。那美婦叫道：「歸農，歸農。」那相公隨口漫應，目光卻貫注於二人的拚鬥。那美婦伸手搖了搖他肩膀，說道：「一個糟老兒，一個潑皮混混打架，當眞就這麼好看嗎？」那相公聽她話中大有不悅之意，忙轉頭笑道：「這潑皮的拳腳好古怪。」那美婦嘆道：「唉，你們男人，天下最要緊的事兒就是殺人打架。」那相公笑道：「你不許我看，我就不看。那你向著我，讓我把你美麗的臉蛋兒瞧個飽。」那美婦低低一笑，甚爲嬌媚，果眞抬起了頭望他。兩人四目交投，臉上都充滿了柔情密意。

這時馬行空與那盜魁已鬥得如火如荼，甚爲激烈。馬行空的一路查拳堪堪打完，仍佔不到半點上風，那閻基的拳腳來來去去只十幾招，或伸拳直擊，或鉤腿反踢，或沉肘擒拿，或劈掌夾腿。三名武官看了一陣，早察覺他招數有限，但馬行空居然戰他不下，都覺好笑。

眼見馬行空使一招「馬檔推拳」，跨腿成騎馬勢，右手抽回，左手向前猛推。何思豪叫道：「沉肘擒拿。」果然不出所料，閻基手肘一沉，就施擒拿手抓他手腕。馬行空急忙變招，手臂縮回，微微轉身。何思豪笑道：「鉤腿反踢！」閻基果然鉤起右腿，向後反踢。馬行空的武功高出何思豪不知多少，何思豪既已事先瞧出，他豈有料不到之理？但說也奇怪，明知對手要鉤腿反踢，竟沒法以伏著破解。馬行空號稱「百勝神拳」，少林派各路拳術，全爛熟於胸，見查拳奈何不得對方，招數一變，突然快打快踢，拳勢如風，旁觀者登時目爲之眩，他使的是一路「燕青拳」。

那燕青是宋朝梁山泊上好漢，當年相撲之技，天下無對。這一路拳法傳將下來，講究縱躍起伏，盤拗挑打，全是進手招數。馬行空年紀雖老，身手仍極矯捷，竄高伏低，宛若狸貓。閻基見敵人變招，仍以那十幾招又笨拙又難看的拳腳翻來覆去的使用。

商寶震、徐錚、馬春花，以及戚鏢頭、楊鏢頭見這盜魁的武功如此古怪，都詫異萬分。每人到這時都已料到他下一招是伸拳直擊，還是劈掌夾腿，不禁隨著何思豪叫了出來，但馬行空竟奈何他不得。只見馬老鏢頭「上步進肘摑身拳」，「迎面搶快打三拳」，「左右跨打」，「反身裁錘」，「踢腿撩陰十字拳」，一招接一招，猶如門外的狂風暴雨一般。但閣基只一招毛手毛腳的伸臂直擊，就將他所有巧妙的招式盡數破解了。

那獨臂人和黃瘦小孩一直縮在屋角之中，瞧著馬行空和閣基比武。獨臂人低聲道：「小爺，你仔細瞧那個盜魁，要瞧得仔細，千萬別忘了他的相貌。」小孩道：「幹麼啊？幹麼要瞧他？」獨臂人道：「你記著這人，永遠別忘記了。」小孩道：「他是個大壞人麼？」獨臂人咬牙切齒的道：「陰錯陽差，教咱們在這裏撞見了他。你瞧清楚了，可別讓他知覺。」

過了一會，獨臂人又道：「你總說功夫練得不對，你仔細瞧著他，也許就練對了。」小孩道：「幹麼呀？」獨臂人眼中微有淚光，低聲道：「現在還不能說，等你年紀大了，武藝練好了，我原原本本的說給你聽。」小孩看閣基拳打腳踢，姿式極其難看，但隱隱似有所悟，忽地大叫一聲：「四叔！」獨臂人忙道：「別大聲嚷嚷。」小孩嗯了一聲答應，低聲道：「這個人的拳腳我有些懂啦。」獨臂人道：「不錯，你好好瞧著。你那本拳經刀譜，前面缺了兩頁，因此你總說練不順。那缺了的兩頁，就在這閣基身上。」

小孩吃了一驚，黃黃瘦瘦的小臉蛋兒上現出一些紅暈，目不轉瞬的望著閣基，又問：「怎麼會在他身上？」獨臂人道：「將來自會跟你說。這傢伙本來不會甚麼武功，但得了兩頁拳經，學會了十幾招殘缺不全的拳法，竟能跟鼎鼎有名的大拳師打成平手。

你想想，那拳經刀譜共有三百多頁，等你將來學會了，學全了，能有多大本事？」那小孩聽了心中激動，眼睛裏閃耀著興奮光芒。

場中雖兩人比武，但可看的卻只一人。閻基來來去去這十幾招，大家委實都瞧得厭了。馬行空的拳招卻變幻百出，花式似乎無窮無盡。

一套「燕青拳」奈何不了對方，忽地拳法又變，使出一套「魯智深醉跌」。但見他如瘋如顛，似醉似狂，忽而臥倒，忽而躍起，「羅漢斜臥」，「仙人渴眠」，這路拳法似是瞎打亂踢，其實精采之極。這時閻基那十幾招笨拳卻漸漸不管事了，對方拳腳來路也看不明白，不由得心下著慌。猛聽得馬行空喝一聲：「著！」一腳「鯉魚翻身攪絲腿」，正好踢在他腰間。閻基痛得彎下了腰。

馬行空知對方功夫了得，這一腳雖中要害，只怕仍難令他身受重傷。倘若平常比武較量，勝了這一腿自也可以收手，但這番爭鬥關連三十萬兩鏢銀，怎容得敵人喘息片刻？倘若爭端重起，也未必定能再勝，當下得理不讓人，縱身上前，一腿「拐子腳」，又往他後心踢去。

羣盜齊聲大嘩。閻基忽地一腳鉤腿反踢，來勢變幻無方，馬行空雖閱歷豐富，竟見不及此，給他這一腿踢正小腹，仰天一交直摔出去。馬春花與徐錚雙雙搶上扶起。但見他面如白紙，連聲咳嗽，只說：「拚死護鏢！」

徐錚與馬春花各持單刀，護在馬行空兩旁。閻基腰裏也痛得厲害，右手揮了幾下，兩名黑衣大漢奔將上來。閻基叫道：「取鏢吧！還等甚麼？」羣盜各出兵刃，齊向鏢客殺去。馬春花、徐錚、戚鏢頭、楊鏢頭大呼迎敵。

羣盜人多，除閻基外雖無高手，但馬春花與徐錚要分心照料父親，給羣盜兩下裏一攻，情勢登見危急。商寶震拔出單刀，叫道：「三位侍衛大人，咱們動手吧！」何思豪道：「好，趕走強盜再說。」四個生力軍加入戰團。

商寶震見馬春花給兩名盜夥用兵器封住了，漸漸施展不開手腳，當即搶上，喝道：「男子漢欺侮姑娘，還要兩個打一個，不害臊麼！」唰的一刀，往那高個兒盜夥頭上砍去。那人回鞭照架，幾個回合，商寶震刀中夾掌，左手一掌抹在他胸口，將他擊得直摜出去。馬春花喘息道：「行了，這一個讓我來料理。」商寶震一笑退開，逕去幫助徐錚，三刀兩掌，又打發了一名盜夥。徐錚感激之餘，很欽佩師父眼光，這少年的武功果然遠勝自己。

這麼一來，廳上情勢變換，羣盜紛紛敗退，搶著往門口奔出。猛聽得一人清聲長嘯，叫道：「大家住手，我有話說。」衆人鬥得甚緊，沒人理會。商寶震突見人影一晃，一人伸掌在面前搖動，當即舉刀削去，那人右手一鉤一帶，已將他單刀奪過，往地下摔落。商寶震大驚，急忙躍後，瞧那人時，卻是那服飾華貴的相公。

那相公大踏步走入人叢，雙手鉤拿拍打，只聽叮叮噹噹，響聲不絕，兵刃落了一地，都讓他施展小擒拿手法奪過拋落。羣盜與眾鏢客驚駭之下，各自躍開，呆呆的望著他。閻基一愕，忽然記起了十餘年前之事，叫道：「田相公！是你？」那相公卻想不起他是誰，奇道：「你認得我？」閻基笑道：「十三年前在滄州府，小的曾服侍過你老。」那相公低頭一想，恍然記起，說道：「是了，你就是那個跌打醫生。怎麼學會了一身武功，做起寨主來啦？」閻基上前請了個安，說道：「要請你老栽培。」

這相公打扮之人，正是天龍門北宗掌門人田歸農。

鏢行人眾眼見已可驅退羣盜，那知這田相公不但武功強極，還與盜魁是舊交，這一下可糟糕已極。馬行空低聲囑咐，叫大夥兒護住鏢車，瞧他眼色行事。

田歸農雙目自左至右在眾人臉上緩緩橫掃而過，然後又自右至左的橫掃過來，再向天井中傾盆而下的大雨望了一眼，眼光終於停上鏢車，說道：「閻兄，今日的買賣你可賠定啦。」閻基陪笑道：「你老人家別見怪，也是弟兄們少口飯吃，走投無路，這才幹起這沒本錢買賣來。我們定當改過自新，不敢忘了田相公今日的恩德。」田歸農哈哈大笑，說道：「怎麼跟我鬧起虛文來啦？老閻，你拿五萬兩鏢銀，夠不夠使了？」閻基一怔，陪笑道：「你老人家開玩笑啦。」田歸農道：「開甚麼玩笑？這裏三十萬鏢銀，我拿一半十五萬，餘下的你拿五萬，還有十萬兩你說怎麼分？」

閻基喜出望外，忙道：「你老人家一併隨手帶去就是了，還分甚麼？」田歸農搖頭道：「那不成話，這那還有江湖義氣？適才我們進來避雨，我……我……我娘子衣服濕了……」那美婦聽他說「我娘子」三字，臉上一紅，神態微現忸怩，向田歸農微微一笑。田歸農報以一笑，繼續說道：「鏢行這位姑娘借衣服給她，這一份情分不能不報，咱們給馬姑娘留五萬兩。還有，這裏三位侍衛大人在此，常言道見者有份，每人分一萬兩。餘下二萬，就送給此間主人。你說我這樣分法公不公道？」閻基連連鼓掌，大叫：「公道之極，公道之極！我早說你田相公是天下第一等慷慨豪爽的大英雄。」

馬行空、徐錚、馬春花等聽田歸農侃侃而談，旁若無人，倒似這三十萬兩銀子已是他囊中之物一般。馬行空身受重傷，這麼一氣，更險欲暈去。徐錚眼望師父，只問：「怎麼辦？怎麼辦？」馬春花怒道：「甚麼怎麼辦？」彎腰拾起地下單刀，叫道：「姓田的，你當我們是死人還是活人？」說著揚起單刀，逕往田歸農撲去。

田歸農笑道：「你別逼我動手，我娘子可要喝醋。」那美婦啐了一口，笑罵：「貧嘴！」但似對他的輕薄口吻甚爲喜愛。馬春花聽他言語無禮，更加惱怒，上步一刀，攔腰橫砍。田歸農笑道：「唉喲，不好，我娘子可不許我跟女人打架。」手指在她刀背上一擊，馬春花拿揑不住，脫手撤刀。田歸農手法快極，右手搶過刀柄，左手已拿住她手腕，舉起刀來，作勢要往她頭頸中砍下，口中卻嘆道：「似這般如花如月貌，怎叫我不作惜玉憐香人！」

商寶震和徐錚見他戲弄馬春花，雙雙搶出。商寶震右手一揚，一枝金鏢取他左目。徐錚急了，來不及拾取地下兵刃，飛腳就踢他後心。田歸農倏地回身，撤刀擒拿，抓住他足踝，往上一提。徐錚身子倒轉，只感腿上一陣劇痛，失聲大叫，卻是那枝金鏢打進了他右腿。田歸農揮手抖出，徐錚的身子猶如一柄掃帚般橫掃出去，正撞在馬春花腿上，兩人跌在一起。衆人見他戲耍二人，如弄嬰兒，那裏還敢上前？

田歸農道：「閻兄，你把鏢銀就照適才我說的那麼分了，套一輛大車給我，我們兩口子身有急事，須得冒雨趕路。」閻基大喜，連聲答應。羣盜從鏢車中取出銀鞘，一半十五萬兩堆成一大堆，此外五萬兩的堆了兩堆，三堆一萬兩的、一堆二萬兩的，分別堆在地下，向衆車夫喝道：「乖乖的趕路。」

北道上有規矩，綠林豪客劫鏢搶銀，卻不傷害車夫，甚至腳力酒錢也依常例照給，但若車夫不聽囑咐，自然又作別論。衆車夫見了這等情勢，那敢不依，將十五萬兩銀子裝上了車子，冒著大雨，將銀車一輛輛推出去。

馬行空見銀車出去一輛，心裏就發一陣疼，只見一輛騾車趕到庭前，車夫拉轉騾子的頭朝向門外，田歸農扶著娘子便要上車。只要騾車一行，馬行空就身敗名裂，傾家蕩產，一世辛苦付於流水了。他顫巍巍的站起，突然縱起，叫道：「我跟你拚了！」雙手猶如鐵鉤，猛往田歸農臉上抓去。那美婦看得害怕，嚇得大聲驚叫。田歸農側身出掌，擊向他肩頭。馬行空倘若未受重傷，這一掌自然打他不著，但此時全身筋骨不聽使喚，眼見掌到，竟不能閃避，砰的一聲，身子飛起，向院子中跌了出去。

猛聽得一人嗓子低沉，嘿嘿嘿三下冷笑。

這三聲冷笑傳進廳來，田歸農和那美婦登時便如聽到了世上最可怕的聲音一般，二人面如白紙，身子發顫。田歸農出力推那美婦背心，將那美婦推入車中，飛身而起，跨上騾背，雙腿急夾，揮鞭催騾快走。那知他連連揮鞭，這騾子只跨出兩步，突然停住，再也不能向前半尺。

衆人站在廳口，從水簾一般的大雨中望出去。只見一個又高又瘦的大漢，左手抱著個包裹，右手拉住了大車車轅。那騾子給田歸農催得急了，低頭弓腰，四蹄一齊發勁，但大漢拉著車轅，大車竟似釘牢在地下一般，動也不動。

那大漢又冷笑一聲。田歸農尚自遲疑，車中美婦已跨出車來，向那大漢瞧也不瞧，昂然走進廳去。田歸農慢慢跨下騾背，也跟著進廳。他全身給雨淋得濕透，卻似絲毫不覺，目光呆滯，失魂落魄一般。那美婦招手叫他過去，坐在她身邊。

那高瘦大漢大踏步進廳，坐在火堆之旁，向旁人一眼不瞧，打開包裹，裏面包著個女孩，約莫兩三歲年紀，雙頰通紅，閉著雙眼。那大漢怕冷壞了孩子，抱著她在火邊烤火。那女孩正自沉沉熟睡，臉色白裏透紅，甚是可愛，長長的睫毛旁卻掛著兩顆淚珠。

馬春花、徐錚和商寶震三人扶著馬行空起來，見田歸農對那高瘦大漢如此害怕，都又驚又喜。馬春花道：「爹，你傷處還好麼？這……這人是誰？」馬行空道：「他……他是……打遍天下無敵手……金……金面佛苗……苗大俠……」一句話剛說完，已痛得暈了過去。大廳之上，飛馬鏢局的鏢頭和趟子手集在東首，閻基與羣盜集在西首，三名侍衛與商寶震站在椅子之後，各人目光都瞧著苗人鳳、田歸農與美婦三人。

苗人鳳凝視懷中幼女，臉上愛憐橫溢，充滿著慈愛和柔情，衆人若不是適才見到他一手抓住大車，連健騾也無法拉動的驚人神力，眞難相信此人身負絕世武功。

那美婦神態自若，呆呆望著火堆，嘴角邊掛著一絲冷笑，只極細心之人，才見到她嘴唇微微顫動，顯得心裏甚爲不安。

田歸農臉如白紙，望著院子中的大雨。

三個人的目光瞧著三處，誰也不瞧誰一眼，各自安安靜靜的坐著，一言不發。但三人心中，卻如波濤洶湧，有大哀傷，有大決心，也有大恐懼。

南小姐眼見這場驚心動魄的惡戰，嚇得呆了，最後見苗人鳳倒下，忙走上相扶，但苗人鳳身軀高大，她嬌弱無力，又怎扶得起來。

第二章　寶刀和柔情

苗人鳳望著懷裏幼女那甜美文秀的小臉，腦海中出現了三年多前的往事。這件事已過了三年多，但就像是剛過了三天一般，一切全清清楚楚。眼前下著傾盆大雨，三年前的那一天，下的卻是雪，漫天遍野鵝毛一般紛紛撒著的大雪。

那是在河北滄州道上。時近歲晚，道上行人稀少，苗人鳳騎著一匹高頭長腿黃馬，控轡北行。十年前的臘月，他與遼東大俠胡一刀在滄州比武，以毒刀誤傷了胡一刀。胡夫人自刎殉夫。他與胡一刀武功相若，豪氣相侔，兩人化敵為友，相敬相重，豈知一招之失，竟爾傷了這位生平唯一知己。他號稱「打遍天下無敵手」，縱橫海內，只有遇到這位遼東大俠，二人比武五日，聯床夜話，這才遇到了真正敵手，這才是真正的肝膽相照，傾心相許……苗人鳳為了此事，十年來始終耿耿於懷，鬱鬱寡歡。

胡一刀夫婦逝世十年之期將屆，苗人鳳去年這時曾去祭過亡友夫婦之墓，見墓磚有些殘破了，拿了銀子，叫人修整。這時左右無事，又千里迢迢的從浙南趕來，他要再到亡友夫婦墓前去察看，殘破處是否已經修好。風雪殘年，馬上黃昏，苗人鳳愈近滄州，心頭愈沉重。他縱馬緩行，心中在想：「當年若不是一招失手，今日與胡氏夫婦三騎漫遊天下，教貪官惡吏、土豪巨寇，無不心驚膽落，那是何等的快事？」

正自出神，忽聽身後車輪壓雪，一個車夫捲著舌頭「得兒——」一聲響，催趕騾子，擊鞭噼啪作聲，一輛大車從白茫茫的雪原上疾行而來。拉車的健騾口噴白氣，衝風冒雪，放蹄急奔。大車從苗人鳳身旁掠過，忽聽得一個嬌柔的女子聲音從車中送了出來：「爹，到了京裏，你陪我去買宮花兒戴……」這是江南姑娘極柔極清的語聲，在這北方莽莽平原的風雪之中，甚不相襯。

突然之間，騾子左足踏進了一個空洞，登時向前蹶躓。那車夫身子前傾，隨手上提，騾子借力提足，繼續前奔。苗人鳳暗暗詫異：「那車夫這一傾一提，好俊的身手，好強的膂力，看來是位風塵奇士，怎地去趕大車？」

思念未定，只聽得腳步聲響，後面一個腳夫挑了一擔行李，邁開大步趕了上來。這擔行李壓得一根棗木扁擔直彎下去，頗爲沉重，但那腳夫行若無事，在雪地裏快步而行，落腳甚輕。苗人鳳更加奇怪：「這腳夫非但力大，而輕功更加了得。」他知其中必有蹊蹺：「這腳夫似在追蹤前面那車，看來會有兇殺尋仇之事。」當下提著馬韁，不疾不徐的遙遙跟在大車之後，要待看個究竟。

行出數里，見那腳夫雖肩上壓著沉重行李，仍奔跑如飛，忽聽身後銅片兒叮叮噹噹響亮，一條漢子挑著副補鍋的擔子，虛飄飄的趕來。這人在雪中行走，落步更輕，輕功之佳，武林中甚為罕見。苗人鳳尋思：「又多了一個。這人是那一派的？」但見他斗笠和簑衣上罩滿了白雪，在風中一晃一飄，走得歪歪斜斜，登時省起：「這身奈何功是鄂北鬼見愁鍾家的功夫。」

行了七八里路，天色黑將下來，來到一個小小市集。苗人鳳見大車停在一家客店前面，於是進店借宿。客店甚小，集上就此一家。衆客商都擠在廳上烤火喝白乾，車夫、腳夫、補鍋匠都在其內。

苗人鳳雖名滿天下，近十年來隱居浙南，武林中識得他的人不多。那腳夫、車夫和補鍋匠他都不相識，於是默然坐在一張小桌之旁，要了酒飯，見那三人分別喝酒用飯，互不招呼，瞧來似乎並非一路。

忽聽內院一個人大聲說道：「南大人、小姐，小地方委屈點兒，只好在外邊廳上用飯。」棉簾掀開，店伴引著一位官員、一位小姐來到廳上。本來坐著的衆客商見到官員，紛紛起立。苗人鳳並不理會，自管喝酒。只見那官員穿著醬色緞面狐皮袍子，白白胖胖，一副福相。那小姐相貌嬌美，膚色白膩，雙目靈動，櫻紅小嘴，別說北地罕有如此佳麗，即令江南也是少有。她身穿一件蔥綠織錦的皮襖，顏色鮮艷，但在她容光映照之下，再燦爛的錦緞也顯得黯然無色。

衆人眼前一亮，不由得都有自慚形穢之感，有的訕訕的竟自退到了廊下，廳上登時空出一大片地方來。

那店伴一疊連聲的「大人、小姐」，送飯送酒，極爲殷勤。苗人鳳聽他叫喊酒菜之時，中氣充沛，不覺留神，瞧他身形步法，顯然是個會家子，又見他兩邊太陽穴微微凸出，看來內功有頗深造詣，不由得更加奇怪，心道：「這批人必有重大圖謀，左右閒著就瞧瞧熱鬧，且看他們幹的是好事還是歹事。不知跟這官兒有干係沒有？」

這一留神，不免向那官兒與小姐多看了幾眼。那官兒忽地一拍桌子，發作起來，指著苗人鳳罵道：「你是甚麼東西？見了官府不迴避也就罷了，賊眼還骨溜溜的瞧個不休。我看你粗手大腳，生成一副賊相，再瞧一眼，拿片子送到縣裏去打你個皮開肉綻。」苗人鳳低頭喝酒，並不理會。那官兒更加怒了，叫道：「你請安賠禮也不會麼？這等大剌剌的坐著。」

那小姐柔聲勸道：「爹，你犯得著生這麼大氣？鄉下人不懂規矩，也是有的。何必跟這些粗人一般見識？哪，喝了這杯吧。」說著將一杯酒遞到他嘴邊。那官兒骨嘟一口喝乾，似乎將怒氣和酒吞服了，橫了苗人鳳一眼，見他低頭不語，想是怕了，於是一邊自斟自飲，一邊跟女兒隨意說笑。話中說的都是到了北京之後，補上了官便怎樣怎樣，瞧神情似是一名赴京謀幹差使的候補官兒。

說話之間，大門推開，飄進一片風雪，跟著走進一位官員來。這人黃皮精瘦，遠沒先前那官兒的氣派十足。他大聲笑道：「人生何處不相逢，又和仁通兄在這裏撞見，眞是巧之極矣！」說著搶上來與那姓南的官兒南仁通行禮廝見。

南氏父女一齊站起，南仁通拱手道：「調侯兄，幸會幸會！一起坐罷。」那「調侯兄」謝了，坐在桌邊。店伴添上杯筷，傳酒呼菜。

苗人鳳心道：「連這個調侯兄，一共是五個高手了。這姓南的父女看不出有甚麼武功。會不會大智若愚，竟讓我走了眼呢？」想到此處，不禁暗自警戒，不敢向他們多瞧一眼。他那「打遍天下無敵手」的外號委實犯了武林大忌，天下英雄好漢，那一個不想將這頭銜摘下來。他一生所歷風險多過常人百倍，皆拜這外號之所賜。心想：「這幾人說不定是衝著我而來。他們成羣結黨，一齊上來倒也難鬥。不知前面是否更有高手？」只聽那「調侯兄」與南仁通高談闊論，說的是些官場中升遷降謫的軼聞。

廊下那腳夫和補鍋匠卻大聲吵嚷起來。兩人爭的是世上有沒當眞削鐵如泥的寶劍寶刀。那腳夫道：「甚麼削鐵如泥，胡吹大氣！那寶刀也不過鋒利點兒，當眞就這麼神？」

補鍋匠道：「你見過多少世面了？知道甚麼？寶刀就是寶刀，若不是怕嚇壞了你，我就拿一口讓你開開眼界。」腳夫嚷道：「你有寶刀？呸，做你的清秋大夢！有寶刀也不補鍋兒啦！只怕磨不利的鈍柴刀、鏽菜刀，倒有這麼一把兩把！」衆人都大笑起來。

補鍋匠氣鼓鼓的從擔兒裏取出一把刀來，綠皮鞘子金吞口，模樣不凡。他唰地拔刀出鞘，寒光逼人，果然好一口利刃。衆人都讚：「好刀！」補鍋匠拿起刀來，揮刀作勢向腳夫砍去。腳夫抱頭大叫：「我的媽呀！」急忙避開，衆人又一陣轟笑。

苗人鳳瞧了二人神情，心道：「這兩人果是一路。這麼串戲，卻不是演給我看的。」

補鍋匠道：「有上好菜刀柴刀，請借一把。」那店伴應聲入廚，取了一把菜刀出來。補鍋匠道：「你拿穩了！」那店伴將菜刀高高舉起。補鍋匠橫刀揮去，噹的一聲，菜刀斷爲兩截，上半截噹啷一聲落地。衆人齊聲喝采：「果是寶刀！」

補鍋匠得意洋洋，大聲吹噓，說他這柄刀如何厲害，如何名貴。廊下衆人臉現仰慕之色，津津有味的聽著。南仁通聽他說了一會，忍不住「哼」了一聲，臉現不屑之色。

那「調侯兄」道：「仁通兄，這柄刀確也稱得上個『寶』字了，想不到販夫走卒之徒，居然身懷這等利器。」南仁通道：「利則利矣，寶則未必。」「調侯兄」道：「我兄此言差矣！你瞧此刀削鐵如泥，世上那裏更有勝於此刀的呢？」南仁通道：「吾兄未免少見多怪，兄弟就……」還待再說下去，南小姐忽然插口道：「爹，你喝得多啦，快吃了飯去睡吧。」

南仁通笑道：「嘿，女孩兒就愛管你爹爹。」說著卻眞的要飯吃，不再喝酒。那「調侯兄」又道：「兄弟今日總算開了眼界，這等寶刀，吾兄想來也是生平第一次見到。」南仁通冷笑道：「勝於此刀十倍的，兄弟也常常見到。」「調侯兄」哈哈大笑，道：「取笑，取笑！吾兄是位文官，又見過甚麼寶刀來？」

補鍋匠聽到了二人對答，大聲道：「世上若有更勝得此刀的寶刀，我寧願把頭割下來送他。吹大氣又誰不會啦？嘿，我說我兒子也做個五品官呢，你們信不信啦？」衆人忙喝：「胡說，快閉嘴！」

南仁通氣得臉也白了，霍地站起，大踏步走向房中。南小姐連叫：「爹爹！」他那裏理會，片刻間捧了一柄三尺來長的彎刀出來。但見刀鞘烏沉沉的，也無異處。他大聲道：「喂，補鍋兒的，我這裏有把刀，跟你的比一下，你輸了可得割腦袋。」補鍋匠道：「倘若老爺輸了呢？」南仁通氣道：「我也把腦袋割與你。」南小姐道：「爹，你喝多啦，跟他們有甚麼說的？回房去吧！」

南仁通若有所悟，哼了一聲，捧著刀轉身回房。補鍋匠見他意欲進房，又激一句：「倘若老爺輸了，小人怎敢要老爺的腦袋？不如老爺招小人做個女婿吧！」衆人有的譁笑，有的斥他胡說。南小姐氣得滿臉通紅，不再相勸，賭氣回房去了。

南仁通緩緩抽刀出鞘，刃口只露出半尺，已見冷森森的一道青光激射而出，待那刀刃拔出鞘來，寒光閃爍不定，耀得衆人眼也花了。南仁通不理那補鍋匠，只跟「調侯兄」說話，說道：「調侯兄，我這口刀，有個名目，叫作『冷月寶刀』，你瞧淸楚了。」

補鍋匠湊近看去，見刀柄上用金絲銀絲鑲著一鉤眉毛月之形，說道：「老爺的刀好，小人的好像及不上，就不用比了。」

苗人鳳見衆人言語相激，南仁通取出寶刀，心下已自了然，原來這幾人均是爲這口寶刀而來。學武之士將寶劍利刃看得有如性命一般，身懷利器，等於武功增強數倍。他有如此一口寶刀，無怪衆人眼紅。不過他是文官，這刀卻從何處得來？這些人卻又如何知曉？苗人鳳初時提防這幾人陰謀對付自己，一直深自戒備，現下既知他們是想奪寶刀，心下坦然，登時從局中人變成了旁觀客。但見寶刀一出鞘，那「調侯兄」、店伴、腳夫、車夫、補鍋匠一齊湊攏。苗人鳳知道這五人均欲得刀，只礙著旁人武功了得，才不敢貿然動手，否則以南仁通手無縛鷄之力，這把刀早已讓人奪去，那裏等得到今日？

南仁通恨那補鍋匠口齒輕薄，本要比試，但見他那把刀鋒銳無比，也非常物，倘若鬥個兩敗俱傷，豈非損傷了至寶？於是說道：「你知道就好，下次可還敢胡說八道麼？」正要還刀入鞘，那「調侯兄」突然一伸手，將刀奪過，嚓的一聲輕響，與補鍋匠手中利刃相交，補鍋匠的刀刃斷爲兩截，接著又是噹的一響，上半截刀身落地。補鍋匠、腳夫、車夫、店伴四人一齊搶過，將「調侯兄」四下圍住。「調侯兄」雖寶刀在手，卻衆寡不敵，將刀還給了南仁通，翹拇指說道：「好刀，好刀！」南仁通臉上變色，責備道：「咳，你也太過魯莽了！」見寶刀無恙，這才喜孜孜的還刀入鞘，回房安睡。

苗人鳳知適才五人激南仁通取刀相試，是要驗明寶刀正身，不出一日，五人就有一場流血爭鬥。他雖俠義爲懷，但見那南仁通橫行霸道，不是好人，這把刀只怕也是巧取豪奪而得，心想我自去祭墓，不必理會他們如何黑吃黑的奪刀。

次日絕早起來，見南仁通已然起行，補鍋匠等固然都已不在店內，連那店伴也已離去。一問之下，這人果然是昨天傍晚才到的惡客，給了十兩銀子，要喬裝店伴。苗人鳳暗暗嘆息：「常言道：謾藏誨盜，果然不錯。」結了店帳，上馬便行。

馳出二十餘里，忽聽西面山谷中一個女子聲音慘呼：「救命！救命！」正是南小姐的聲音。苗人鳳心想：「這些惡賊奪了刀還想害人，這可不能不管。」一躍下馬，展開輕身功夫循聲趕去，轉過兩個彎，只見雪地裏殷紅一片，南仁通身首異處，死在當地。那「冷月寶刀」橫在他身畔，五個人誰也不敢伸手先拿。南小姐卻給補鍋匠抓住了雙手，掙扎不得。

苗人鳳隱身一塊大石之後，察看動靜。只聽「調侯兄」道：「寶刀只一把，卻有五個人想要，怎麼辦？」那腳夫道：「憑功夫分上下，勝者得刀，公平交易。」「調侯兄」向南小姐瞧了一眼，說道：「寶刀美人，都挺難得。」補鍋匠道：「我不爭寶刀，要了這姑娘就是啦。」店伴冷笑道：「也不見得有這麼便宜事兒。武功第一的得寶刀，第二的得美人。」腳夫、車夫齊聲道：「對，就這麼著。」店伴向補鍋匠道：「老兄，勞駕放開手，說不定在下功夫第二，這是我的老婆！」「調侯兄」笑道：「正是！」轉頭厲聲向南小姐道：「你敢再嚷一聲，先斬你一刀再說！」補鍋匠放開了手。南小姐伏在父親屍身之上，抽抽噎噎的哭泣。那車夫笑道：「小姐，別哭啦。待會兒就有你樂的啦！」伸手去摸她臉，神色輕薄。

苗人鳳瞧到此處，再也忍耐不住，大踏步從石後走出，低沉著嗓子喝道：「下流東西，都給我滾！」那五人吃了一驚，齊聲喝道：「你是誰？」苗人鳳生性不愛多話，揮了揮手，道：「一齊滾！」補鍋匠性子最爲暴躁，縱身躍起，雙掌當胸擊去，喝道：「你給我滾！」苗人鳳左掌揮出，以硬力接他硬力，一推一揮，那補鍋匠騰空直飛出去，摔在丈許之外，半天爬不起身。

其餘四人見他如此神勇，無不駭然，過了半晌，不約而同的問道：「你是誰？」苗人鳳又揮了揮手，這次連「滾」字也不說了。

那車夫從腰間取出一根軟鞭，腳夫橫過扁擔，左右撲上。苗人鳳知五人都是勁敵，聯手攻來，一時之間不易取勝，因此一出手就是狠招，側身避過軟鞭，右手疾伸，已抓住扁擔一端，運力揮抖，喀喇一響，棗木扁擔斷成兩截，左腳飛出，將那車夫踢了一個觔斗。那腳夫欲待退開，苗人鳳長臂伸處，已抓住他後領，大喝一聲，奮力擲出，那腳夫猶似風箏斷線，竟跌出數丈之外，騰的一響，結結實實的摔入雪地。兩人受傷摔倒，一時爬不起身。

那「調侯兄」知道難敵，說道：「佩服，佩服，這寶刀該歸閣下。」一面說一面俯身拾起寶刀，雙手遞過。苗人鳳道：「我不要，你還給原主！」那「調侯兄」一怔，心想：「世上那有這樣的好人？」一抬頭，見他臉如金紙，神威凜凜，突然想起，說道：「原來是金面佛苗大俠？」苗人鳳點了點頭。「調侯兄」道：「我們有眼不識泰山，栽在苗大俠手裏，還有甚麼話說？」又將寶刀遞上，說道：「小人蔣調侯，三生有幸，得逢當世大俠，這寶刀請苗大俠處置吧！」苗人鳳最不喜別人囉唆，心想拿過之後再交給南小姐便是，伸手握住刀柄。

他正要提手，突聽嗤嗤兩聲輕響，腿上微微一疼。蔣調侯躍開丈餘，向前飛跑，叫道：「他中了我的絕門毒針，快纏住他。」苗人鳳聽到「絕門毒針」四字，口中「哦」了一聲，暗道：「貴州蔣氏毒針天下聞名，今番中了他的詭計。」心知這暗器劇毒無比，當下深吸一口氣，飛奔而前，頃刻時趕上蔣調侯，一把抓住，伸指在他脅下一戳，已閉住了他穴道，拋在地下。

腳夫、車夫等本已一敗塗地，忽聽得敵人中了毒針，無不喜出望外，遠遠圍著，均不逼近，要待他毒發自斃。苗人鳳一口氣不敢吞吐，展開輕功，疾向腳夫趕去。那腳夫嚇得魂飛魄散，捨命狂奔。苗人鳳趕到他身後，右掌擊去，正中背心，登時將他五臟震裂。此掌擊出後腳下片刻不停，瞬息間追到車夫身前。那車夫揮動軟鞭護身，只盼抵擋得十招八招，挨到他身上毒性發作。苗人鳳那裏與他拆甚麼招，蒲扇般大手伸出，抓住軟鞭鞭梢，神力到處，一奪一揮，軟鞭倒轉過來，將他打得腦漿迸裂。

苗人鳳連斃二人，腳上已自發麻，此是生死關頭，不容有片刻喘息，但見店伴與補鍋匠都已在數十丈外，二人是一般的心思，盡力遠遠逃開，以待敵人不支。苗人鳳本來不欲傷人性命，但此時只要留下一個活口，自己毒發跌倒，就是把自己性命交在他手裏。於是咬緊牙關，手握軟鞭，追趕店伴。那店伴甚爲狡猾，儘揀泥溝陷坑中奔跑。但苗人鳳的輕功何等了得，一轉眼已自追上。那店伴眼見難逃，回身提著匕首撲到。苗人鳳立刻回頭轉身，一腳倒踹，瞧也不瞧，立即提氣追趕補鍋匠。這一腳正中店伴心窩，踢得他狂噴鮮血，仰天立斃。

那補鍋匠武功雖不甚強，但鄂北鬼見愁鍾家所傳輕功卻是武林一絕。苗人鳳追奔逐北，毒性發作更快，腳步已自蹣跚，竟追趕不上。補鍋匠見他一顛一躓，心中大喜，暗想：「老天保佑，教我垂手而得寶刀美人。」思念未定，突聽半空呼呼風響，一條黑黝黝的東西橫空而至，待欲閃躲，已自不及。原來苗人鳳知道追他不上，最後奮起神力，擲出軟鞭。這條鋼鑄軟鞭從面門直打到小腹，補鍋匠立時屍橫雪地。此時苗人鳳也已支持不住，終於一交摔倒。

南小姐伏在父親屍上，眼見這場驚心動魄的惡戰，嚇得呆了，最後見苗人鳳倒下，忙走上相扶，但苗人鳳身軀高大，她嬌弱無力，又怎扶得起來？苗人鳳神智尚清，下半身卻已痲木，指著蔣調侯道：「搜他身邊，取解藥給我服。」南小姐依言搜索，果然找到一個小小瓷瓶，問苗人鳳道：「是這個麼？」苗人鳳昏昏沉沉，已自難辨，道：「不管是不是，服……服了再說。」

南小姐拔開瓶塞，將小半瓶黃色藥粉倒在左掌，送入苗人鳳口裏。苗人鳳用力吞下，說道：「快將他殺了！」南小姐大吃一驚，道：「我……我不敢……不敢……」苗人鳳厲聲道：「他是你殺父仇人。」南小姐仍道：「我……我不敢……」苗人鳳道：「再過幾個時辰，他穴道自解。我受傷很重……那時咱兩人死無葬身之地。」

南小姐雙手提起寶刀，拔出刀鞘，眼見蔣調侯眼中露出哀求之色，她自小殺鷄殺魚也是不敢，這殺人的一刀如何砍得下去？

苗人鳳大喝：「你不殺他，便是殺我！」南小姐吃了一驚，身子一顫，寶刀脫手掉下。這刀砍金斷玉，刃口正好對準蔣調侯的腦袋。只聽得南小姐與蔣調侯同聲大叫，一個昏暈，軟軟摔下，跌在苗人鳳身上，另一個的腦袋已讓寶刀劈開。

苗人鳳想到此處，懷中幼女忽然嚶的一聲醒來，哭道：「爸爸，媽呢？我要媽。」苗人鳳還沒回答，那女孩一轉頭，見到火堆旁的美婦，張開雙臂，大叫：「媽媽，媽媽，蘭蘭找你！」歡然喜躍，要那美婦來抱。

四周衆人聽那幼女先叫苗人鳳「爸爸」，又叫那美婦「媽媽」，都大感驚異，心想這美婦明明是田歸農之妻，怎麼又會是苗人鳳之女的母親？那女孩這兩聲「媽媽」一叫，大廳中緊張的氣勢又自濃了幾分。幾十個大人個個神色嚴重，那女孩卻歡躍不已。

那美婦站起身來，走到苗人鳳身旁抱過孩子。那女孩笑道：「媽媽，蘭蘭找你，你抱蘭蘭回家。」那美婦緊緊摟著她，兩張美麗的臉龐偎倚在一起。女孩在夢中流的淚水還沒乾，這時臉頰上又添了母親的眼淚。

臉有刀疤的獨臂怪漢一直縮身廳角，靜觀各人。這時輕輕站起，走到盜魁閻基身前，在他耳邊悄悄說了幾句話。閻基神色大變，忽地站起。向苗人鳳望了一眼，臉上大有懼色，緩緩伸手入懷，取出一個油紙小包。獨臂人夾手奪過，打開一看，見裏面是兩張焦黃的紙片。他點了點頭，包好了放入懷內，重行回到廳角坐下。

那美婦伸衣袖抹了抹眼淚，突然在女孩臉上深深一吻，眼圈一紅，又要流出淚來，終於強行忍住，霍地站起，把女孩交還給了苗人鳳。那女孩大叫：「媽媽，媽媽，抱抱蘭蘭。」那美婦背向著她，宛似僵了一般，始終不轉過身來。

苗人鳳耐著性子等待，等那美婦答應一聲，等她回過頭來再瞧女兒一眼……

在苗人鳳心中，他早已要將一個人拉過來踏在腳下，一掌打死，但他知道，一定會有人捨命阻止。他的武功是打遍天下無敵手，但他的心腸卻很脆弱，只因為他是極深極深的愛著眼前這個美婦。

他聽見女兒在哭叫：「媽媽，媽媽，抱抱蘭蘭！」女兒在他懷中掙扎著要到母親那裏。他耐著性子等待，等那美婦答應一聲，等她回過頭來再瞧女兒一眼……

那美婦是耳聾了？還是她的心像鐵一般剛硬？小女孩在連聲哀求：「媽媽，抱抱蘭蘭！」但媽媽一動也不動，背心沒一點兒顫抖，連衣衫也沒一點擺動。

苗人鳳全身的血在沸騰，他的心要給女兒叫得碎了。三年多之前，滄州雪地裏的事又湧上了心頭：

雪地裏橫著六具屍身，苗人鳳腿上中了蔣調侯的兩枚絕門毒針，下半身痲痹，動彈不得。南小姐慢慢醒轉，見自己跌在苗人鳳懷裏，急忙站起，雙腳一軟，又坐倒在雪地裏。她驚惶已極，連哭也哭不出聲來。

苗人鳳道：「牽過那匹馬來。」聲音嚴厲，南小姐只有遵依的分兒。她將馬牽到苗人鳳身旁，伸出柔軟的手，握住了他蒲扇一般的手掌，想拉他起來。

苗人鳳道：「你走開！」心想：「你怎麼拉得起我？」這時他兩腿已難行動，抬起上身，伸右手握住馬鐙，手臂微一運勁，身子倒翻上了馬背，說道：「拿了那柄刀！」南小姐失魂落魄般拾了寶刀。苗人鳳伸左手在她腰間輕輕一帶，將她提上了馬背。兩人並騎，慢慢回到小客店中。

苗人鳳運足功勁，才沒在馬上昏暈過去，但一到店前，再也支持不住，翻身落在雪地。兩名店小二奔出來扶了他進去。

苗人鳳捲起褲腳，將兩枚毒針拔了出來，他叫店小二給他吸出腿上毒血，雖許以重酬，店小二仍害怕躊躇。

南小姐將柔嫩的小口湊在他腿上，將毒血一口一口的吸出來。她知道：這一來，自己就是他的人了。他是大俠也好，是大盜也罷，再沒第二條路，她已決心跟著他了。苗人鳳也知道：這幾口毒血一吸，自己無牽無掛、縱橫江湖的日子是完結啦。他須得終身保護這女子。這個千金小姐的快樂和憂愁，從此就是自己的快樂與憂愁了。

他及時服了蔣調侯的解藥，性命可保，但絕門毒針非同小可，不調治十天半月，兩腿沒法使喚。他取出銀子，命店小二去收殮了南小姐的父親，也收殮了那五個企圖搶奪寶刀的豪客。南小姐與他同住在一間房裏，服侍他、陪伴他。經過了這場驚心動魄的變故，南小姐一閉眼就見到雪地裏那場慘劇，見到父親爲賊人殺死，見到自己手中的寶刀掉下去，殺死了一個人。她常常在睡夢中哭醒。

苗人鳳不善言辭，從來不說一句安慰的言語。但南小姐只要見到他沉靜鎮定的臉色、同情的眼光，就不再害怕了。

她跟他說，她父親南仁通在江南做官，捉到了一名江洋大盜，得到這柄「冷月寶刀」。不久南仁通調補京官，他要將寶刀獻給當道，滿心只想飛黃騰達，不料卻因此枉自送了性命。苗人鳳問起那江洋大盜的姓名，南小姐卻說不上來，她只知這大盜是在獄中病死的。他想：不知是那一個好漢，不明不白的又給害死了。那五名奪刀的豪客，必定識得這大盜，知道大盜有柄寶刀，於是一路跟蹤下來。

第五天晚上，南小姐端了一碗藥給苗人鳳喝。他正要伸手去接，忽聽得窗外簌簌幾下響聲。他不動聲色，接過藥碗來慢慢喝了下去。他知窗外有人窺探，但震於自己的威名，不敢貿然動手。暗自盤算：「這多半是奪刀五人的後援，再過五六日，那就不足爲懼，苦於這幾日兩腿兀自酸軟無力，若有強敵到來，倒不易對付。」

只聽得啪的一聲，白光閃動，窗外擲進一柄匕首，釘在桌上，微微顫動。匕首上附著一張白紙。南小姐「啊」的一聲驚呼，奔到他身邊。苗人鳳睡在炕上，伸手夠不著匕首。他冷笑一聲，左掌在桌子邊緣一拍。匕首本來揷進桌面數寸，這一拍之下，登時跳起，彈起尺許，跌在他手旁。窗外有人讚道：「金面佛名不虛傳，果然了得！」腳步輕響，兩個人越牆出外。接著馬蹄響起，兩騎馬遠遠去了。

苗人鳳拿起白紙，見寫著一行字道：「鄂北鍾兆文、鍾兆英、鍾兆能頓首百拜。」

南小姐見他臉色木然，不知是憂是怒，問道：「是敵人找上來了嗎？」苗人鳳點點頭。南小姐道：「你在桌上這麼一拍，他們就嚇走了，是不是？」苗人鳳搖頭道：「他們是來送信的。」南小姐道：「你這麼大本事，他們一定害怕。」苗人鳳不語，心想：「鄂北鬼見愁鍾氏三兄弟，既然找上來了，就不害怕。」南小姐話是這麼說，心中也自擔憂，過了半晌，輕聲說道：「大哥，咱們現下騎馬走了吧，他們找不著的。」苗人鳳搖搖頭，默然不語。

打遍天下無敵手金面佛苗人鳳，怎能在敵人面前逃走？就算爲了南小姐而暫且忍辱躲避，但鬼見愁鍾氏三兄弟又怎能讓人躲得開？這些事南小姐是不會懂的。他向來不愛多說話，況且，這些事又何必跟她多說。這一晚南小姐翻來覆去的睡不安穩，她已在全心全意的關懷這個粗手大腳的鄉下人，但苗人鳳卻睡得很沉。

只不過他做了一個夢，夢見一頂花轎，一隊吹鼓手，又夢見一個頭上披著紅巾的新娘子。那是很久很久以前童年時瞧見過的，他早忘了，這時卻忽然夢到了。醒來的時候，似乎還隱隱聽到夢中鼓樂的聲音。黯淡的搖曳的燭光，照在旁邊床上南小姐像芙蓉花那樣柔和、那樣嬌艷的臉上。這朵花卻不在笑。她睡著的時候，也在恐懼，也在傷心和痛苦。她臉上有燭光，卻有更多的陰影。

次日清晨，苗人鳳命店小二做一大碗麵吃了，端張椅子，坐在廳中，冷月寶刀放在身旁。他生平不愛事先籌劃，預料的事兒多半作不了準，寧可隨機應變。南小姐見了他神情，很是害怕，問了他幾句，苗人鳳並不回答，她就不敢再問。

辰牌時分，馬蹄聲響，三乘馬在客店前停住，進來了三個客人。客店中人見了這三人的打扮，都嚇了一跳。三人都身穿白色粗麻布衣服，白帽白鞋，衣服邊上露著毛頭，竟是剛死了父母的孝子服色。但三身孝服已穿得半新不舊，若說在服熱孝，卻又不像。

苗人鳳知道鄂北鬼見愁鍾門雄霸荊襄，武功實有獨到造詣，那補鍋匠是鍾氏門徒，武藝已自不弱，眼下鍾氏三兄弟親自到來，此事當眞棘手。見三人一般的相貌，都臉色慘白，鼻子又扁又大，鼻孔朝天，只能憑鬍子分別年紀，料來灰白小鬍子的是大哥鍾兆文，黑鬍子的是二哥鍾兆英，沒留鬍子的是三弟鍾兆能。三人進來時腳步輕飄飄的宛如足不點地，果然是勁敵到了。苗人鳳一生之中，敵人愈強，精神愈振，見三人身手不同凡俗，不由得全身骨骼輕輕作響。

鍾氏三兄弟上前同時一揖到地，齊聲說道：「苗大俠請了。」苗人鳳拱手還禮，說道：「請了，恕在下腿上有傷，不能起立。」鍾兆文道：「苗大俠你家腿上不便，原本不該打擾，只是殺徒之仇，不能不報，請苗大俠你家恕罪。」他「你家，你家，你家」，滿口湖北土腔，苗人鳳點點頭，知是「你老人家」客氣話的簡稱，不再答話。

鍾兆文道：「苗大俠威震天下，我三兄弟單打獨鬥，不是你家對手。老二、老三，咱哥兒一齊上啊！」鍾兆英、鍾兆能怪聲答應，叫道：「老大，咱哥兒一齊上啊！」這三兄弟是武林中的成名人物，雖怪聲怪氣，怪模怪樣，在江湖上卻輩份甚高，行事持重，武功又強，因此在兩湖一帶已闖下極大基業。三人怪聲一作，嗆啷啷響聲不絕，各從身邊取出一對判官筆。

客店中夥伴客人見這三人到來，早知不妙，這時見取出兵刃，人人遠避，登時大廳中空蕩蕩的一片。南小姐關心苗人鳳安危，卻留在廳角之中。苗人鳳見她一個嬌怯弱女，居然有此膽量，大是喜慰。只因南小姐在廳角這麼一站，苗人鳳自此對她生死以之，傾心相愛，當下向她微微一笑，抽出冷月寶刀。

鍾氏兄弟見那刀青光閃動，寒氣逼人，同聲讚道：「好刀！」

三兄弟齊聲怪叫。鍾兆文雙筆當胸直指，兆英攻左，兆能襲右。苗人鳳端坐椅中，橫刀不動，待六枝鑌鐵判官筆的筆尖堪堪點到身邊，突然寶刀一揮，呼呼風響，向三人各砍一刀。鍾氏三兄弟果然身負絕藝，見他刀勢來得奇特，各自身形飄動，讓了開去。他們只知苗家劍法獨步天下，不料他刀法竟也如此精奇，心下均甚駭異。苗人鳳此時使的是胡一刀所授的胡家刀法，變化奧妙，靈動絕倫，就只吃虧在身子不能移動，一刀砍出，難以連續追擊，否則數刀之間，便可傷得鍾氏兄弟中一人。

四人一動上手，大廳中刀光筆影，登時鬥得兇險異常。鍾氏三兄弟輕功了得，三人分進合擊，此來彼往，六枝判官筆宛如一人六臂所使。苗人鳳使開刀法，攻拒削砍，絲毫不落下風。他想今日之鬥務須猛下殺手，重傷他兄弟三人，否則自己與南小姐性命難以周全。只素知鍾氏三兄弟安份守己，並無歹行劣跡，江湖上聲名甚好，卻不必取他們性命。眼見三兄弟的招數愈來愈緊，每一招都點打他上身大穴，只要稍一疏神，不但一世英名付於流水，連這嬌艷溫柔的南小姐也得落入敵手受苦。想到此處，刀招加沉，猛力砍削。三兄弟怕他力大刀利，不敢讓兵刃給他寶刀碰到了，圍攻的圈子漸漸放遠。

鍾兆英見難以取勝，突然一聲怪叫，身子斜撲，著地滾去，竟到苗人鳳背後攻他下盤。這一著甚是險毒，苗人鳳在椅上不能轉動，敵人攻他背後椅腳，如何護守得著？鍾兆英連攻數招，一筆橫砸，喀的一聲，將椅腳打斷了一根。椅子一側，苗人鳳身子跟著傾側。南小姐「啊」的一聲，驚呼出來。苗人鳳左手倏地探出，往鍾兆英臉上抓去。鍾兆英大驚，忙滾開相避，噹噹兩響，他與鍾兆能手中的判官筆已各有一枝爲寶刀削斷。

鍾兆文肩頭劇痛，卻給刀刃劃了一道口子。苗人鳳一刀同時攻逼三敵，這一招叫做「雲龍三現」，乃胡家刀法中的精妙招數。

鍾氏三兄弟各展輕功躍開，三人互望一眼，臉上皆有驚駭之色。鍾兆英道：「老大，掛了彩啦？」鍾兆文道：「不礙事。」他見苗人鳳椅子斜傾，坐得搖搖欲墜，心想如此良機，日後再難相逢，只忌憚他寶刀鋒利，刀法精奇，抱拳說道：「兵刃上我三兄弟不是敵手，我們再領教你家拳招掌法。」這話兒說得冠冕堂皇，卻不懷好意，乃要敵人自去其長。他三人此來乘人之危，乃仇殺拚命，並非比武較藝，苗人鳳本來大可不必理會這番說話，但他藝高人膽大，一聲冷笑，寶刀歸鞘，點了點頭，說道：「好！」

三兄弟拋下判官筆，蹦跳竄躍，攻了上來。三人每一步都是跳躍，竟無一步踏行。苗人鳳的掌法何等威猛，一經施展，三兄弟欺不近八尺以內，也是鍾門武功卓然成家，否則單是給他掌力一震，已受重傷。鍾兆英人最機靈，見他椅腳斷了一隻，已難坐穩，心想依樣葫蘆，再打斷一隻椅腳，非教他摔倒不可，當下又使出地堂拳法，滾向苗人鳳椅後，猛地右腿橫掃，喀喇一響，果然又將椅腳踢斷了一隻。

那椅子本已傾側，此時急向後倒，苗人鳳伸手在椅背一按，人已躍起。他惱恨鍾兆英狡詐，從半空中如大鷹般向他撲擊下來。鍾兆英嚇得心驚膽戰，大叫：「老大，老三！」兆文、兆能從旁來救。苗人鳳雙掌發力，左掌打在鍾兆文肩頭，右掌拍在鍾兆能胸口。兩人雙雙向外跌出。鍾兆英幾個翻身逃出廳門，苗人鳳也已摔倒在地。

三兄弟片刻間均爲掌力震傷，見他如此神勇，那敢進來再鬥？鍾兆英瞥見店門旁堆滿驢馬的草料，心念一動，取出火摺晃著了，便在草料上一點。那麥稈乾得透了，登時起火，順風燒向店堂。客店中店夥客商見到火頭，一陣大亂，紛紛奔出。三兄弟拿著判官筆在門口監視，叫道：「誰敢救那壞了腿的客人，老子打開他腦袋瓜子！」衆人自逃性命不及，又有誰敢去救人？

苗人鳳見霎時之間風助火勢，濃煙火舌捲進廳來，自己雙腿不能行走，敵人又守在門口，暗道：「難道我一世英雄，今日竟活活燒死在這裏不成？」轉眼見南小姐已隨衆人逃出，心下略寬，火光中見屋角裏放著一綑粗索，暗叫：「天可憐見！」爬著過去抖開繩索，在手臂上繞了十來圈。

鍾氏兄弟眼見煙火圍門，這個當世無敵的苗人鳳勢必葬身火窟，三人心中大喜，相視而笑。

南小姐當危急時奪門而出，此時卻想起苗人鳳尚在店內，他爲相救自己而受傷喪生，不禁大爲難受，珠淚盈眶，正自難忍，猛聽得店堂內一聲大喝，一條繩索從火焰中竄將出來，一端已捲住門外那株大銀杏的樹幹。接著繩子一盪，苗人鳳又高又瘦的身軀已飛了出來。

眾人見他突似飛將軍自天而降，無不駭然。苗人鳳左手抓繩，身子自空向鍾氏三兄弟撲去。三鍾嚇得魂飛天外，已無鬥志，當即發足奔逃。他三人輕功雖高，終不及苗人鳳拉著繩子飛盪迅速，給他伸出蒲扇大的手掌，一擲一抓，一抓一擲，將三兄弟先後投入火窟。總算三人武功均高，一入火窟，急忙逃出，但已燒得鬚眉盡焦，狼狽不堪。

到此地步，三兄弟那敢逗留，馬匹也不要了，向南急奔而去，但聽苗人鳳豪邁爽朗的大笑聲，從身後不絕傳來。

苗人鳳想到當年力戰鬼見愁鍾氏三雄的情景，嘴角上不自禁出現了一絲笑意，然而這是愁苦中的一絲微笑，是傷心中一閃即逝的歡欣。於是他想到腿上傷愈之後，與南小姐結成夫婦，那個刻骨銘心、傾心相愛的妻子，就是眼前這個美婦人。她在身前不過五尺，這五尺卻比五千里、五萬里的路程更加遙遠。

於是他想到兩人新婚後那段歡樂的日子，他帶著嬌妻一同去拜祭胡一刀夫婦的墓，見墳墓圮壞處修整好了，他把冷月寶刀封在墳前地下土中，心裏想：世上除胡一刀外，再也沒人配用這口寶刀。他既不在世上了，寶刀就該陪著他。要是他仍在世上，自己自會雙手奉刀，送了給他，然後和他相對痛飲，盡醉方休。

在胡一刀的墓前，他把當年那場比武與誤傷的經過說給妻子聽。他從來不愛多說話，這一天卻說得滔滔不絕。這件事在他心中鬱積了十年，直到今天，方在最親近的人面前發洩出來。他辦了許多酒菜來祭奠胡一刀，擺滿了一桌，就像當年胡夫人在他們比武時做了一桌酒菜那樣。

他喝了不少酒，好像這位生平唯一的知己復活了，跟他一起歡談暢飲。他愈喝得多，愈說得多。說了如何用胡家刀法打敗威震荆襄的鍾氏三雄，從刀法說到對這位遼東大俠的欽佩與崇仰，說到造化小兒弄人，人世無常，說到胡夫人對丈夫的情愛，他說：「像這樣的女人，要是丈夫在水裏，她一定也在水裏，丈夫在火裏，她也在火裏……」

突然之間，看到新娘臉色變了，掩著臉遠遠奔開。他追上去想要解釋，但他醉了，他不會說話，何況，他心中確是記得客店中鍾氏三雄火攻的那一幕……他是在火裏，而她卻獨自先逃了出去……

他一生慷慨豪俠，素來不理會小節，然而這是他生死以之相愛的人……在他腦子裏，一直覺得南蘭應該逃出去，她是女人，不會半點武功，見到了濃煙烈火自然害怕，她那時又不是他妻子，陪著他死了，又有甚麼好處？……但在心裏，他深深盼望在自己遇到危難之時，有個心愛的人守在身旁，盼望心愛的人不要棄他而先逃……他一直羨慕胡一刀有個眞心相愛的夫人，自己可沒有。胡一刀雖早死，這一生卻比自己過得快活。

酒醉後，在胡一刀墓前，無意中說錯一句話，也可說是無意中流露了眞心。這句話造成了夫妻間永難彌補的裂痕。雖然，苗人鳳始終極深厚極誠摰的愛著妻子。

他永遠不再提這件事，甚至連胡一刀的名字也不提，南蘭自然也不會提。

後來女兒若蘭出世了，像母親一般的美麗，像母親一般的嬌嫩。夫妻間的感情也加深了一層。然而，他是出身貧家的江湖豪傑，妻子卻是官家的千金小姐。他天性沉默寡言，整天板著臉，妻子卻需要溫柔體貼，低聲下氣的安慰。她要男人風雅斯文、懂得女人的小性兒，要男人會說笑、會調情……苗人鳳空具一身打遍天下無敵手的武功，妻子所要的一切卻全沒有。如果南小姐會武功，有一點江湖豪氣，或許會佩服丈夫的本事，會懂得他爲甚麼是當世一位頂天立地的奇男子。但她壓根兒瞧不起武功，甚至從心底裏厭憎武功。因爲，她父親是給武人害死的，起因是在於一把刀；又因爲，她嫁了一個不理會自己心事的男人，起因是在於這男人用武功救了自己。

她一生中曾有一段短短的時光，對武功感到了一點興趣，那是丈夫的一個朋友來作客的時候。那就是這個英俊瀟洒的田歸農。他沒一句話不在討人歡喜，沒一個眼色不是軟綿綿的教人想起了就會心跳。但奇怪得很，丈夫對這位田相公卻不大瞧得起，對他愛理不理的，招待客人的事兒就落在她身上。相見的第一天晚上，她睡在床上，睜大了眼睛望著黑暗的窗外，忍不住暗暗傷心：爲甚麼當日救她的不是這位風流俊俏的田相公，偏生是這個木頭一般睡在身旁的丈夫？她卻不懂，這個田相公武功不夠，根本救不了她，就算能救，他也不肯冒險出手。

過了幾天，田歸農跟她談論武功，發覺她一點兒也不會，便教了她幾路拳腳。她學得很起勁，雖然她還是不喜歡武功，只因是他教的，就興致勃勃的學了。終於有一天，她對他說：「你跟我丈夫的名字該當對調了才配。他最好是歸農種田，你才眞正是人中的鳳凰。」也不知是他早有存心，還是因爲受到了這句話再加上眼色的風喻，終於，在一個熱情的夜晚，賓客侮辱了主人，妻子侮辱了丈夫，母親侮辱了女兒。

那時苗人鳳在月下使刀，他們的女兒苗若蘭甜甜地睡著……

南蘭頭上的金鳳珠釵跌到了床前地下，田歸農給她拾了起來，溫柔地給她插在頭上，鳳釵的頭輕柔地微微顫動……

她於是下了決心。丈夫、女兒、家園、名聲……一切全別了，她要溫柔的愛，要體貼和熱情。於是她跟著這位俊俏的相公從家裏逃了出來。丈夫抱著女兒從大風雨中追趕了來，女兒在哭，在求，在叫「媽媽」。但她已經下了決心，只要和歸農在一起，哪怕只過短短的幾天也是好的，只要和歸農在一起，給丈夫殺了也罷，剮了也罷。她很愛女兒，然而這是苗人鳳的女兒，不是田歸農和她生的女兒。她聽到女兒的哭求，但在眼角中，她看到了田歸農動人心魄的微笑，因此她不再回過頭來。

苗人鳳在想：只盼她跟著我回家去，這件事以後我一定一句不提，我只有加倍愛她，只要她回心轉意，我要她，女兒要她！

苗夫人在想：他會不會打死歸農？他很愛我，不會打我的，但會不會打死歸農？

苗若蘭小小的心靈中在想：媽媽爲甚麼不理我？不肯抱我？我不乖嗎？

田歸農也在想他的心事。他的心事是深沉的。他想到闖王所留下的無窮無盡的財寶，苗夫人是打開這寶庫的鑰匙。當然，她很美麗，嬌媚無倫，但更重要的是闖王的寶庫，苗人鳳會不會打死我呢？

苗人鳳在等待，廳上的鏢客、羣盜、侍衛、商家堡的主人、獨臂人和小孩，大家都在等待。

廳上有很多人，但誰也不說話，只聽到一個小女孩在哭叫：「媽媽！媽媽！抱抱蘭蘭！」即使是最硬心腸的人，也盼望她回過身來抱一抱女兒。

自從走進商家堡大廳，苗人鳳始終沒說過一個字，一雙眼像鷹一般望著妻子。

外面在下著傾盆大雨，電光閃過，接著便是隆隆的雷聲。大雨絲毫沒停，雷聲也是不歇的響著。

終於，苗夫人的頭微微一側。苗人鳳的心猛地一跳，她看到妻子在微笑，眼光中露出溫柔的款款深情。她是在瞧著田歸農。這樣深情的眼色，她從來沒向自己投注過一次，即使在新婚中也從來沒有過。這是他生平第一次瞧見。

苗人鳳的心沉了下去，他不再盼望，緩緩站起，用油布細心地妥貼地裹好了女兒，放在自己胸前。他非常非常的小心，世上再沒這樣慈愛、這樣傷心的父親。

他大踏步走出廳去，始終沒說一句話，也不回頭再望一次，因爲他已經見到了妻子那深情的眼色。大雨落在他壯健的頭上，落在他粗大的肩上，雷聲在他的頭頂響著。

小女孩的哭聲還在隱隱傳來，但苗人鳳大踏步去了。他抱著女兒，在大風大雨中大踏步走著。

他們沒回家去。這個家，以後誰也沒回去……

那男孩大聲道：「你女兒要你抱，幹麼你不睬她？你做媽媽的，一點良心也沒有？雷公劈死你！」戟指怒斥，一個衣衫襤褸的孩童，霎時間竟大有威勢。

第三章　英雄年少

苗人鳳抱著女兒，在大風雨中離開了商家堡。俠士雖去，餘威猶存。他進廳出廳，沒說一言半語，沒出一拳一腳，但羣豪震懾，不論識與不識，無不凜然。衆人或驚或愧，或敬或懼，過了良久，仍無人說話，各自凝思。

苗夫人緩緩站起，嘴角邊帶著強笑，但淚水在眼眶中滾了幾轉，終於從白玉一般的腮邊滾了下來。田歸農倏地起身，左手握住腰間長劍劍柄，拉出五寸，錚的一聲，重歸劍鞘，這一下手勢瀟洒利落已極，低聲道：「蘭妹，走吧。」雙眼望著大車中一鞘鞘的銀鞘，神態雖不減俊雅風流，但語聲微抖，掩不了未曾盡去的心中恐懼。人人都知他剛才對苗人鳳怕得要命，但苗人鳳既已遠去，他對銀鞘又再起貪心。

馬行空見田歸農仍想劫鏢，強自撐起，叫道：「春兒，取兵刃來！」馬春花見父親受傷非輕，含淚道：「爹！」馬行空聲音威嚴，說道：「快取來。」馬春花從背囊中取出隨著父親走了數十年鏢的金絲軟鞭，正要遞過，突然後堂咳嗽一聲，走出一個老婦，身穿青布棉襖，下繫黑裙，脊梁微駝，兩鬢全白，頂心的頭髮卻一片漆黑。商寶震雖為田歸農打倒，受傷卻不重，搶上去叫道：「媽，這裏的事你老人家別管，請回去休息吧。」這老婦正是商寶震的母親。

商老太點了點頭，不動聲色的道：「栽在人家手裏啦？」語聲嘶啞，甚是難聽。商寶震臉露慚色，垂首道：「兒子不中用，不是這姓田的對手。」說著向田歸農一指，不禁愧憤交集。商老太雙眼半張半閉，黯淡無光，木然向田歸農望了一下，又向苗夫人望了一下，喃喃道：「好個美人兒！」

突然一個黃瘦男孩從人叢中鑽了出來，指著苗夫人叫道：「你女兒要你抱，幹麼你不睬她？你做媽媽的，一點良心也沒有？雷公劈死你！」

這幾句話人人心中都想到了，可是卻由一個乞兒模樣的黃瘦小兒說出口來，衆人心中都是一怔。只聽轟轟隆隆雷聲過去，那男孩大聲道：「你良心不好，雷公劈死你！」戟指怒斥，一個衣衫襤褸的孩童，夾著隆隆雷聲，霎時間竟大有威勢。

田歸農一怔，唰的一聲，長劍出鞘，喝道：「小叫化，你胡說八道甚麼？」那盜魁閻基搶了上來，喝道：「快給田相公……夫……夫人磕頭。」那男孩不去理他，臉上正氣凜然，仍指著苗夫人叫道：「你……你好沒良心！你壞！」

田歸農提起長劍，正要分心刺去。苗夫人突然「哇」的一聲，掩面嚎啕，在暴雨中直奔出去。田歸農顧不得殺那男孩，提劍追去。他一竄一躍，已追到苗夫人身旁，勸道：「蘭妹，這小叫化胡說八道，別理他。」苗夫人哽咽道：「我……我確是良心不好。雷公要劈死我！」哭著說話，腳下絲毫不停，田歸農伸手挽她臂膀，苗夫人用力一掙。田歸農倘若定要挽住，苗夫人再苦練十年武功也掙扎不脫，但他不敢用強，只得放開了手，軟語勸告。

二人在暴雨中越行越遠，沿著大路轉了個彎，給一排大柳樹擋住身影。雨點濺地，水花四舞，二人再不轉回。

衆人吁了一口氣，轉眼望那孩童，心想這人小小年紀，好大的膽氣，這條命卻不是撿來的？

閻基冷笑一聲，喝道：「那當真再美不過，閻大爺獨飲肥湯，豈不妙哉！兄弟們，快搬銀鞘啊！」羣盜轟然答應，散開來就要動手。閻基左足飛起，將那男孩踢了個觔斗，順手揪住獨臂漢子，喝道：「還我！」

商老太太嘶啞著嗓子，問道：「閻老大，這兒是商家堡不是？」閻基道：「是啊，商家堡怎麼啦？」商老太道：「我是商家堡的主人不是？」閻基一隻手仍揪住獨臂漢胸口，仰天大笑，說道：「啇老婆子，你繞著彎兒跟我說甚麼啊？你啇家堡牆高門寬，財物定積得不少，你奶奶個雄，可是想送點兒油水給兄弟們使使？」羣盜隨聲附和，叫嚷哄笑。啇寶震氣得臉也白了，道：「媽，別跟他多說。兒子和他拚了。」從鏢行趟子手手中搶過一柄單刀，指著閻基叫陣。

閻基將獨臂漢一推，狠狠的道：「小子別走，老子待會跟你算帳。」雙手一拍，向著啇寶震斜眼而睨，臉上流氣十足，顯然壓根兒沒將他放在眼裏。

啇老太道：「閻老大，你跟我來，我有話對你說。」閻基一怔，油嘴滑舌的道：「到那兒啊？女人的房裏姓閻的可不去。」啇老太就似沒有聽見，仍道：「我有要緊話跟你說。」閻基心想：「這老太婆倒有幾分古怪，不知她叫我去那裏？」正待說：「閻大爺沒空跟你囉唆。」啇老太已轉身走向內堂，啞聲道：「你沒膽子，也就是了。」

閻基仰天打個哈哈，笑道：「我沒膽子？」拔腳跟去。二寨主為人細心，將閻基的鬼頭刀遞過，閻基左手倒提了。啇寶震不知母親叫他入內是何用意，跟隨在後。

啇老太雖不回頭，卻聽出了兒子的腳步聲，說道：「震兒留在這兒！閻老大，你叫弟兄們暫別動手。」說這幾句話時沒向兒子和閻基瞧上一眼，但語音中自有一股威嚴，似是發號施令一般。閻基道：「好吧，大夥兒先別動，等我回來發落！」羣盜轟然答應，二寨主用黑話吆喝發令，分派人手監視鏢客，防他們有甚異動。

本來商寶震和三個侍衛相助鏢行，羣盜已落下風，但商寶震和徐錚爲田歸農所傷，馬行空挨了閻基一腳後，再給田歸農打了一掌，傷勢更重，形勢又自逆轉。羣盜既不劫鏢，鏢行人衆也就靜以待變。

閻基跟隨在商老太背後，見她背脊弓起，腳步蹣跚，原先心中存著三分提防之意，此時盡數抛卻，笑問：「商老婆子，叫我進來可是獻寶麼？」商老太道：「不錯，是獻寶。」閻基心中一動，他一生最爲貪財，瞧這商家堡一副大家氣派，底子料必殷實，說不定那商老太見強人降臨，嚇破了膽，獻上珠寶贖命，也是有的，不由得又驚又喜。見她一直向後進走去，接連穿過三道院子，到了最後面的一間屋外，呀的一聲把門推開，自己先走了進去，說道：「請進來吧！」

閻基伸頭向房裏探視，見是一間兩丈見方的磚房，裏面空空蕩蕩，只一張方桌，更無別物，微感蹊蹺，提步進去，大聲道：「有話快說，別裝神弄鬼。」商老太不答，伸手關上木門，又上了門閂。閻基大奇，四下打量，見桌上豎著塊靈牌，上書「先夫商劍鳴之靈位」。閻基心想：「商劍鳴，這名字好熟，是誰啊？」一時想不起來。

商老太緩緩說道：「你竟敢上商家堡來放肆，可算得大膽。要是先夫在世，十個閻基也早砍了。今日商家堡雖只賸下孤兒寡婦，卻也容不得狗盜鼠竊之輩上門欺侮。」幾句話說完，腰板一挺，雙目炯炯放光，凜然逼視，一個蹣跚龍鍾的老婦，霎時間變得英氣勃勃。閻基微微一驚，心想：「原來這婆娘故意裝老。」但想一個女流之輩，又有何懼，笑道：「上門也上了，欺人也欺了，你又能咬我一口？你咬我隻卵！」

商老太霍地走到桌旁，從靈牌後面捧出一個黃色包袱，那包袱灰塵堆積，放在靈牌之後毫不搶眼。她也不拍去灰塵，順手解了結子，打開包袱，只見紫光閃閃，冷氣森森，卻是一柄厚背薄刃紫金八卦刀。閻基驀地裏記起十餘年前的一件往事，倒退兩步，左手倒提著的鬼頭刀交與右手，叫道：「八卦刀商劍鳴！」

商老太臉色一沉，叫道：「豪傑雖逝鋼刀在！老身就憑先夫這把八卦刀，要領教閻老大的高招。」忽地抓住刀柄，一招「童子拜佛」，向靈位行了一禮，回過身來，已成八卦刀法中的第一招「上勢左手抱刀」。但見她沉肩墜肘，氣歛神聚，那裏有半分衰邁老態？

閻基雖微存戒心，但想以百勝神拳馬行空這等英雄，尚敗在自己手裏，若商劍鳴復生，或許懼他幾分，這老太婆本領再高也屬有限，鬼頭刀虛劈一招，笑道：「你要比試刀法，何不就在大廳之中？巴巴的到這兒來，難道定要丈夫的死人牌位在一旁瞧著，才顯得出本事麼？」商老太凜然道：「不錯，先夫威靈，震懾鼠輩。」閻基不自禁的向靈牌望了一眼，心中有些發毛，急欲了結此事，走出這間冷冰冰、黑沉沉的靈堂，說道：

「商老太，你發招吧。」商老太道：「你是客人，閻寨主先請。」她聽他改了稱呼，口頭上也就客氣了些，於是稱他一聲「寨主」。

閻基道：「在下跟商家堡無冤無仇，劫鏢只衝著馬老頭兒而來。商老太定要出頭，咱們點到爲止，不必眞砍眞殺。」商老太雙眉豎起，低沉著嗓子道：「沒那麼容易！商劍鳴一生英雄，他建下的商家堡豈容人說進便進，說出便出？」閻基也自惱了，道：「依你說便怎地？」商老太道：「你敗了我手中鋼刀，將我人頭割去，連我兒子也一併殺了……」閻基一驚，心道：「我跟你又沒深冤大仇，只不過無意冒犯，何必性命相拚？」只聽她又道：「要是我勝得一招半式，閻寨主頸上腦可也得留下。」此言一出，跟著喝道：「進招！」

閻基氣往上衝，大聲說道：「我不要你母子性命，只要你這座連田連宅的商家堡。」鋼刀輕晃，欲待進招，商老太一招「朝陽刀」已狠劈過來，又快又猛。閻基急忙側頭，呼的一響，震得右耳中嗡嗡作聲，那刀從右腮邊直削下去，相距寸餘，若閃避慢得一霎，腦袋便給她劈成兩半。

這一刀先聲奪人，閻基給她的猛砍惡殺嚇得一怔，知她第二招定要迴刀削腰，忙沉鬼頭刀豎架，噹的一響，雙刀相交，火光四濺。閻基覺她膂力平平，遠遜於己，本已提起的心又放了下來，一招「推刀割喉」，推了過去。商老太「哼」了一聲，側身避過，道：「四門刀法，不足為奇。」閻基笑道：「平平無奇，卻要勝你。」語聲未畢，踏步上前，使一招「進手連環刀」。商老太不架不讓，竟搶對攻，「削耳撩腮」，舉刀斜砍。

閻基大驚，心道：「怎麼拚命了？」本來武術中原有不救自身、反擊敵人的招數，但這等拚著兩敗俱傷的打法，總帶著九分冒險，非至敵招難解、萬不得已之際決計不用。此時商老太只消舉刀一擋，便能架開敵招，那知她竟行險著，不顧性命的對攻。

她不顧性命，閻基卻不得不顧，危急中撲地滾倒，反身一腿。這腿去勢奇妙，商老太手腕險遭踢中，八卦刀疾忙翻轉，閻基才收腿轉身。閻基的刀法原只平平，但因特別機緣，學到了十餘招怪異拳腳，夾入刀法之中，一路第三四流的四門刀登時化腐朽為神奇，近年來居然也打敗了不少英雄好漢，混到個盜寨之主，此刻施將出來，每當刀法上走了下風，拳腳一動，立時扳轉劣勢。

頃刻間一個老婦，一個盜魁，雙刀疾揮，在磚房中鬥得塵土飛揚。閻基見商老太刀法精妙，自己若非靠那十餘招拳腳救駕保命，早喪生於八卦刀下，一個老婦居然有此武功，不禁暗暗稱奇，心道：「如此打下去，如一個疏忽，給她削去半邊腦袋，可不是玩的。」當下用長藏拙，不住拳打足踢，偶然才砍上幾刀。這法兒果然生效，商老太難以抵擋，不斷退避。閻基洋洋得意，笑道：「嘿嘿，商劍鳴甚麼英雄了得，八卦刀法也不過如此。」

商老太對先夫敬若天神，此言犯了她大忌，突然間目露兇光，刀法忽變，四下遊走，白光閃閃，四面八方攻了上去。此刻她每一招都是搶攻，每一招都是拚命，將自己生死置之度外。閻基大叫：「你瘋了麼？喂，商老太，你丈夫可不是我殺的，你跟我拚命幹麼？喂喂，你聽見我說話沒有？」口中大叫大嚷，低頭避刀，腳下狂奔逃竄。

他鬥志一失，商老太更砍殺得如瘋似狂，出刀越來越快，此時閻基的奇拳怪腳已來不及使用，只想拔開門閂，逃出屋去。面臨一隻發了瘋的母大蟲，他那裏還想到甚麼勝負榮辱，唯一的念頭只如何逃命。

他數次要去拔開門閂，總是給商老太逼得絕無餘暇。眼見她「夜叉探海」、「上步撩刀」、「仙人指路」，一刀猛似一刀，閻基把心一橫，反背一腿踢出，叫聲「失陪！」左足用勁，竄身從窗口躍了出去。豈知商老太拚著受他這一腿，如影隨形，跟著揮刀砍去。二人同聲「啊喲」，一齊跌在窗下。

商老太立即躍起，肩頭雖給踢中，未受重傷。閻基的大腿上卻給結結實實的一刀砍著，再也站立不起。這一下他嚇得魂飛天外，見商老太眼佈紅絲，自己頭頂白光閃動，八卦刀跟著劈落，忙伸雙手抱住她小腿，大叫：「饒命！」

商老太一怔，她幼時陪伴父親、婚後跟隨丈夫闖蕩江湖，畢生會過無數武林豪傑，如眼前這般沒出息的混蛋，卻從未見過，心下鄙視，這一刀就砍不下去。閻基索性爬在地下，鼕鼕鼕的大磕響頭，求道：「大人不記小人過！我是狗娘養的王八蛋！老太太要抽筋剝皮，悉從尊便，這一刀務請留他一留。」

商老太嘆了口氣：「好，命便饒你。你記住了，今日比武之事，不許漏出一字。」閻基求之不得，連聲答應。商老太道：「滾吧！」閻基陪個笑臉，又磕了兩個頭，爬將起來，用刀拄在地下，一蹺一拐的走出。商老太厲聲說道：「站住！咱們拚刀之前，說過任誰輸了，就得在商家堡留下腦袋。你說話不算數，難道我也跟你一般的混帳？」

閻基嚇了一跳，回過頭來，見商老太臉上猶似罩著一層嚴霜，顯是並非說笑，腿上劇痛，難再動手，哀求道：「你……你不是饒了我麼？」商老太道：「饒得你性命，饒不得你腦袋。」說著手中八卦刀一揚，厲聲道：「商劍鳴八卦刀出手，素不空回，過來！」閻基咕鼕一聲，雙膝落地。商老太手法好快，左手提起他辮子，右手八卦刀反將過來，刀背在他頭頸中一碰，翻轉刃鋒一揮，已將他辮子割下，喝道：「辮子留在商家堡，從今後削髮爲僧，不得再在黑道中廝混！」閻基喏喏連聲。

商老太道：「你裹好腿傷，戴上帽子，再到廳上招呼你手下，一夥王八蛋夾了尾巴滾出商家堡。」

大廳上衆人面面相覷，不知二人在內堂說些甚麼，等了良久，才見商老太出來。閻基慢吞吞的跟在後面，叫道：「衆兄弟，銀兩不要了，大夥兒回寨去。」

此言一出，衆人無不大爲驚愕。二寨主道：「大哥……」閻基道：「回寨說話。」將手一揮，走出廳去。他不敢露出腿上受傷痕跡，強行支撐，咬緊牙關出去。衆盜不敢違拗，向著一鞘鞘已經到手的銀子狠狠望了幾眼，轉身退出。片刻之間，羣盜退得乾乾淨淨。

饒是馬行空見多識廣，卻也猜不透其中奧妙，見閻基行過之處，地下點點滴滴留下一行血跡，料想他在內堂受了傷，看來商家堡內暗伏能人，卻那裏料得著眼前這龍鍾老婦，適才竟跟他拚了一場生死決戰。他扶著女兒肩頭站起待要施謝，商老太道：「震兒，跟我進來！」馬行空一愕，只見他母子二人逕自進了內堂。

這一下鏢行人衆與三名侍衛都紛紛議論，有的說商老太舊時必與那盜魁相識，曾有恩於他；有的說商老太一頓勸喻，動以利害，那盜魁想到與御前侍衛爲敵，非同小可，終於懸崖勒馬。正自瞎猜，商寶震走了出來，說道：「家母請馬老鏢頭內堂奉茶。」

內堂敘話，商老太勸馬行空留在商家堡養傷，一面派人到附近鏢局邀同行相助，轉保鏢銀前往金陵。經此一役，馬行空雄心全消，「百勝神拳」的名號響了數十年，到頭來卻折在一個市井流氓般的盜匪手中，對走鏢的心登時淡了。雖知商家堡是險地，不能多躭，但商老太護鏢不失，恩情太重，她的意思不敢不遵，同時他心底還存了個念頭，亟想一見那位挫敗閻基的武林高手。便鄭重謝了商老太的好意，一口答應照辦。

商老太記得丈夫所以爲胡一刀所殺，馬行空也不免要擔些干係，留他在商家堡暫住，本意要乘機殺了馬行空爲丈夫報仇。但見他千恩萬謝，隆重拜謝護鏢之德，眼見這老鏢師委委瑣瑣，竟沒半分英風豪氣，而且他身受重傷，此刻若要傷他，可說已不費吹灰之力，想先夫一世豪傑，決不肯打這可憐的落水狗，手刃這等無力還手之輩。且留他住得一時，看他如何行止，再定發落。

傍晚時分，大雨止了，三名御前侍衛道了攪擾別過，商寶震送出門外。

那獨臂人攜了男孩之手，也待告辭，商老太向那男孩瞧了一眼，想起他怒斥苗夫人時那正氣凜然的神情，心道：「這小小孩童，居然有此膽識，倒也少見。」問道：「兩位要上何處？路上盤纏可夠用了？」獨臂人道：「小人叔姪流落江湖，四海爲家，說不上往那裏去。」商老太向那孩童細細打量，沉吟道：「兩位若不厭棄，就在這兒幫忙幹些活兒。咱們莊子大，也不爭多兩口人吃飯。」那獨臂人心中另有打算，一聽大喜，當即拜謝。商老太問起姓名，獨臂人自稱名叫平四，那孩童是他姪兒，叫作平斐。

當晚平四叔姪倆由管家分派，住在西偏院旁的一間小屋中。二人關上門窗，平四醜陋的臉上滿是喜色，低聲道：「小爺，你過世的爹娘保佑，這兩張拳經終於回到你手上，當眞老天爺有眼。」平斐道：「平四叔，你千萬別再叫我小爺，一個不愼給人聽見了，平白的惹人疑心。」平四連聲稱是，從懷中掏出那油紙小包，雙手恭恭敬敬的遞給平斐。他倒不是對這孩子尊重恭敬，卻是想起了遺下兩頁拳經的那位恩人。

平斐問道：「平四叔，你跟那閻基說了幾句甚麼話，他就心甘情願的交還了拳經？」平四道：「我說：『你撕去的兩頁拳經呢？苗大俠叫你還出來！』就這麼兩句說話。那時苗大俠便在他眼前，這是千載難逢的良機，他就有天大膽子，也不敢不還。」平斐沉吟一會，道：「這兩頁拳經爲甚麼在他那裏？你爲甚麼叫我記著他的相貌？他爲甚麼見苗大俠這般害怕？」

平四不答，一張臉抽搐得更加難看，淚水在眼眶中滾來滾去，強忍著不讓掉下。平斐道：「四叔，我不問啦。你說過等我長大了，學成了武功，再源源本本的說給我聽。我這就好好的學。」

於是叔姪倆在商家堡定居了下來。平四在菜園中挑糞種菜，平斐在練武廳裏掃地抹槍。馬行空在商家堡養傷，閒著就和女兒、徒兒、商寶震三人講論拳腳。他們在演武練拳的當兒，平斐偶然瞧上一眼，但絕不多看。

他們知道這黃黃瘦瘦的孩子很大膽，卻從沒想到他身有武功，因此當他偶而看上一眼的時候，不論是有數十年江湖經歷的馬行空，還是聰明伶俐的商寶震，從來不曾疑心過他是在留意拳法的奧妙。但他決不是偷學武藝。他心中所轉的念頭，馬行空他們更加想不到了。因爲每當他看了他們所說的奇招妙著之後，總想：「那在搗甚麼鬼？這樣的招數，只好用來跟蠢才笨蛋胡混瞎纏，又怎打得到英雄好漢？」

因爲他其實並不姓平，而是姓胡，他的姓名不是平斐而是胡斐；因爲他是胡一刀的兒子，那個和苗人鳳打了五日不分勝負的遼東大俠胡一刀的兒子；因爲他父親曾遺給他記載著武林絕學的一本拳經刀譜，那便是胡家拳法和刀法的精義。

這本拳經刀譜本來少了頭上兩頁，缺了紮根基的入門功夫，缺了拳法刀法的總訣，因此不論他多麼聰明用功，總不能入門，練來練去，始終不對頭。現下機緣巧合，給閻基偷去的總訣找回了，本來碰得焦頭爛額拚命也走不通的處所，突然變成坦途大道，武功進境一日千里。

閻基憑著兩頁拳經上的寥寥十餘招怪招，便能稱雄武林，連百勝神拳馬老鏢頭也敗在他手下。胡斐卻從頭至尾學全了。當然，他年紀還小，功力還淺，許多精微之處還不了解。但憑著這本拳經刀譜，他練一天抵得徐錚他們練一個月。

何況，即使他們練上十年二十年，也學不到這天下絕藝的胡家拳和胡家刀。何況，拳經刀譜中間，更有幾頁是內功的精義，內功一深，即令是平庸之極的一招，出手時也有莫大威力。

每天半夜裏，他就悄悄溜出莊去，在荒野裏練拳練刀。他用一柄木頭削成的刀來練習，每砍一刀，就想像這要砍去殺父仇人的腦袋，雖然，他不知仇人是誰。但平四叔將來會說的，等他長大成人、武藝練好之後。

於是他練得更加熱切，想得更加深刻。拳經刀譜中的難處，一項一項的想明白了。因爲，最上乘的武功，是用腦子來練而不單是用手腳來練的。

這樣過了七八個月，馬行空的傷早就痊愈了。商老太知道商劍鳴雖一世英雄，但去世時兒子年幼，學不到多少八卦門武功，她知馬行空拳腳了得，便留他教導商寶震功夫。馬行空經惡鬥閻基一役之後，心灰意懶，只想及早退出江湖，好在半生奔波，稍有積蓄，鏢行便暫不營業，眼見主人殷勤，也就住了下來。

商寶震沒拜他爲師，只因商老太有這麼一股傲氣，八卦刀商劍鳴家傳絕藝，怎能去投外派師父？但馬行空感念他家護鏢的恩情，對商寶震如同弟子一般看待，只要是自己會的，他想學甚麼，就教甚麼，將拳技的精要傾囊以授。百勝神拳的外號殊非倖致，拳術上確有獨到造詣，這七八個月中，商寶震確實獲益良多。

馬行空也已看出來，商家堡並非臥虎藏龍，另有高人，只是那一日閻基爲何匆匆而去，卻百思不得其解。有一次他偶然把話題帶到這件事上，商老太微微一笑，顧而言他。馬行空知主人不肯吐露，從此絕口不提。

這天午後，胡斐打掃了大廳和練武廳，溜出莊去，到後山林子中玩耍。他常於無人時在這裏練習輕功，追兔逐犬，飛身捕鵲，擲石捉鴉。這時正玩得高興，忽聽得商寶震的聲音說道：「馬老伯，那路通臂連拳，其中我還有好些不明白，請你指點。」胡斐忙鑽入一株柏樹後的長草叢中，聽得馬行空道：「好！錚兒、春兒，這路拳法你們練熟了的，便拆給商少爺瞧瞧！」

胡斐從草叢中向外望出來，只見馬春花解下了外罩衣衫，緊了緊腰帶，笑道：「師哥，請你手下留情。」徐錚嘻嘻一笑，說道：「好說，好說！師父，我們拳腳生疏了，請你指點。」馬行空道：「常言道：拳不離手，曲不離口。學了的拳腳怎麼可以生疏的？」徐錚應道：「是！」向馬春花一招手，躍入草場中間。

馬春花道：「拳招來啦！」左手輕輕一拳，徐錚舉右手一架，馬春花右臂倏地擊出，擊向徐錚面門，拳頭離他鼻子約有半尺。徐錚仰後相避。不料馬春花的右臂突然間似乎長了一尺，本來力道看來已盡，陡然間手臂不動，拳頭疾伸，啪的一下，正中徐錚鼻旁臉頰。徐錚「啊唷！」一聲，跳開兩步。馬春花笑道：「啊喲，師哥，對不起！」商寶震拍手大笑，叫道：「好，好！通臂連拳，果然了不起！」

徐錚有心讓師妹一招，好討她歡喜，否則決不致連第一招最初步的通臂連拳也讓不開，聽得商寶震大聲喝采，見師父板起了臉不作一聲，便即轉身出拳，虎虎有風。師兄妹這一交上了手，徐錚更不相讓，畢竟他力大招沉，又多學了半年，馬春花漸漸抵擋不住，避讓稍遲，左肩上吃了一拳。她「唉唷」一聲呼叫，徐錚微笑道：「師妹，對不起。」轉頭向商寶震瞪眼相視，心道：「好小子，你瞧得仔細了！」商寶震側頭瞧著遠處雲山，假裝沒瞧見他這一招。

馬行空道：「春兒，這通臂連拳嘛，最要緊的是要記得虛實之用。」走到徒兒和女兒身邊，虛擬拳腳，口中說道：「招數的名稱，當眞過招時不用記著，記了也是沒用。咱們說『鳳凰旋窩』、『燕子掠水』甚麼的，只不過教招時有個名目，我說之後，你們知道我使的是哪一招而已，當眞動手，你用『鳳凰旋窩』把對手打倒，還是用『燕子掠水』把對手打倒，半點兒也不相干。你心裏記著招數，反而把虛實之用給忘了。你只要見到他左肩這麼一沉，就知他右拳便要打將過來。又要瞧他右腰，倘若並不當眞使勁，他右拳這一下便是虛的，眞正實招卻在左手，左手拳這一下，可就結結實實，厲害得很了。你閃他的右手拳，往左一避，砰的一下，剛好湊上了他的左拳。通臂連拳雙臂忽左忽右，兩條手臂似乎串成了一起，倒像左臂可以連接到右臂上，有時右臂又可連接到左臂上。其實兩條手臂如何可以互相連通，只是轉換得快了，對手頭暈眼花，分不出虛實而已。」

徐錚與馬春花對這路通臂連拳早就練得純熟，馬行空將商寶震叫過來，指點了拳招，著重解釋虛實之道，連比帶說，詳細解明。

胡斐聽了一會，心中暗暗好笑：「這老頭兒說的狗屁不通！跟人打架，那有牢牢記住這一拳是虛，那一腳是實的道理。我這拳明明是虛，忽然變做了實，有何不可？你以為我這腳是實，快快閃避，我見你一避，實變為虛，下一腳你以為定是虛了，不閃不避，我偏偏變做了實，狠狠的在你屁股上一踹，你不跌個狗吃屎才怪？」

胡斐早知自己的家傳武功比馬行空高出百倍，饒是老鏢師名聞江湖，說甚麼「百勝神拳」，只要自己跟他一動手，三拳兩腳就能把他打倒在地，爬不起來。這時聽他向三個後輩一說拳腳之道，拘泥不化，更知他武功甚為有限，居然保鏢保了這麼久沒給人打死，當眞運氣好得很了。其實馬行空也並非運氣奇佳，他的武功確實造詣不凡，只因小胡斐自己學到了天下一等一的胡家武功，常言道：登泰山而小天下，他不知自己已登上了泰山，一眼望出來見到羣山低矮，便詫異不已，卻是他的見識小了。

馬行空教了好一會，便命三人試招。徐錚和商寶震倒是眞打，商寶震武功根柢遠比徐錚高，通臂連拳雖是初學，但他乘著馬行空不在意時，忽然使出八卦門的掌法，夾在通臂連拳之中，徐錚莫名其妙的連中幾拳，鼻子流血，便退了開去。馬春花跟著再上，商寶震故意容讓，給她粉拳打了幾拳，見馬春花一腳掃來，大叫一聲「啊喲！」她腳未掃到，商寶震已先摔倒在地，馬春花這一腳才踢到他腿上。

徐錚大聲道：「我不練啦！你跟商少爺眞眞假假的玩吧！」轉身出林。馬行空臉色陰沉，「嘿」的一聲，跟著離去。商寶震有心要留下來跟馬春花說一會子話，馬春花卻道：「商少爺，你先回去，我歇一會兒再來。」商寶震道：「好！」見她臉色鄭重，不敢違拗，便跟著馬行空師徒回莊。

馬春花舒了幾口氣，自己展開拳腳，練了一會查拳。胡斐躲在草叢之中，見馬春花身形婀娜，一拳打出，衣袖上褪，露出半段手臂，雪白粉嫩，渾圓如玉，胡斐欲待多看一會，她衣袖垂了下來，將她手臂遮住了。只見馬春花左腿高高踢出，足尖幾乎過頂，山東繭綢的褲筒垂了下來，露出她小腿的一段白肉。胡斐這時才十三歲，全不識男女之意，但情竇初開，已知欣賞女子的美色。馬春花青春美艷，十八九歲年紀，身材豐滿，皮膚白皙，雖非絕色美女，但艷麗非凡，不論那個男子見到，都忍不住要多瞧一眼。胡斐見到了她手臂和小腿的白肉，不禁從草叢中長起半個身子，要想瞧得更清楚一些。

馬春花練了一會查拳，喘氣重了，覺得倦了，見四下無人，仰天一摔，躺在草地之上，輕輕哼起小曲：「哥哥你走西口，小妹妹實在難留，手拉著哥哥的手，送哥送到大門口……有幾句知心的話，要和哥哥說從頭……」聲音嬌柔婉轉。胡斐一生之中，從來沒聽到過這般銷魂蝕骨的甜美情歌，情不自禁的伸出手去，拉住了一株灌木的樹枝。那樹枝堅硬有刺，荊刺刺入他的掌心，胡斐竟不覺得，似乎自己握住了馬春花的小手，正在聽她溫柔款款的叮囑：「有幾句知心的話，要和哥哥說從頭……」

他只盼馬春花跟著唱下去，唱的是幾句纏綿深情的情話，卻聽馬春花口齒模糊，重複著只唱：「有幾句知心的話，要和哥哥說從頭……」再唱幾句，歌聲變成了輕輕的鼾聲，天時溫暖，她出力練了拳腳之後，竟在草地上睡著了。

胡斐從草叢中輕輕爬出，站在馬春花身旁，只見她雙臂放在身側，仰天而睡，一叢黑髮散在腦後，額頭有幾粒細細的汗珠，雙眼閉住，長長的睫毛微微顫動，筆挺的鼻子下是張櫻色小口，嘴唇輕輕顫抖。胡斐胸中一股強烈衝動，便想撲上去在她的小口上咬上一口，立即轉身便逃，一躍上樹，料想她即使立即醒來，也認不出自己，追不上自己。

這只是一時的孩子氣想法，但他無論如何不敢，心想：「馬姑娘知覺之後，既不理我，也不打我，只是一把將我推開，一句話也不說，回去跟馬行空、徐錚、商寶震、商老太他們說了，我回到莊去，大家見我便大笑，刮著臉羞我，那可如何是好？我只好投河自盡，人也不要做了，平四叔也不敢見了！」他站在馬春花身旁，只見她高聳的胸部隨著呼吸而起伏，向下瞧去，見她短衣聳了上來，露出紅色肚兜兩三寸長的粉紅緞子邊緣，粉紅邊下面是兩三寸白嫩的肚皮。他不敢再向下看了，眼光上望，見到她衣領解開了，露出又白又嫩的頭頸，頸中掛著條細細的黃金鍊子，垂向胸前。

胡斐心中頻頻亂跳，似乎聽到了自己心跳的聲音，心中只想：「馬姑娘要是肯讓我親親她的臉，親親她雪白的頭頸，不推開我，不笑我，不論要我做甚麼都可以。我肯變成隻小狗，伏在她腳邊……她要跟爹爹保鏢，不管有多兇狠的強人來劫鏢，都由我去打發。她爹爹武功不行，她師哥不行，那商少爺也沒用，只有我小胡斐能爲她出力，就算有一千個一百個武功挺高的強人，也只有我胡斐能挺身保護她周全。強人將我砍得周身是傷，但終於給我殺退了，馬姑娘拉著我的手，唱著：『有幾句知心的話，要和哥哥說從頭……』不，不！她比我大，只能唱：『有幾句知心的話，要和弟弟說從頭……』她摸著我全身流血的傷口，流著眼淚說：『弟弟，你爲我受這麼多傷，殺退了強人，我不知怎麼報答你才好……』」

他痴痴的望著馬春花櫻紅的小嘴，滿腦子胡思亂想。突然間只見那小嘴緩緩張開，嘴角邊顯現嬌媚的微笑，露出兩排雪白晶瑩的牙齒，嘆了口長氣。胡斐只覺這微笑說不出的好看，他完全不懂，這是女子在思念情郎，要引得情郎來摟抱自己的笑容。只見她雙臂伸起，虛摟著空中的一個幻影，雙袖下垂，露出兩條雪白的胳臂。

胡斐大驚，急忙轉身，飛步疾奔，到了一株大松樹下，一躍而起，踏上枝幹，藏身枝葉之間，只見馬春花坐起身來，跟著站起，嘴裏輕輕哼著：「哥哥，你這一去，甚麼時候再來喲……」一面低唱，一面慢慢出林去了。他可不知，在馬春花心中，全沒半點這個又黃又瘦的小廝影子。她不會夢到商寶震，也不會夢到徐錚，她夢到的，是那日在戲台上見到的那個扮相俊雅、滿身錦繡、眉清目秀的美貌公子。

馬行空年老血虧，晚上睡得不沉，這一日三更時分，忽聽得牆外喀喇一響，是誰無意中踏斷了一根枯枝。馬老鏢頭一生闖蕩江湖，聲一入耳，即知有夜行人在屋外經過，但只這麼一響，再無聲息，竟聽不出那人向東向西，還是躲在牆上窺伺。他雖在商家堡作客，但主人於己有恩，平日相待情意深厚，他已把商家堡的安危瞧得跟自己的家一般重，當下悄悄爬起，從枕底取出金絲軟鞭纏在腰間，輕輕打開房門，躍上牆頭，突見堡外黑影晃動，有人奔向後山。

他一瞥之下，見此人輕功頗爲了得，心下尋思：「莫非那閻基心猶未死，又來作怪？此事由我身上而起，姓馬的豈能袖手？」當即躍出牆外，腳下加快，向那黑影去路急追，奔出數十丈，卻已不見了黑影蹤跡，心中一動：「不好，別要中了敵人調虎離山之計。」急忙飛步撲回商家堡。來到堡牆之外，但聽四下裏寂靜無聲，稍感放心，但仍疑惑：「適才此人身手不凡，實是勁敵。瞧他身形瘦小，與那盜魁閻基大不相同，不知是江湖上甚麼好手到了？」

他抓住軟鞭，在掌上盤了幾轉，弓身向莊後走去，要察看個究竟。竄出十餘丈，將到莊院盡頭，忽聽西首隱隱有金刃劈風之聲。馬行空暗叫一聲：「慚愧，果然有人來襲，卻不知跟誰動上了手？」雙足一點，身形縱起。百勝神拳年紀雖老，身手仍極矯捷，左手在牆頭一搭，一個倒翻身，輕輕落入牆內，循聲過去，聽聲音是從後進的一間磚屋中發出。但說也奇怪，二人一味啞鬥，既沒半聲吆喝叫罵，兵刃亦不碰撞。他心知中間必有蹊蹺，先不衝進相助，湊眼到窗縫中一張，不禁險些失笑。

但見屋中空空蕩蕩，桌上一燈如豆，兩個人各執鋼刀，盤旋來去的激鬥，一個是少主人商寶震，另一個卻是他母親商老太太，母子倆正在習練刀法。

他只瞧了片刻，不由得倒抽一口涼氣，只見商老太太出手狠辣，刀法精妙，固與日間的龍鍾老態大不相同，而商寶震一路八卦刀使將出來，也虎虎生風。原來非但商老太平時深藏不露，商寶震也故意隱瞞了武功。他平日教商寶震的只是拳腳，刀法自己並不擅長，商寶震也從來不提，想不到這少年兵刃上的造詣竟著實不低。

他悄立半晌，想起十四年前在甘涼道上與商寶震的父親商劍鳴動手，讓他砍了一刀，劈了一掌，養了三年傷方得康復，自知與他功夫相差太遠，此仇難報，甘涼道一路從此絕足不走。此時商劍鳴已死，商老太於己有恩，昔日的小小嫌隙早已不放在心上，那知今日中夜，又見仇人的遺孀孤兒各使八卦刀對招。

他思潮起伏：「商老太的武功實不在我之下，何以她竟然半點不露痕跡？她留我父女在莊，是否另有別情？」凝思片刻，再湊眼到窗縫中時，見母子二人刀法已變，各使八卦遊身刀法，滿室遊走，刀中夾掌，掌中夾刀，越打越快，打到第六十四招「收勢」，二人向後躍開，母子倆依足了規矩，各自舉刀致敬，這才垂下刀來。商老太不動聲色，在青燈之下臉泛綠光。商寶震卻已滿臉通紅，呼呼喘氣。

商老太沉著臉道：「你的氣息總是難以調勻，進境這樣慢，哪一年哪一天才報得你爹爹大仇？」馬行空心中一凜，見商寶震低下了頭，甚有愧色。商老太又道：「那苗人鳳的武功你雖沒見到，他拉車的神力總親眼目睹的了。胡一刀的功夫不在苗人鳳之下。這苗胡二賊的武功，你此刻跟他們天差地遠，但只要勤學苦練，每過得一日，你武功長一分，這二賊卻衰老了一分，終有一日，要將二賊在八卦刀下碎屍萬段。」

馬行空心想：「這母子二人閉門習武，不知胡一刀早於十多年前便死了。」只聽商老太嘆了口長氣，說道：「唉，你這孩子，我瞧你啊，這幾日爲那馬家的丫頭神魂顛倒，連練功夫也不起勁了。」

馬行空一驚：「難道春兒和他有了甚麼苟且之事？」但見商寶震滿臉通紅，辯道：「媽，我見了馬姑娘總規規矩矩的，話也沒跟她多說幾句。」商老太哼了一聲，說道：「你吃誰的奶長大？心裏打甚麼主意，難道我還不明白？你看中馬家姑娘，那不錯，她人品武藝，我很合意。」商寶震很高興，叫了聲：「媽！」商老太左手一揮，沉著嗓子道：「你可知他爹是誰？」商寶震一愕道：「難道不是馬老鏢頭？」商老太道：「誰說不是？你卻可知馬老鏢頭跟咱家有甚牽連？」商寶震搖搖頭。

商老太道：「他是你爹的仇人。」商寶震大出意料之外，不禁「啊」了一聲。馬行空不由得發抖，但聽商老太又道：「十四年前，你爹在甘涼道上跟馬行空動手。想你爹英雄蓋世，那姓馬的豈是他對手？你爹砍了他一刀，劈了他一掌，將他打得重傷。但那姓馬的亦非平庸之輩，你爹在這場比武中也受了內傷。他回得家來，傷未平復，咱們的對頭胡一刀深夜趕上門來，將你爹害死。若非你爹跟那姓馬的事先有這一場較量，嘿嘿，八卦刀威震江湖，諒那胡一刀怎能害得你爹？」

她說到最後這幾句話時語音慘厲，嗓子嘶啞，聽來極爲可怖。

馬行空一生經過不少大風大浪，此時聽來卻也不寒而慄，心想：「胡一刀何等功夫，你商劍鳴就算身上無傷，也難逃此劫。老婆子心傷丈夫慘死，竟遷怒於我。」只聽商老太又道：「陰差陽錯，這老兒竟會趕鏢投來我家。這商家堡是你爹親手所建，怎容鼠輩在此放肆劫鏢？但你可知我留姓馬的父女在此，有何打算？」商寶震聲音發顫，道：「媽……你……你要我爲爹報仇？」商老太厲聲道：「你不肯，是不是？你是看上了那姓馬的丫頭，是不是？」

商寶震見母親眼中如要噴出火來，退後了兩步，不敢回答。

商老太冷笑道：「很好。過幾天我給你跟那姓馬的提親，以你的家世品貌，諒他決無不允。」

這幾句話卻教馬行空和商寶震都大出意料之外。馬行空隔窗看到商老太臉上切齒痛恨的神氣，微一琢磨，全身寒毛根根直豎：「這老太婆用心好不狠毒！她殺我尚不足以洩憤，卻要將我花一般的閨女娶作媳婦，折磨得她求生不得，求死不能。天可憐見，教我今晚隔窗聽得她母子這番說話，否則……我那苦命的春兒……」

商寶震年輕識淺，卻全不明白母親這番深意，又歡喜，又詫異，想到母親肯為自己主持這門親事，歡喜倒有九分，只剩下一分詫異。

馬行空只怕再聽下去給商老太發覺，凝神提氣，悄悄走遠，回到自己屋中時抹了額頭一把冷汗，猛然想起：「那奔到後山的瘦小黑影卻又是誰？」

第二天午後，馬行空穿了長袍馬褂，命商寶震請母親出來，有幾句話商量。商寶震又驚又喜，心想：「難道母親這麼快就已跟他提了親？瞧他這副神氣打扮，那可不同尋常。」請母親來到後廳，和馬行空分賓主坐下，自己下首相陪。他望望母親，又望望馬行空，一顆心怦怦直跳，但聽馬老鏢頭道謝護鏢之德，東道之誼，商老太滿口謙詞，只盼他二人說到正題，但兩個言來語去，儘是客套。

說了好一會，馬行空才道：「小女春花這丫頭的年紀也不小了，我想跟商老太商量一件事。」商寶震心中怦的一下大跳。商老太大是奇怪：「卻也沒聽說女家先開口來求親的。」說道：「馬老師儘說不妨，咱們自己人，還拘甚麼禮數？」馬行空道：「我除了這丫頭，一生就收得一個徒弟。他天資愚鈍，性子又鹵莽，但我從小就當他親兒子一般看待。這孩子跟春兒也挺合得來，我就想在貴莊給他二人訂了這頭親事。」

商寶震越聽越不對，聽到最後一句話時，不自禁的站起。商老太心下大怒：「這老兒好生厲害，定是我那不中用的兒子露了破綻。」當下滿臉堆歡，連聲「恭喜」，又叫：「孩兒，快給馬老伯道喜！」商寶震腦中胡塗一片，呆了一呆，直奔出外。

馬行空又和商老太客氣好一陣子，才回屋中，將女兒和徒兒叫來，說今日要給二人訂親。徐錚大喜過望，笑得合不攏嘴來，馬春花紅暈雙頰，轉過了頭不作聲。馬行空說道：「咱們在這兒先訂了親。至於親事嘛，那是得回咱自個家去辦的了。」他知女兒和徒兒心中藏不住事，昨晚所聞所見，半句不提。

馬春花嬌憨活潑，明艷動人，在商家堡這麼八個月一住，商寶震和她日日相見，竟教他一縷情絲，牢牢的縛在這位姑娘身上。他剛得母親答允要給自己提親，料想事無不諧，雖聽母親說與馬家有仇，但想大仇人畢竟是胡一刀與苗人鳳，馬家之仇自己從中調處，日久之後，必能化解，正在滿懷喜悅之際，突然聽到了馬行空那幾句晴天霹靂一般的言語。他獨自坐在房中，從窗中望出去，呆呆的瞧著院子中一株銀杏，眞難相信適才聽到的話竟會是馬行空口中說出來的。

他喪魂落魄，也不知過了多少時候，直至一名家丁走進房來，說道：「少爺，練武的時候到啦，老太太等了你半天呢。」商寶震一驚，暗叫：「糟糕，胡裏胡塗的誤了練武時候，須討一頓好罵。」從壁上摘下了鏢囊，快步奔到練武廳中。

只見商老太坐在椅中，神色如常，說道：「今兒練督脈背心各穴。」轉頭向兩名持牌的家丁叫道：「將牌兒拿穩了，走動！」商寶震暗暗納罕：「馬老師說這等話，怎地媽毫不在乎？」但商老太平日訓子極嚴，練武之際尤其沒半點寬縱，稍一不愼，打罵隨之，商寶震取金鏢扣在手裏，不敢胡思亂想，凝神聽著母親叫穴。

只聽商老太叫道：「苗人鳳，命門、陶道！」商寶震右手雙鏢飛出，正中木牌上所繪人形背心兩穴。商老太又叫：「胡一刀，大椎、陽關！」商寶震左手揚起，認明穴道，登登兩聲發出，「大椎穴」打準了，「陽關穴」卻稍偏了些，突然間見到木牌有異，一聲驚噫脫口而出，定睛看時，見木牌上原來寫著的「胡一刀」三個黑字已然不見。他招手叫那持牌家丁過來，待那木牌拿近，看清楚「胡一刀」三字已給人用利器刮去，卻用刀尖刻了歪歪斜斜的「商劍鳴」三字，這一來適才這兩鏢不是打了仇人，卻是打中了自己父親。商寶震又急又怒，反手一掌，將那家丁打落兩枚牙齒，跟著飛起一腳將他踢倒。

商老太叫道：「且住！」心想這莊丁自幼在莊中長大，怎能如此大膽，此事定是外人所為，心念一動，立時想到馬行空師徒三人，說道：「請馬老師他們三個來說話。」商寶震本來為人精細，今日婚事不成，失意之下，鹵莽出手，聽母親叫請馬老師，立知打錯了人，忙將那莊丁拉起，說道：「打錯了你，別見怪。」伸手去拔牌上人形穴道中的金鏢。商老太伸手攔住，說道：「慢著！就讓他得意一下，又有何妨。」轉頭吩咐莊丁，到老爺靈堂中取紫金八卦刀來。

馬行空師徒三人走進廳來，見練武廳上人人神色有異。馬行空暗吃一驚：「這老婆子好厲害，一時三刻即便翻臉。」雙手一拱，說道：「老太太呼喚，不知何事？」商老太冷笑道：「先夫已然逝世，馬老師往日雖有過節，卻也不該拿死人來出氣啊。」馬行空一呆，笑道：「在下愚魯，請商老太明示。」商老太向那木牌上一指，道：「馬老師是江湖上響噹噹的好漢子，這般卑鄙行逕，想來也不屑為，請問是令愛所幹的呢，還是賢高徒的手筆？」說著雙目閃閃生光，向馬家三人臉上來回掃視。馬春花從未見過她如此凜然有威，甚為驚詫。

馬行空見木牌上改了人名，也大為駭異，朗聲道：「小女與小徒雖然蠢笨，但決不敢如此胡鬧。」商老太大聲道：「那麼依馬老師之見，是商家堡自己人幹的勾當了？」

馬行空想起昨晚所見的那瘦小人形，說道：「只怕是外人摸進莊來，也是有的。在下昨晚……」商老太攔斷話頭，厲聲喝道：「難道會是胡一刀那狗賊自己，來做這鬼祟的勾當？」一言甫畢，突然人圈外一人接著叫道：「不敢去找眞人動手，卻將人家名字寫在牌上出氣，這才是卑鄙行逕，鬼祟勾當！」

商老太坐在椅上，瞧不見說話之人是誰，但聽到他聲音尖細，叫道：「是誰說話？你過來！」只見兩名莊丁給人推著向兩旁一分，一個瘦少年走上前來，正是胡斐。

這一下當眞奇峯突起，人人大出意外。商老太反放低了嗓子，說道：「阿斐，原來是你。」胡斐點頭道：「不錯，是我幹的。馬老師他們全不知情。」商老太問道：「你這麼幹，爲了甚麼？」胡斐道：「我瞧不過眼！是英雄好漢，就不該如此。」

商老太點頭道：「你說得對，好孩子，你挺有骨氣。你過來，讓我好好瞧瞧你。」說著緩緩伸出手去。胡斐倒不料她竟會不怒，便走近身去。商老太輕輕握住他雙手，低聲道：「好孩子，眞是好孩子！」突然間雙手一翻，一手扣住他左腕「會宗穴」，一手扣住他右腕「外關穴」。

她這一翻宛似電光石火，胡斐全未防備，登時全身酸麻，動彈不得。若憑他此時武功，商老太又怎能擒得他住？但他畢竟全無臨敵經驗，不知人心險詐，雙腕既入人手，空有周身本事，卻已半分施展不出。商老太一拿之下，便知他筋骨著實有力，唯恐他掙扎，飛腳又踢中他「梁門穴」，命莊丁取過鐵鍊麻繩，牢牢將他手足反綁了，吊在練武廳中。

商寶震取過一根皮鞭，夾頭夾腦先打了他一頓。胡斐閉口不響，既不呻吟，更不討饒。商寶震連問：「是誰派你來做奸細的？」問一句，抽一鞭，又命莊丁去看住平阿四，別讓他跑了。他滿腔憤恨失意，竟似要盡數在胡斐身上發洩。

馬春花和徐錚見胡斐頭臉已全是鮮血，心下不忍，幾次想開口勸阻，但馬行空連使眼色，神色嚴厲，命二人不可理會。

商寶震足足抽了三百餘鞭，終究問不到主使之人，眼見再打下去便要把他活活打死，這才抛下鞭子，罵道：「小賊，是奸賊胡一刀派你來的是不是？」胡斐突然張嘴哈哈大笑。他這樣一個血人兒，居然尚有心情發笑，而且笑得甚爲歡暢盡意，並無做作，更大出衆人意料之外。商寶震搶起鞭子，又待再打，馬春花再也忍耐不住，大叫道：「不要打了！」商寶震的皮鞭舉在半空，望著馬春花的臉色，終於緩緩垂下。

胡斐身上每吃一鞭，就恨一次自己愚蠢，竟不加防備而自落敵人之手，當時全身皮開肉綻，痛得幾欲昏去，忽聽馬春花「不要打了」四字出口，睜開眼來，見她臉上滿是同情憐惜之色，不由得大是感激。

商老太見兒子爲女色所迷，只憑人家姑娘一句話便即住手停鞭，惱怒異常，鼻孔中微微一哼，卻不說話。馬行空道：「商老太，你好好拷打盤查，總要問個水落石出。春兒、錚兒，咱們出去吧！」隨即向商老太一抱拳，領著女兒徒弟，走了出去。

馬春花出了練武廳，埋怨父親道：「爹，打得這麼慘，怎麼見死不救，還教她好好拷打？」馬行空道：「江湖上人心險惡，女孩兒家懂得甚麼？」

對父親這幾句話，馬春花確是不懂，這天晚上想到胡斐全身是血的慘狀，心中難受，睡到四更時分，翻來覆去的再也睡不著了，悄悄爬起，從百寶囊中取出一包金創藥，出房門向練武廳走去。

走到廊下，只見一個人影踱來踱去，長吁短嘆，聽聲音正是商寶震。這時他也瞧見了馬春花，停步不動，低聲道：「馬姑娘，是你麼？」馬春花道：「是啊！你怎還不睡？」商寶震搖頭道：「遭逢今日之事，我怎麼睡得著？你怎麼不睡？」馬春花說道：「我跟你一樣，也牽掛著今日之事，心裏難受。」她所說的「今日之事」，是指胡斐遭打。商寶震所說的卻是指她的終身另許他人，這時聽她說「心裏難受」，不由得身子發抖，暗想：「她果然對我甚有情意，她終身許配給那姓徐的蠢才，實是迫於父命，無可奈何。」當下大著膽子，上前一步，柔聲叫道：「馬姑娘！」

馬春花道：「嗯，商少爺，我想求你一件事。」商寶震道：「你何必求？你要我做甚麼，我就給你做甚麼，就要我當場死了，把我的心掏出來給你看，那也成啊。」這幾句話說得情熱如沸，其實他心中想說已久，卻一直不敢啓唇，這時想到好事成空，她又半夜裏出來細訴衷情，終於忍耐不住。

馬春花聽他這麼說，不禁愕然，平日但見他對自己溫文有禮，只道他是大家公子，生性如此，實不知對自己竟懷如此深情，一呆之後，笑道：「我要你死幹甚麼？」商寶震四下張望，怕在此處躭得久了給旁人見到，低聲道：「這裏說話不便，咱們到牆外去。」馬春花點點頭，兩人越牆而出。

商寶震攜著她手，走到一排大槐樹下並肩坐下。馬春花輕輕將手縮回，道：「商少爺，那你是肯答允我了？」商寶震伸出手去握住她手，道：「你說便是，何必問我？」馬春花又將手從他手中縮回，說道：「我請你去放了阿斐，別再難爲他了。」

這時樹頂上簌簌一動，但二人均未在意。她此言出口之先，商寶震儘想著田歸農和苗夫人的私情，滿腔熱望，只盼她求自己帶她私奔逃走，此舉要背棄母親，既傷母子之情，且從此失卻商家堡的庇護，兩手空空，委實非同小可，但心中對馬春花愛戀情熱，再大的危難也再不顧忌，自是一口答允，豈知她所求的竟是去放那小賊，不禁大爲失望，一時黯然不語。

馬春花道：「怎麼？你不肯答允麼？」商寶震道：「你既喜歡，我總答允的，拚著給媽責罵便是了。」馬春花大喜，道：「謝謝你，謝謝你！」站起身來，道：「那麼咱們去放他吧。」商寶震求道：「再在這兒多坐一會。」馬春花覺他既然答允放人，不便拂他之意，重又坐回。商寶震道：「你的手讓我握一會兒。」馬春花想到他情痴一片，也甚可憐，嫣然一笑，伸手讓他握著。

商寶震輕輕握著她柔膩潤滑的小手，感慨萬端，險些要掉下淚來。過了半晌，馬春花道：「阿斐給你吊著，多可憐的，你先去放了他，我再給你握一會兒，好不好？」說著縮手站起。商寶震嘆了口氣，跟著站起。

突聽得樹頂颯然有聲，一團黑影飛躍而下，站在兩人面前，笑道：「不用你放，我早出來啦！」馬商二人大吃一驚，待得瞧清楚眼前之人瘦瘦小小，竟是胡斐，心中的驚駭都變成了奇怪，齊聲問道：「誰放你的？」胡斐笑道：「我何必要人放！我愛出來便出來了。」

他給商老太點了穴道，過了四個時辰，穴道自解，那鐵鍊麻繩再也縛他不住。他使出收肌縮骨之法，從鍊索中輕輕脫出，幸好鞭子打得雖重，卻僅爲肌膚之傷，並未損到筋骨。他活動了一下手足，待要去救平阿四，卻聽得馬商二人說話和越牆出外之聲，當下搶在頭裏，躲在樹頂偷聽。他輕功高超，那二人又在全神貫注的說話，並未知覺。他先前見馬春花美麗，知好色而慕少艾，只是少年人無知無識的一時情熱，待聽得馬春花爲自己而向商寶震求情，感激之情自此銘心刻骨，再難忘懷。

商寶震聽他說自己出來，那裏肯信，疑心大起：「定是又有奸細混入了商家堡來？」搶上去抓他胸口。胡斐吃了他幾百鞭子，這口怨氣如何能忍？身形晃處，左右開弓，啪啪啪啪，霎時之間連打了他四個耳光。

商寶震急忙伸手招架，胡斐左手一晃，心道：「這是虛招！」引得他伸手來格，說道：「實招來啦！」右手砰的一拳，迎面正中他的鼻子，立時鮮血長流。商寶震「啊」的一聲，胡斐跟著起腳一鉤，商寶震急忙躍起，那知對手連環腳踢出，乘他人在半空，下盤無據，跟著一腳，將他踢了一個觔斗。胡斐心道：「虛實兼出，諒你師父也不懂！」這幾下快捷無倫，待得馬春花看清楚時，商寶震已連中拳腳，給踢翻在地。

胡斐氣猶未洩，礙著馬春花在旁，再打下去她定要出面干預，她對自己一片好心，大丈夫恩怨分明，只要她一句話，自己焉能不聽？當即拍手叫道：「姓商的小狗賊，你敢追我麼？」說著轉身便逃。

商寶震莫名其妙的中了他拳腳，只因對方出手太快，還道自己疏神，不信他一個小孩童，竟能勝過自己八卦門的家傳神功，兼之心上人在旁，這臉如何丟得下？當下發足便追。胡斐輕功遠勝於他，逃一陣，停一會，待他追近，又向前奔，轉眼間便奔出七八里地，見馬春花雖然跟來，卻已遠遠拋在後面，立定腳步，說道：「姓商的，今日小爺中了你母親的奸計，這才受辱，現下讓你見識見識小爺的本事。」說著身形飛起，如一隻大鳥般疾撲過去。

商寶震從未見過這般打法，嚇得急忙閃避。胡斐左足在地下微微一點，身子已轉過方向，跟著進撲。這時商寶震待要再讓，卻已不及，當下喝道：「來得好！」雙掌併擊，正是他家傳八卦掌的厲害家數。胡斐左手在他掌上一搭，一拉一扭，商寶震手腕劇痛，若非回縮得快，雙手手腕立遭扭斷。胡斐左拳平伸，砰的一聲，擊中他右胸，跟著起腳，又踢中他小腹。胡斐研習父親所遺拳經，今日初試身手，對手竟沒絲毫招架餘地。

此刻商寶震全身縮攏，雙手護住頭臉，只有挨打的份兒，苦練了十多年武功，在這少年手下，竟半點施展不出，心中又氣惱，又胡塗。胡斐左腿虛晃，待他避向右方，右腳倏地踢出，正中他右腰「京門穴」。商寶震站立不住，撲地倒了。胡斐剝下他長衫，撕成幾片，將他手腳反轉縛住，本要將他吊在路旁的柳樹之上，但他人小，力氣不夠提上樹去，看準了一個大椏枝，抓起商寶震來，大喝一聲：「去你媽的！」力貫雙臂，將他擲上，正好擱在椏枝之間。

胡斐折下七八根柳條，當作鞭子，一鞭鞭往他頭上抽去，商寶震又驚又怒，知他一報還一報，只得咬緊牙關忍受。堪堪打了三四十鞭，馬春花急奔趕到，眼見二人情景，大是驚詫，一時說不出話來。

胡斐笑道：「馬姑娘，我不用你求告，就饒了他！」說著哈哈大笑，雖是個十餘歲少年，但言語舉止，竟豪氣逼人。他隨手將柳枝遠遠拋出，大踏步便走。馬春花叫：「小朋友，你到底是誰？」

胡斐轉過頭來，朗聲答道：「姑娘見問，不得不說。我便是大俠胡一刀的兒子胡斐！」說罷縱聲長笑，片刻間背影已在柳樹後隱沒。

「我便是大俠胡一刀的兒子胡斐！」人已遠去，話聲餘音裊裊，兀自嗚響。樹上商寶震，樹下馬春花，都驚訝不已。

過了好一會，馬春花叫道：「商少爺，你能下來麼？」商寶震用力掙扎，掙不脫腳上的綁縛，大是羞慚，明明是不能下來，這句話卻又怎能出口？只脹紅了臉不作聲。馬春花道：「你別動，小心摔下來。我上來助你。」縱身躍高，想要拉住樹幹攀上，但那樹幹甚高，這一躍沒能抓住，當下手足並用，爬上樹幹。

爬到樹幹中間，忽聽得馬蹄聲響，一行人自北而來。此時晨光熹微，天將黎明，馬春花心道：「怎地這早就有人趕路？」轉瞬之間，一行人已來到樹下，共是人馬九乘。那九人見一個大姑娘爬在高樹之上，都感詫異，一齊勒馬觀看。馬春花嗔道：「有甚麼好瞧的？走你們的吧！」那九人也不理睬，再看到樹頂綁著一個青年男子，更覺奇怪。

馬春花未到樹頂，提氣上躍，左手已在半空中抓住一根樹枝，一拉之下，借勢翻上，竄到了商寶震身旁。樹底下兩個男人齊聲喝采：「好俊的輕身功夫！」馬春花將商寶震手腳上的布條解開，低聲道：「沒受傷麼？」她這句柔聲相詢，商寶震聽了大慰，道：「沒甚麼。」拉住樹枝一盪，從數丈高處輕輕躍下。馬春花跟著下來，見馬上九人指指點點，肆無忌憚的好生無禮，不禁心下惱怒，向他們橫了一眼。

只見九人有老有少，衣飾都頗華貴，個個腰挺背直，豪健驃悍。只居中一位青年公子面目清秀，丰神俊朗，容止都雅，約莫三十二三歲年紀，身穿一件寶藍色緞袍，頭戴瓜皮小帽，帽子正中縫著一塊寸許見方的美玉。馬春花從小就在鏢行，自識得珠寶，這時相隔數丈，仍可看到那塊美玉瑩然生光，知道是價值連城的寶物，他這麼隨隨便便的縫在帽上，也不怕失落，心中好奇，不由得向他多望了一眼。

那公子見她明艷照人，身裁婀娜，心中一動，向身旁一個中年漢子低聲說了幾句。那漢子點點頭，突然縱聲大笑，高聲道：「你這小賊定是偷了人家東西，給高高吊在樹上。」一個老者笑道：「你說偷了甚麼？怎麼他妹子又這麼巴巴的來救他？」語帶輕薄，神色浮滑。

商寶震本已滿腔怒火難以發洩，聽了這些言語，突然縱身上去，啪的一聲，打了這老者一個耳光。那老者騎在馬上，和他相隔丈餘，他一躍之間就打到人家耳光，倒也大出諸人意料之外。衆人不自禁的勒馬退後，愕然相顧。那老者不提防受辱，如何忍得下這口氣？立即閃身下馬，伸手來抓他衣襟。商寶震反手一勾，拿他手腕。那老者也是身有武功，以抓變掌，掌底穿拳。二人在大路旁鬥了起來。

商寶震雖讓胡斐打了一頓，也沒傷到筋骨，一來意中人在旁觀鬥，二來屈氣難伸，將家傳八卦掌施展出來，越來越狠。那老者招接不住，肩頭連中兩掌，踉踉蹌蹌的退開幾步。他一定神待要再上，馬上一人叫道：「老張你退下，這小子有點兒邪門。」

話聲甫畢，一個人影輕飄飄的從馬背上躍了下來。那老者當即閃開。商寶震和馬春花見此人身手了得，不禁都留上了神。但見他一張紫膛臉，神態威猛，身材魁梧，站著比商寶震要高出大半個頭。他雙手負在背後，向商寶震打量，問道：「你是八卦門的麼？你師父姓褚還是姓商？」一副傲慢的神色，全沒把對方放在眼裏。

商寶震大怒，喝道：「你管得著麼？」那人微微一笑，說道：「天下只要是八卦門的，我們就管得著。」商寶震爲人本來精細，但此番連受挫折，盛怒之下，沒細想他言語中的含意，一招「劈雷墜地」，往他膝蓋上擊去，出手甚是迅疾。

那人微微一笑，右手輕揮，向左踏了一步，登時將他這一擊化解了。商寶震「遊身八卦掌」一經施出，再不停留，腳下每一步都按著先天八卦的圖式，轉折如意，四梢歸一，繞著對方急速奔跑，一掌掌越打越快。那大漢雙手出招極短，只比著招式，始終不與商寶震手掌相觸，但他所出的每一招，卻無一不是商寶震掌法的剋星，往往令他招式未曾使足，便迫得收掌變勢。霎時間，商寶震打出了四十餘掌，竟沒一掌帶到他一點衣角。與那大漢同來的人，看得心曠神怡，不住口的喝采。

商寶震焦躁起來，奔跑更速，掌法催緊。那大漢仍好整以暇，面露微笑，雙掌或揮或按，便如是獨個兒練拳一般。此時商寶震已然瞧出，對方出招雖然極短，腳下卻也按著先天八卦圖式，方位絲毫不亂。他曾聽母親說過，八卦門中有一項極精深的「內八卦」功夫，只有將外八卦功夫練至登峯造極之後，方能起始學練，但只要一練成，那時以靜制動，克敵機先，差不多就無敵於天下了。眼前此人明明讓著自己，只要他當眞一出手，一招之間就能將自己打倒。他越想越惶恐，縱步後躍，躬身抱拳，說道：「晚輩有眼不識泰山，原來是本門前輩到了！」說著深深打躬。

那人微微一笑，仍然問道：「你師父姓褚還是姓商？」商寶震曾得母親囑咐，在人前千萬不可吐露身分，以防對頭知悉，挫折了報仇大事，不禁躊躇不答。那人笑道：「你掌法門戶開闊，瞧來是商劍鳴師兄一派了。大哥，你說是不是？」最後一句話是向馬上一個老者而說。那老者年近五十，翻身下馬，向商寶震道：「你師父呢？引我們去見見。我是你王師叔，這位是我兄弟，你拜師叔吧。」說著哈哈大笑。

商寶震知道父親的師父是威震河朔王維揚，是北京鎮遠鏢局總鏢頭，眼前這人自稱姓王，又是八卦門高手，看來是自己師叔，定然不假了。但他生性精細，加問一句：「兩位跟威震河朔王老鏢頭是怎生稱呼？」王氏兄弟相顧一笑。那老者道：「那是咱哥兒倆的先父。你還不信麼？商師哥呢？」

商寶震更無遲疑，撲翻在地，磕了幾個頭，口稱師叔，說道：「先父早已去世，師叔當年沒接到訃告麼？」

那年老的武師名叫王劍英，他兄弟名叫王劍傑，都是王維揚的兒子。王維揚當年憑一對八卦掌、一把八卦刀威震江湖綠林。黑道中有一句話道：「寧見閻王，莫碰老王」，端的是名揚天下，早已逝世多年。商劍鳴雖是他門下，但師徒間情誼平常，離師門後少通音問。王氏兄弟又在官府當差，青雲得意，從來就沒將這個身在草野的同門師兄放在心上。因此山東和北京雖相隔不遠，商劍鳴逝世的訊息王氏兄弟竟然不知。

王劍英嘆了口氣，回身向那青年公子低聲說了幾句話。那公子眼角向馬春花斜睨一眼，歡然點頭。王劍英向商寶震道：「你家住此不遠吧？你帶我兄弟到你父親靈前一拜。我們師兄弟一別二十餘年，想不到從此不能再見。」他頓了一頓，伸手向那公子一張，說道：「你來拜見福公子，我們都在公子手下當差。」

商寶震見那公子氣度高華，想是京中的貴介公子，這才收得王氏兄弟這等豪傑為他當差，當即上前躬身下拜。福公子只擺擺手，說聲：「請起！」卻不回禮。商寶震心中微微有氣：「好大的架子！你當眞是皇帝老子不成？」

一行人來到商家堡時，堡中已發覺胡斐逃走，正到處找尋。商寶震入內報訊，商老太聽說先夫的同門師弟來到，又驚又喜，急忙出迎，將胡斐的事暫且擱在一旁。

王劍英給商老太引見。這九人之中，倒有五個是武林中的一流高手，除王氏兄弟外，還有太極門的陳禹、少林派的古般若、天龍門南宗的殷仲翔。陳禹和殷仲翔在江湖上名聲早顯，古般若年紀輕些，但見他雙目有神，伸出手來乾如枯木，手指堅挺，定是外家的一把好手。其餘三人是福公子的親隨侍僕，那受了商寶震毆擊的老者姓張，大家叫他做張總管，自是福公子府中有權勢的人物了。

至於福公子是甚麼身分，王劍英卻一句不提，只稱他爲「福公子」。

王劍英、劍傑兄弟問起商劍鳴的死因。商老太傲心極盛，不肯說是胡一刀所殺，只是說得病身亡。她決意只和兒子娘兒倆手刃仇人，決不肯假手旁人復仇。

馬春花見商老太、商寶震等同門敘話，回到屋裏，將適才的見聞向父親說了。馬行空聽說那胡斐竟是大俠胡一刀的兒子，大爲驚訝，但聽這小小孩童的武功竟勝過了商寶震，卻半信半疑。徐錚在旁默默聽著，臉上青一陣、紅一陣，並不插嘴。

父女倆說了一陣子話，馬春花回到自己房裏。徐錚跟了出來，叫聲：「師妹！」馬春花臉上一紅，道：「甚麼？」徐錚見她臉若朝霞，心中情動，將本來要問的話按捺了不說，伸手去拉她手。馬春花將手摔脫，嗔道：「給人家瞧見了，怎好意思？」徐錚終於沉不住氣，憤然道：「哼，不好意思！你半夜三更，跟那姓商的小子到外面去，鬼鬼祟祟的幹甚麼了？」馬春花一怔，聽他語意不善，怒道：「你問這話是甚麼用意？」徐錚道：「你跟那小子出去是甚麼用意，我問這話就是甚麼用意。」

他對師妹向來體貼討好，但今日一早見她與商寶震從外面回來，聽她言中敘述，又是半夜裏在外面遇到胡斐，自不免醋意大盛，那想得到她是怕父親責怪，把求商寶震釋放胡斐之事瞞過了不說。馬行空那晚隔窗聽到商老太母子對答，得知商寶震看中自己女兒，還道他二人確有私情，夜中相會，礙著徒兒在旁，不便追問。但徐錚聽來，心中酸溜溜的滿不是味兒。他生性鹵莽，此時師妹又成了他未過門的妻子，不禁疾言厲色的追問起來。

馬春花問心無愧，這師哥對自己又素來依順容讓，想不到昨天父親剛把自己終身相許，他就這麼強橫霸道起來，日後成了夫妻，豈非整日受他欺辱？本來這件事她只要直言相告，徐錚一經明白，自無話說。但她賭氣偏偏不說，氣鼓鼓的道：「我愛跟誰出去，就跟誰出去，你管得著麼？」

一個人妒意一起，再無理性，徐錚滿臉脹得通紅，連脖子也粗了，大聲道：「從前我管不著，今兒就管得著。」馬春花氣得流下淚來，說道：「現下你已這樣了，將來還指望你待我好嗎？」徐錚見她流淚，心中又軟了，但想到她和商寶震深宵出外幽會，一口氣怎咽得下去？大聲道：「你出去到底幹甚麼來著？你說，你說！」馬春花心道：「你越橫蠻，我越不說。」

就在此時，商寶震奉母親之命，過來請馬行空去跟王氏兄弟等廝見，見徐錚和馬春花在廊下大聲爭鬧，不由得停了腳步。徐錚早一肚子火，滿心想打未婚妻子一個耳括子，卻又不敢，眼見商寶震過來，正合心意，罵道：「我打你這個狗娘養的小子！」衝上去就是一拳。商寶震一讓，愕然道：「你幹甚麼？」徐錚跟著又是一拳，商寶震不及閃讓，給他一拳正中胸口，待他第三拳打來時，回掌相格。兩人便在廊下鬥了起來。

馬春花滿腹怨怒，並不理他二人打得如何，一扭頭竟自走了。回到房裏哭了一場，婢女來叫吃飯，她也不理會，迷迷糊糊的便睡著了。

一覺醒來，已是傍晚時分，信步走到後花園中，坐在石凳上呆呆出神，心中只想：「難道我的終身，就這麼許給了這蠻不講理的師哥麼？爹爹還在身邊，他就對我這麼兇蠻，日後不知更要待我怎樣？」不由得怔怔的掉下淚來。

也不知坐了多少時候，忽聽得簫聲幽咽，從花叢外傳出。馬春花正自難受，這簫聲卻如有人在柔聲相慰，細語傾訴，聽了又覺傷心，又感歡喜，不由得就像喝醉了酒一般迷迷糊糊。簫聲像春風一般溫柔，暖暖的擁抱著她全身，站起身來走出花叢，只見海棠花畔坐著個藍袍男子，手持玉簫吹奏，手白如玉，和玉簫顏色難分，正是晨間所遇到的福公子。

福公子含笑點首，示意要她過去，簫聲仍是不停。他神態之中，自有一股威嚴，一股引力，直教人抗拒不得。馬春花紅著臉兒，慢慢走近，但聽簫聲纏綿宛轉，一聲聲都是情話，禁不住心神蕩漾。馬春花隨手從身旁玫瑰叢上摘下朵花兒，放在鼻邊嗅了嗅。簫聲花香，夕陽黃昏，眼前是這麼個俊雅美秀的青年男子，眼中露出來的神色又柔和，又高貴，她一生之中從來沒見到過這樣的男子。

她驀地裏想到了徐錚，他是那麼的粗魯，那麼的會喝乾醋，和眼前這貴公子相比，當眞一個在天上，一個在泥塗。於是她用溫柔的眼色望著那個貴公子，她不想問他是甚麼人，不想知道他叫自己過去幹甚麼。只覺得站在他面前是說不出的歡喜，只要和他親近一會，也是好的。

這貴公子似乎沒引誘她，只是她少女的幻想和無知，才在春天的黃昏激發了這段熱情。其實不是的。如果福公子不是看到她的美貌，決不會上商家堡來逗留，手下武師一個過世了的師兄，能屈得他的大駕麼？如果他不是得到稟報，得知她在花園中獨自發獃，決不會到花叢外吹簫。福公子的簫聲是京師一絕，就算王公親貴，等閒也難得聽他吹奏一曲。

他臉上的神情顯現了溫柔的戀慕，他的眼色吐露了熱切的情意，用不著說一句話，卻勝於千言萬語的輕憐密愛，千言萬語的海誓山盟。福公子擱下了玉簫，伸出手去摟她纖腰。馬春花嬌羞地避開了，第二次只微微讓了一讓。

但當他第三次伸手過去時，她已陶醉在他身上散發出來的男子氣息之中。夕陽將玫瑰花的枝葉照得撒在地下，變成斑駁陸離的影子。在花影旁邊，一對青年男女的影子漸漸偎倚在一起。太陽快落山了，影子變得很長，斜斜的很難看。

唉，青年男女的熱情，不一定是美麗的。

馬春花早沉醉了，不再想到別的，沒想到那會有甚麼後果，更沒想到有甚麼人闖到花園裏來。福公子卻在進花園之前早就想到了。因此他派太極門的陳禹去陪馬行空說話，派王氏兄弟去和商氏母子談論，派少林派的古般若去穩住徐錚，派天龍門南宗的殷仲翔守在花園門口，誰也不許進來。

於是，誰也沒進來。

百勝神拳馬行空的女兒，在父親將她終身許配給她師哥的第二天，竟做了別人的情婦。

當晚商家堡大擺筵席，宴請福公子。座中都是武林人士，也不必有男女之別，是以商老太和馬春花都和衆人同席。馬行空當年識得王氏兄弟的父親王維揚，自王維揚過世、王氏兄弟投身官府之後，鎮遠鏢局早已歇業，因此上已不能說是同行。但王氏兄弟卻也知道馬行空的名頭，對他頗有幾分敬意。

馬春花臉泛紅潮，眉橫春色，低下了頭誰也不瞧。旁人只道她是少女嬌羞，其實她心中充滿了柔情密意。她並沒避開徐錚的眼光，也沒避開商寶震的眼光。然而這兩人和她的眼光相接觸時，半點也瞧不出她心事。他們都在想：「她心中到底對我怎樣？」

她嘴角邊帶著微笑，但這不是爲他二人笑的。她看到了他們，卻全然沒看見他們，她只是在想著適才的幸福和甜蜜。福公子常常向她偷看一眼兩眼，但她決不敢回看，因爲她很明白，只要回看他一眼，四目交投，再也分拆不開了。

飲食之間，一名家丁匆匆走到商老太身邊，在她耳旁低聲說道：「那姓平的賊子給人救去了。」商老太一驚，隨即神色如常，舉杯向衆人勸飲，心想這件事不必讓客人知道。就在這時，驀地裏砰的一聲，廳口的兩扇長窗脫樞飛起，砰蓬、砰蓬幾響，落在地下，一個瘦瘦小小的人形插腰而立，站在廳口。

王氏兄弟等雖在席間，不忘了保護福公子的重大職責，隨身都帶兵刃。變故一起，幾個人立即一齊離座，在福公子四周站定，及至看清楚進來的只是一個少年，身邊並無別人，不禁相顧驚詫：「難道震飛長窗的，竟是這個小孩？」

這小孩正是胡斐，他救了平阿四出堡後，想起商寶震鞭打之仇雖報，商老太暗算之恨未消，於是又趕回大廳，大聲嚷道：「商老太，你有本事再抓住我麼？」他說這話時神態豪邁，但畢竟不脫小孩子聲口，似乎跟她鬧著玩一般。

商老太一見仇人之子，眼中如要噴火，低聲向兒子道：「截住他後路，別讓小賊逃了。」又向身後的家丁道：「快取我刀來。」她緩緩離座，厲聲道：「是誰放走你的？是這位馬老拳師不是？」她決不信這孩子自己能脫卻鐵鍊之縛，定是堡中有奸細相救。

胡斐搖頭道：「不是。」商老太指著徐錚道：「是他？」胡斐仍搖頭。商老太指著馬春花道：「那麼定是這……這位姑娘了？」胡斐心想：「這位姑娘本想救我，雖然沒救，但我感她的恩情卻是一樣。」笑著點了點頭，大聲道：「不錯，這位姑娘是我救命恩人。」他這句話是說給馬春花聽的，在他孩子心中，原是一番感激之意，渾沒想到這句話會給她帶來大禍。

商老太向馬春花陰沉沉的望了一眼。這時莊丁已取了刀來。商老太左手提刀，右手指著胡斐，問道：「你爹爹胡一刀怎麼不來？」

王氏兄弟等聽說眼前這孩子竟是遼東大俠胡一刀之子，無不聳動。

胡斐道：「我爹爹早已過世。你要報仇，就找我吧。」商老太臉如死灰，喝道：「此話當真？」胡斐道：「我爹爹倘若在世，你敢打我一鞭麼？」商老太高舉紫金八卦刀，突然放聲大哭，叫道：「胡一刀，胡一刀，你死得好早啊！你不該這麼早就死啊！」胡斐愕然不解：「怎麼這老太婆忽起好心，哭起我爹爹來？」

商老太大慟三聲，突然止淚，伸袖子在臉上一抹，左足踏上一步，驀地裏橫過紫金刀，身子疾轉，呼的一聲，橫刀向胡斐頸中削去。

這一下人人出於意料之外。福公子、馬春花、徐錚都驚叫出聲。

商老太這一招「回身劈山刀」乃八卦刀絕技之一，又出其不意，莫說眼前只是個小兒，就算是江湖好手，也未必躲閃得了。豈知胡斐身法快極，身子略側，讓開刀鋒，隨即伸手拿她手腕。他在一招之間立即反手搶攻，羣豪無不驚訝。商老太一刀不中，想也不想，第二刀跟著劈出。

莫看商老太老態龍鍾，出手之際刀刀狠辣。她想到仇人已死，今生報仇無望，唯一的指望就是殺了眼前的小兒。她當丈夫喪命之際，所以不自刎殉夫，全因心中存著復仇一念，此時仇家當前，招招竟是與敵人同歸於盡的殺法。胡斐藝成後初逢強敵，精神大振，不作遊鬥，卻在刀縫之中伸掌搶攻，竟半招也不退讓。敵人揮刀狠砍狠殺，他施展大擒拿手龍形爪，也是狠擊狠打。燭光之下，但見一個白髮老婦，一個黃口小兒，性命相撲，鬥得猛惡異常。

王氏兄弟初見商老太一上來就猛使殺手，心中還暗怪她將八卦門的功夫濫用了，對小孩兒都使絕招，逢到一流高手那怎麼辦？豈知越看越覺驚訝。

商老太的一路八卦刀使得綿密狠辣，絕無破綻，雖說未臻爐火純青之境，但加上她不顧性命的那股狠勁，對手再強，本也難以抵敵，豈知一個十來歲的少年空手和她相搏，竟漸佔上風。再拆數合，商老太已全在胡斐掌風籠罩之下，突然啪的一聲，她左頰上吃了一記耳光，接著右頰又是一記。商老太一個踉蹌，站立不穩。

王劍傑道：「商家嫂子請退下，我來對付這小子！」手持大刀，踏步上前。只聽「啊喲」一聲，商老太已滾在一旁，王劍傑眼前突然青光閃動，一刀迎面劈到，忙舉刀相架。那刀改砍爲削，從橫裏削來，待得斜擋，那刀又快捷無倫的改爲撩刀。

胡斐打了商老太兩記耳光，心願已足，一勾一拿，扣住了她手腕，隨即飛腿，將她踢了個觔斗，已將她紫金刀搶在手裏，不待王劍傑走近，唰唰唰連環三刀，將他砍了個手忙腳亂。王劍傑是八卦門一流高手，此時造詣已不在當年商劍鳴之下，只因存了輕視之心，竟讓對手搶了先著。三招一過，才知眼前的小孩實是勁敵，急斂狂傲之氣，沉著應戰，將門戶守得嚴密異常，要先瞧清這小孩的刀法。

燭影搖紅，刀光泛碧。羣豪緊握兵刃，瞧著兩人對刀。

福公子見這樣一個衣著皦陋的黃瘦小兒，竟與自己府中的一流好手鬥了個旗鼓相當，既覺詫異，又感有趣，負手背後，凝神觀鬥。突然間聞到淡淡的一陣脂粉香，眼光微斜，見馬春花已站在身旁。他挨近一步，伸過手去握住了她手。這時人人都注視著廳中激鬥，誰也沒來留心他二人，但大庭廣衆之間，竟如此肆無忌憚的親熱，畢竟大膽之極。福公子沒將誰放在眼裏，馬春花卻是少女初戀，情濃之際，不能自已。

王劍傑連劈數刀，胡斐均以巧妙身法避過。王劍傑竭力辨認他武功門派，始終捉摸不定，心想他自承是胡一刀之子，雖聽父親說過胡一刀的名頭，但胡家刀法究竟是如何家數，是剛是柔？外門內家？卻絲毫不知，但見這少年的招數忽而凝重如山，忽而流轉似水，與一般刀法全不相同。

又鬥數合，王劍傑焦躁起來，心想自己在福公子府中何等身分，今日鬥一個小兒也要拆到數十招之外，再糾纏下去，縱將他殺了，也已臉上無光，當下刀法一緊，邁開腳步，繞著他身子急轉。

王氏八卦門的「八卦遊身」功夫向是武林中一絕，當年王維揚曾以此迎鬥「火手判官」張召重，絲毫不落下風。這一發足奔行，當眞是「瞻之在前，忽焉於後」，臨敵之時待得敵人轉過身來，又早已繞到他背後，自己腳下按著八卦方位，或前或後，忽左繞、忽右旋，不加思索，敵人卻給他轉得頭暈眼花。但若敵人不跟著轉動，他立即攻敵背心，敵人如何抵擋？確是巧妙異常，厲害無比。王劍傑自幼在父親監督之下，每日清晨急奔三次，每次絕不停留的奔繞五百一十二個圈子，臨睡之時又再急奔三次。這功夫從不間斷，每次大圈子、中圈子、小圈子一共要繞三千餘轉，二十餘年練將下來，腳步全已成為自然，只須顧到手上發招便行。

本來繞圈子時手上發掌，此時改用刀劈，但見他人影飛馳，刀光閃動，霎時間將胡斐裹在垓心。胡斐乍逢勁敵，忙施展輕功閃躲，他身形靈巧，輕功又高，居然在刀風之中縱橫來去，避過了數十刀的砍削斬劈。

馬行空看得大是驚奇，心中暗叫：「慚愧！前晚見到的瘦小人影原來是他，若非見到這個少年，焉能發覺商老太的毒心？那知商家堡中臥虎藏龍並非別人，卻是這黃瘦小孩，枉自我一生闖蕩江湖，到老來竟走了眼了。」一瞥眼忽然不見了女兒，微感惱怒：「如這等高手比武，一生中能有幾次見得？少年人真不知好歹，一溜子就去談情。日後成了夫妻，還怕談不夠麼？」

他那知女兒確是出去談情說愛，跟她纏綿的卻不是她的未婚夫婿。

忽聽得噹的一聲大響，火花四濺，胡斐與王劍傑雙刀相交。一響之後，接著響之不已。原來王劍傑越轉越快，越砍越凌厲。胡斐畢竟年幼識淺，不明他刀法路數，到後來閃避不及，只得舉刀還格。雙刀既交，王劍傑心中暗喜：「這小子武功不壞，力氣究小，再砍幾刀，他兵刃非脫手不可。」當下不住急砍猛斫，胡斐只得硬接，五六刀過後，手臂震得漸感酸麻。商劍鳴的紫金刀頗爲沉重，胡斐力小，使動時本已不大順手，這時更感吃力。

王劍傑身材魁梧，胡斐的頭還及不到他頭頸，一個居高臨下，一個仰頭接招，強弱之勢更加懸殊。胡斐眼見不敵，突然靈機一動，將他一刀架開，跳出圈子，叫道：「且慢！」王劍傑跟他本無仇怨，他也沒得罪了自己或福公子，見他小小年紀，居然能接下自己數十招，動了愛才之念，說道：「好吧，你認輸便是，就饒你一命。」

胡斐笑道：「誰認輸了？你不過勝在生得牛高馬大，身裁上佔了便宜，那又算得甚麼本事？你等一下。」說著搬過一張長凳，往大廳中心一放，縱身上凳，叫道：「咱們再來比過。」王劍傑又好氣，又好笑，問道：「那算甚麼？」胡斐道：「咱們話說明在先，你可不許踼動我長凳，否則就算你輸了。」王劍傑呸了一聲，道：「天下那有這般比武法子？」胡斐笑道：「我人未長足，自沒你高。你若不願，五年後等我長得跟你一般高了，再來決個勝敗。」

胡斐平時聽平阿四談論他父親胡一刀的威風，只道學得父親遺書上的武功之後，也可如父親一般所向無敵，豈知一上手就給商老太扣住脈門，結結實實的捱了一頓好打。那還可說自己一時不防，這時跟王劍傑一動手，才知自己雖刀法大勝於他，內力卻跟他差得太遠，交代了這幾句話，就想乘機脫身。

那知王劍傑一來丟不起這個臉，二來自恃必勝，罵道：「小猴兒崽子，不踢你這凳又怎麼了？怕老爺劈不死你麼？」說著揮刀向他腰間削去。

胡斐橫刀封擋，二人又交上了手，此時胡斐卻已高過了對方，他在長凳上奔左竄右，掄刀而戰。那凳子有五尺來長，王劍傑若再繞著轉動，轉的圈子太大，跟他二十多年來所練的圈子大小不同，這是熟練了的功夫，臨時改變不來，當下改使一套刀中夾掌、掌中夾刀的武功，要以剛猛的刀風掌力，將對方震下凳來。

胡斐知他心意，不停縱躍竄避，不再硬接。王劍傑雖專修八卦一門武功，但那八卦門中武功也甚繁複，單是刀法，就有大架、小架、內架、外架諸項變形。他刀法立變，左揮右削，專砍敵手中盤。刀法砍的是對方中盤，但胡斐站在凳上，實則是砍他腿腳。胡斐躍起躲閃。王劍傑削得數刀，見胡斐又再躍起，不待他落下，跟著揮刀貼凳橫削，收刀時自左向右拖轉，胡斐如落腳踏上長凳，一足非給削斷不可，要避過這兩削，便只得離凳落地。

胡斐見勢在兩難，突然伸腳尖在長凳左端用力一點，借勢上躍，那長凳驀地豎立。這一下當真出其不意，砰的一聲，長凳翻上來的右端，正好撞中王劍傑下巴，勢道可還著實不輕。胡斐卻已站在豎起的長凳頂端，居高臨下，掄刀砍將下來。這一下變故甚是滑稽，旁觀衆人忍不住失笑。

王劍傑大怒，揮刀砍了幾招，只因胡斐在高，自己大處劣勢，也顧不得曾答應不動他的長凳，左腿飛出，踢翻長凳，跟著一刀「上步劈山」，向胡斐胸口剁去。胡斐人未落地，横刀擋架，借著他一剁之勢，竄出半丈，一俯身，左手舉起長凳，當作一條長形盾牌，以長凳擋架敵刀，右手的紫金刀卻一刀刀遞將出去。

王劍英見兄弟久戰不下，早已皺起了眉頭，旁觀衆人中陳禹、殷仲翔、古般若、馬行空等均是江湖好手，見戰局變幻，胡斐早已落敗，王劍傑卻始終拾奪他不下，都暗暗稱奇。

此時胡斐左凳右刀，兵刃上大佔便宜。那長凳是紅木所造，甚爲堅硬，讓王劍傑連砍幾刀，卻砍之不斷。胡斐躲在凳後，反而不住搶攻。王劍傑罵道：「小猴兒，老爺叫你知道厲害！」猛地裏一招「上歪門」，揮刀斜砍，登的一聲，一刀砍在長凳正中，豈知這一下使力太強，刀刃深入凳內，回手一拔竟拔不出來。他正要加力回奪，突見紫光閃動，對手的刀尖已刺向自己小腹。這一招猶如流水行雲，來得好快，王劍傑一驚，只得撒手放刀。他明明已佔上風，卻給這小孩胡混奪去兵刃，焉肯甘服？當即空手進擊，這位八卦刀名家竟要以一雙肉掌挽回臉面。

只見他點打戳拿，劈擊壓撞，雙掌在刀縫中搶攻而前，威勢竟不下於使刀之時。胡斐力弱，挺著一隻笨重的長凳，如何能與他輕捷的空手相敵？眨眼間連遇險招，啪的一響，肩頭為他左掌擊中，險些跌倒。旁觀衆人一齊驚呼。

胡斐忍住疼痛，左手將長凳一送一放，隨即抓住凳面上的單刀刀柄，右足在凳上猛踢一腿，長凳離刀，向王劍傑撞去。王劍傑見他拚鬥不依常法，一味胡混，大有相辱之意，心中越怒，雙掌疾向長凳劈去。這長凳先前已受刀砍，再加掌力一震，喀喇一響，登時斷為兩截。胡斐卻已雙刀在手，著地捲來。

王劍傑空手對雙刀，絲毫不懼，右手拿，左手鉤，突然間胡斐驚叫一聲，左手刀已給他夾手奪去。王劍傑將鋼刀往地下摔落，仍然空手對刀。他在掌法上浸淫二十餘年，使將出來凌厲已極。商寶震在旁瞧得又沮喪，又歡喜，沮喪的是自己從小苦練，只道已窺堂奧，但與這位師叔相較，不知何年何月方能練到他這般功夫，歡喜的是本門武功如此神妙，只要不斷修習，前途自不可限量。

猛聽得王劍傑暴喝一聲：「去！」胡斐紫金刀脫手飛出，忙向後躍開。

王劍傑雙掌一並，排山倒海般擊將過來。胡斐眼見抵擋不住，情急智生，忽地指著他哈哈大笑。王劍傑給他笑得莫名其妙，收掌不發，楞了一楞，罵道：「小子，你笑甚麼？」胡斐笑道：「我幫手來啦，不再怕你們這許多大人合力欺侮我。」王劍傑一愕，自忖：「我是江湖上的成名人物，跟這小鬼頭一般見識，到底該是不該？」胡斐笑道：

「我這就接幫手去，你們都等著，可別怕了逃走。」乘著王劍傑遲疑未定，急步向廳門走出，便想乘機溜走。商老太拾起八卦刀，縱上攔住，喝道：「小雜種，想逃麼？」她知這小孩武功勝己，不敢逼得太近。

就在此時，忽聽得遠處馬蹄聲響，急馳而來。靜夜之中，蹄聲清晰異常，本來快馬狂奔，蹄聲繁密，也是常事，但說也奇怪，這匹馬落蹄之聲猶如急雨，得得得得，得得得得，比兩匹馬同時奔跑的蹄聲還更緊密。廳上諸人多半是江湖上的大行家，鋼刀快馬，原是家常便飯，但聽得蹄聲奇特，不禁臉上均現詫異之色。

霎時之間，那馬已奔到了堡前，但聽莊丁呼叱聲，堡門推開聲，莊丁翻跌聲，兵刃落地聲接著響起。眾人愕然相顧之際，廳口已多了一人。

蹄聲初起是在三數里外，頃刻之間，此人已闖進堡來，現身廳口，其迅雷不及掩耳的神速，委實罕見罕聞。

羣豪聳動之下，目光一齊注視在來人身上。

只見那人五十歲左右年紀，穿一件腰身寬大的布袍，上唇微髭，頭髮已現花白，中等身材，略見肥胖，笑吟吟的面目慈祥，右手攜著個十二三歲的女孩。瞧他模樣，就似是個鄉下土財主，又似是小鎮上商店的掌櫃，隨口就要說出「恭喜發財」的話來，雖略覺俗氣，卻神態可親，與進堡時那股剽悍凌厲的勢道全不相符。

胡斐初時哈哈大笑，原為暫止王劍傑的凌厲進攻，忽聽得遠處馬蹄聲，便胡亂說道有幫手到來，信口開河，只盼眾人一個不提防，就此溜走，豈知事有湊巧，剛好有人趕進堡來。他乘著眾人羣相注視那胖子之際，繞到各人背後，慢慢走向廳門。

但旁人一時忘記了他，商老太可沒忘記，她只在胖子初進來時瞧了一眼，目光始終不離胡斐，見他要逃，立時厲聲呼喝，縱身而前，伸掌往他背心拍去，這一掌正是八卦掌絕招之一的「背心釘」，只要拍中了，當場要叫他骨斷臟裂，嘔血而死。那胖子見她以如此毒辣手法對付一個孩子，「噫」了一聲，正要出手相救，卻見胡斐身形一動，左手倒鉤，帶著她手掌甩出。這一甩蘊蓄內力，商老太一個踉蹌，跌出三步方凝樁站定。那胖子見胡斐小小的一個孩子居然有此武功，大為驚奇，不由得向他連望幾眼。

王劍英見了這胖子，依稀有些面熟，一時卻想不起來，抱拳說道：「尊駕高姓大名？暮夜光臨，有何見教？」那胖子抱拳還禮，說道：「不敢，兄弟姓趙。」王劍英猛地省起，說道：「啊，原來是紅花會趙三爺光臨，眞得恕小弟眼拙。」羣豪一聽，眼前此人竟是紅花會的大頭領千手如來趙半山，無不聳然動容。

六年前紅花會英雄火燒雍和宮，大鬧紫禁城，乃轟動武林的大事，天下皆知（請參閱拙作《書劍恩仇錄》）。此後紅花會便沒沒無聞，江湖上傳言，羣雄豹隱回疆，不料趙半山突然在此出現。王劍英年輕時曾在鏢局中見過他一面，但事隔二十餘年，趙半山早已非復舊時容顏，因此初見面時竟想不起來。此時他加倍留神，滿臉堆歡的說道：「趙三爺是一人前來山東，還是紅花會衆位英雄一齊出山了？先父生前常提及紅花會衆位英雄，好生記掛。」他知紅花會和朝廷作對，個個是大欽犯，但此刻並無聖旨要捉拿衆人，這些人個個得罪不得，心想事不關己，虛與委蛇便了。

趙半山性子慈和，胸無城府，跟誰都合得來，隨口答道：「是小弟一人有點私事，來到山東。請問令尊是……」王劍英聽得他只有一人，放下了一大半心，暗道：「倘若他會中兄弟傾巢而出，在這裏撞見了可不好辦。」答道：「先父是鎭遠鏢局……」趙半山接口道：「啊，原來是威震河朔王老鏢頭的賢郎，怎地老鏢頭仙遊了嗎？」神色黯然，卻是眞正的難過。王劍英道：「先父已去世五年了。這是舍弟劍傑。」他轉頭向王劍傑說道：「趙三爺太極拳、太極劍、暗器功夫，三絕天下無雙，今日當眞幸會。」

他正要替各人引見，王劍傑心直口快，已接口道：「這位陳兄也是太極門的，兩位本來相識麼？」說著向太極手陳禹一指。

趙半山「哼」了一聲，慈和的臉上登時現出一層黑氣，向陳禹從頭看到腳，又從腳看到頭，細細打量。陳禹見他臉色忽變，微覺局促不安，給他這麼一瞧，更爲尷尬。

趙半山攜來的女孩突然伸手指著他，大聲道：「趙叔叔，就是他，就是他！」聲音尖細，語聲中充滿了憤恨。

陳禹見這小女孩膚色微黑，臉上滿是痛恨之色，自己卻從沒見過，轉過頭向王劍傑道：「趙三爺是南派溫州太極門，兄弟是直隸廣平府太極門，咱們是同派不同宗。趙三爺是本門前輩，兄弟向來仰慕得緊。」說著走近身去，抱拳爲禮，神色恭謹。

那知趙半山宛如不見，雙手負在背後，對他不理不睬，轉身向王劍英道：「王兄，兄弟今日來得魯莽，先向各位謝過。」說著團團作揖。衆人連忙還禮，都道：「好說好說，趙三爺太客氣了。」只把陳禹氣得半身冰涼，拱著的手一時放不下來，僵在當地，心道：「我幾時得罪你了？你名頭雖大，難道我當眞怕了你不成？」

王劍英指著胡斐道：「這位小兄弟跟我師嫂有點過節，那多半是他上代結下來的樑子。現下他先人和我師兄都已過世多年了，我們衝著趙三爺的金面，這件事揭過不提。大家罷手如何？」他與商劍鳴向來不和，本就無意爲他報仇，此時更想賣趙半山一個好。趙半山愕然不解。商老太卻已叫了起來，罵道：「甚麼趙半山，趙一山，到得商家堡來，誰都別想撒野！」趙半山道：「王兄說的是甚麼，小弟可不明白。」

王劍英道：「我這師嫂是婦道人家，趙三爺別理會她。來來來，小弟借花獻佛，敬趙三爺一杯。」說著便去斟酒。

胡斐知道再說下去，自己謊話立時就要拆穿，大聲道：「趙三爺，這些傢伙吹牛，那也罷了。他們卻說紅花會個個都是膿包，又說八卦掌的功夫天下無敵，說他們門中老英雄單憑一柄八卦刀，就打敗了紅花會所有人物。小的聽不過了，因此出來辯駁。他們不服，跟我動手。趙三爺，你說氣人不氣人？這個理要請你來評一評了。」

趙半山全不知他們爭些甚麼，但當年王維揚曾和紅花會對敵，這件事卻是有的，紅花會也沒憑武力勝他，只使計逼得他服輸，想來王劍英、劍傑兄弟說起此事時，定是誇他父親英雄了得，那也是人情之常，便笑了笑，說道：「王老鏢頭武功高強，我們眾兄弟個個都十分佩服。」突然目光如電，射向陳禹，說道：「陳師傅，請你跟我出去，咱們借一步說話。」

陳禹心中一凜，說道：「在下和趙三爺素不相識，不知有何吩咐？這兒各位朋友都是光明磊落的好漢子，有話就請在此明說不妨。」趙半山冷笑一聲，道：「這是我太極門門戶之恥，何必讓旁人知曉？」陳禹臉上變色，退後一步，朗聲道：「你是溫州太極，我是廣平太極，咱們同派不同宗。我管不著你，你也管不著我。」趙半山道：「就只為陳兄手段太過厲害，廣平府太極門沒人能出頭，兄弟才萬里迢迢的從回疆趕來。兄弟到了北京，聽說陳兄到山東來啦，一路尋訪而來，總算是天網恢恢。」

眾人聽他用到「天網恢恢」四字，都吃了一驚，不知陳禹在門戶中幹了甚麼歹事，累得這位趙三當家萬里追尋。

陳禹精明強幹，在江湖上成名多年，名頭固不及趙半山響亮，卻也是北派太極門的佼佼者，何況跟了福公子後，有了極強靠山，對趙半山毫不畏懼，厲聲道：「我先前尊你一聲前輩，那是瞧在你年紀份上。你我南北太極各有所長，憑你就能壓得了我嗎？」語聲甫畢，一招「玉女穿梭」，猛向他肩頭拍去。

趙半山追奔數月，辛勞萬里，為的就是眼前這一招，一見陳禹出手，從這招「玉女穿梭」之中，於他武功修為已了然於胸，身軀微蹲，一招「雲手」，帶住他的手腕向右牽引。陳禹立足不定，登時全身受制。要知各派太極拳劍，招法、要旨大同小異，強弱差別全在各人的悟性與功力修為不同。

天龍門好手殷仲翔是陳禹至交，當趙陳二人口頭相爭之時，他已拔劍在手，躍躍欲試，眼見陳禹一招即敗，便即挺劍向趙半山身後刺去，喝道：「放手！」趙半山更不回身，順手在陳禹腰間抽出佩劍，回劍一擋。這一下分寸拿揑得恰到好處，雙劍一交，噹的一聲，殷仲翔的長劍已斷成兩截。趙半山右手回送，又將長劍插入陳禹腰間劍鞘。

羣豪見他一招制住太極門好手陳禹，一劍震斷了天龍門好手殷仲翔長劍，制敵拳法之精、拔劍出手之快、斷劍功力之純、還劍眼力之準，皆生平罕見，不由得盡皆失色。他回劍入鞘這一招如是揷向陳禹身上，陳禹早已了帳。陳禹自己心中也自了然。趙半山向陳禹冷然道：「怎麼？你還不出去？」陳禹臉上青一陣紅一陣，驚惶不定。

突然間金光閃動，七枝金鏢分從上下左右向胡斐急射過去。原來商老太眼見報仇之望行將成空，見眾人注目趙陳二人，正是良機，猛地一口氣發出七枝金鏢。她與胡斐相距不過丈許，這一下陡然發難，對方要能將七枝金鏢盡數躲過，當眞千難萬難。她十餘年來處心積慮的要爲丈夫復仇，知道苗人鳳與胡一刀武功卓絕，光明正大的動手，絕難取勝，因此鏢上都餵了見血封喉的劇毒。

這一下突如其來，胡斐叫聲：「啊喲！」急忙撲倒，上面三枝鏢雖能避過，打向他小腹和下盤的四枝鏢卻再也難以閃躲。

趙半山跨上一步，雙臂劃過撈抄，半路上將七枝鏢盡數接過。他外號叫做「千手如來」，「如來」是說他面和心慈，「千手」卻是說他發暗器、接暗器，就如生了一千隻手一般，這抄接暗器，正是他生平最擅長的絕技。眾人只覺眼前一花，也沒看清他如何出手，七枝金鏢已到了他手中。燭光下見鏢頭帶著暗紅之色，他拿到鼻邊一嗅，果有一般甜香，知鏢尖帶有劇毒。他是使暗器的大高手，最恨旁人在暗器之上餵毒，常自言道：「暗器原是正派兵器，以小及遠，與拳腳、器械，同爲武學三大門之一，只給無恥小人一餵毒，便讓人瞧低了。」

他隨手將七枝金鏢擲在地下，回頭向商老太狠狠瞪了一眼，說道：「王維揚王老爺子何等英雄，他教人暗器餵毒麼？教人這般卑鄙偷襲麼？更何況以這般手段對付一個小孩。」這幾句話大義凜然，王氏兄弟不由得暗自慚愧。

商老太見王氏兄弟低下了頭，大聲道：「你是甚麼東西，竟上商家堡來欺人？只可嘆我先夫商劍鳴死後，八卦門中再沒英雄好漢。我兒子年少，老婆子是女流之輩，只好容得你欺侮。」忽然放聲哭道：「劍鳴啊，你一死之後，八卦門就只剩下一批狗熊了，只知道奉承外人，再沒半個有骨氣之人，能給門戶爭一口氣。劍鳴啊，趕明兒起，我叫你兒子改投太極門，別讓他在江湖上灰頭土臉，一輩子讓人看輕了。劍鳴啊，想當年你何等英雄，早知今日如此，這柄八卦刀你就該帶入棺材，也免得在這裏出醜露乖。」她哭一聲，罵幾句，將本已拾在手裏的八卦刀抛在地下，又用腳踏，又吐唾沫。只氣得王氏兄弟滿腔怒火，可又不能當著外人之面和她爭吵。

趙半山急欲帶著陳禹離去，但見商老太以如此毒辣手段對付胡斐，自己一去，這小孩必遭毒手。他雖與胡斐毫無瓜葛，但事見不平，焉能袖手不理？向王氏兄弟抱拳道：「這孩子我今日就帶了去，日後再謝二位盛情。」

王劍英還未答話，商老太卻又哭叫起來：「劍鳴啊，你早早死了倒也乾淨，不必見到這般丟人現眼之事。你一個師弟號稱八卦門高手，卻鬥不過一個十多歲的孩子，連看家門的一柄刀也讓人家奪了。你另一個師弟更加怕那小孩，只盼他快些遠遠離開……」

王劍英給他激得再也忍耐不住，大聲喝道：「住嘴！」轉身向趙半山道：「趙三爺，適才我師嫂之言，你都聽見啦。今日不是在下不給趙三爺面子，只不過若憑這小孩如此而去，八卦門在江湖再難立足，兄弟也沒臉做人。」趙半山心想：「這話倒也是實情。」向胡斐說道：「孩子，你怎地得罪兩位王師傅了？快磕個頭賠了禮，隨我出去。」

趙半山見識老到，這一次卻說錯了話，他見胡斐適才將商老太這一帶，身手雖然不弱，總是個孩子，那知胡斐天生豪邁詼諧，豈肯輕易向人低頭？笑道：「趙三爺，你叫他向我磕頭賠禮？這個我可不敢當。」趙半山一愣，心道：「這小子怎地如此貧嘴？」

王劍英本想胡斐嘴裏一賠禮，就此下台，也未必眞要他磕頭，聽他如此回答，心中怒極，但不願在趙半山面前顯得少了涵養，仍不動聲色，說道：「小兄弟，你武功果然不錯，也怪不得你狂妄。來來來，王某領教你幾招。」胡斐躍到廳心，呼的一拳，迎面就往王劍英鼻子上打去。王劍英微微一笑，順手還了一掌。

王劍英這一掌拍出去時輕輕巧巧，但掌到半路，已挾著一股疾風，向胡斐撲面擊去。趙半山心道：「這姓王的家學淵源，掌上勁力果然非同凡響。」他生怕這一掌就將胡斐擊得重傷，當即身子微向前傾，預擬於危急之時，出掌拍向王劍英後心，以卸掌力。那知小胡斐身法奇快，上身側過，王劍英這掌已然打偏。但王劍英是當世八卦門中第一高手，左掌打歪，右掌毫不停留，已自右上向左下斜劈下去。胡斐雙拳挺舉，啪的一響，這一掌正好劈在他拳上。

胡斐叫道：「啊喲，好痛！」驀地裏「沉肘擒拿」，伸手抓他左手「曲池穴」，這一招甚爲怪異，王劍英一怔，向後躍開。商老太與馬行空對望了一眼，心中均道：「怎麼這孩子也會使這怪招？」原來當日閻基劫鏢，與馬行空動武，十餘招怪招之中，就有這招「沉肘擒拿」。

王劍英一退即進，使招「猛虎伏樁」，探掌切胡斐左臂。胡斐半轉身子，「鉤腿反踢」，又是一記怪招。這一來，馬行空等固然更加詫異，連見多識廣的趙半山也暗覺奇怪。王劍英見他招法中隱含相辱之意，心道：「若不給你吃點苦頭，可教人家小看了八卦門。」他雖與胡斐動武，心中卻那將這孩子當作對手，一招一式，全是露給身旁的大名家趙半山觀看，因之出手凝重，圓轉如意，不敢失了半點名家身分，只因心有旁騖，招數上竟不求狠辣，唯恐讓趙半山小覷了，說一句：「名門高弟，豈能如此浮囂？」這麼一來，他掌法中固然沒半點破綻，但要數招之間制住對方，竟也不能。

商寶震自幼苦練過八卦掌，見這位師叔出手平淡無奇，使的全是八卦掌中最淺近的招數，還道他忌憚趙半山，存心敷衍，無意眞要擊傷胡斐，心下暗暗惱怒。他那知王劍英這些平淡無奇的掌法之中蘊含數十年苦功，胡斐初時跳跳蹦蹦，怪招迭出，到得後來，已全在對方掌風籠罩之下。

王劍英掌力催動，漸漸將胡斐制住，令他每一拳打出，每一腳踢出，盡數受到八卦掌掌力的反推。此時他若要發勁打傷胡斐，原已不難，但他有意在趙半山面前顯示身手，要累得胡斐筋疲力盡，跪地求饒，自己卻始終瀟洒自如，行若無事。須知武術最難企及的境界，乃在舉重若輕，要使力而不見費力，發勁而不見用勁。每一個武學名家練到最後，都是向這境界致力。至於吆喝扭捹，揮汗喘氣，那自是下乘功夫了。

趙半山知他用意，看來這小孩暫無性命之憂，要看他支持得幾時。見胡斐已身不由主的爲對方掌力帶動，腳步踉蹌，突然間一個觔斗翻出，右手在地下一撐，雙腿同時橫掃。這一下又是一記怪招，王劍英躍起避過，胡斐往地下一坐，雙腿連環上踢，霎時間竟踢了七八腿，詭異兼具迅捷。拳法中原有「連環鴛鴦腿」的招數，但左腳踢出之後，右腳跟著飛踢，再要踢第三腿時，終須有一腳先行著地，縱快也有限度，此時胡斐坐在地下，雙腳凌空，彼落此起，出腿如電，竟將王劍英踢了個手忙腳亂，只得轉身避過。

馬行空與商老太又互視一眼，均想：「這記怪招卻非閻基所會，看來這小孩所學的武功，還較閻基爲多。」果然胡斐一個翻身，立時雙肘推後，此時他與王劍英背脊對著背脊，他身子既矮，出招又快，這兩下肘鎚，竟都撞在王劍英的屁股之上。臀上多肉，他又人小力弱，這兩記肘鎚自傷不到對方，但旁觀衆人卻忍不住失笑。

王劍英大怒，回身呼的一掌，當胸劈去，但見他臉色猙獰，已顧不得甚麼瀟洒，甚麼氣量風度。趙半山心中暗嘆：「威震河朔王維揚的兒子，不及乃父多矣！」他一面觀鬥，眼角間卻始終沒一刻離開了陳禹，決不容他俟機逃脫。

胡斐見對方雙掌猶如疾風暴雨般襲來，也不自禁駭怕，對方究是武林中一流高手，自己全靠拳譜中一些家傳怪招，仗著對方不識，出手有所顧忌，這才勉力支撐了這些時候，已屬極度難能。其實胡家拳譜上這些怪招乃練功所用，旨在鍛鍊身手，不求克敵制勝，眞正與人動手的招數，錄在拳譜的最初數頁之後。胡斐功力未到，難以領會，只得施展這些練功用的紮根基招式。想那飛天狐狸、胡一刀等均是一代大俠，倘若與人動手出招也這般不倫不類、怪模怪樣，豈非大失身分？

又鬥十餘招，胡斐左支右絀，大感狼狽，突見王劍英左掌往外一穿，當即閃身向右避過，王劍英右掌「遊空探爪」，斜劈下來。這一下好不勁急，胡斐忙矮身沉肩，雖將這一劈之力卸下了七成，還是給他掌力震得一交摔倒。

衆人驚呼聲中，王劍英又一掌劈了下去。趙半山大怒，心道：「虧你也算是個成名人物，小孩子已給你打倒，怎麼還下毒手？」他太極拳的功夫講究後發制人，對方招數越用老，自己出手時收效越大，只等王劍英掌緣挨近胡斐身上，立即發招相救。

突然青光一閃，王劍英疾收左掌，側身躍開相避。原來胡斐跌倒之時，見身旁有半截劍頭，正是殷仲翔那給震折的斷劍，情急之下，伸手抓起，向敵人拍下來的掌心刺去。這一下章法變幻，若非王劍英躲閃得快，掌心給他刺個窟窿也不希奇。胡斐一招得手，立即一個打滾，左手在地下一撈，右手用斷劍割下一塊衣襟，裹了折斷的劍刃，笑道：「王大爺，我的手短，你的手長，咱二人比武太不公平。我把右手接長點兒，你若害怕，就取出八卦刀來好了。」

自從「飛天狐狸」以降，胡家歷傳各代都智計過人。胡斐心知空手打他不過，乘機拾起斷劍用作兵器，但怕對方使兵刃，搶先激他一激。王劍英何等身分，明知吃虧，那肯跟他平手對刀，料定他多拿一柄斷劍也管不了用，只哼了一聲，八卦掌中夾著擒拿手，逕來抓他握著斷劍的手腕，左掌發勁，劈向他面門。

胡斐轉動劍頭，當作蛾眉刺使，一面遮招，左手忽地往頭頂一拉，取下氈帽，笑道：「我右手有劍頭，左手有盾牌，你怎奈何得了我？」將氈帽當作盾牌，往他左掌擋去。王劍英心道：「臭小子，這麼一擋，你左腕非斷不可。」掌上又加了三分勁道，向破氈帽上直擊而下。

忽聽得王劍英「啊」的一聲大叫，向後躍開丈餘，這一聲叫喊，聲音慘厲，竟似受了重傷模樣。眾人一齊望著他，只見他左掌心中鮮血淋漓，不知因何受的傷。王劍英怒極，戟指胡斐喝道：「你，你……你這爛氈帽中藏著甚麼？」

胡斐將氈帽戴回頭上，左手中赫然握著一枝金鏢，笑道：「這是你八卦門的暗器，可不是我帶來的。有毒無毒，我也不知。我隨手在地下撿了一枝，想偷偷拿回去玩兒，你卻定要揭穿我底兒，好吧，這一枝小小金鏢我也不希罕。」說著提起金鏢，對準他胸口一揚。

王劍英側過身子，伸手抄出，要將金鏢抄在手裏。他先側身，再伸手，那是對胡斐已存忌憚之意，怕他發鏢的手法又十分怪異，一個抄接不到，不免打中胸口。豈知他這一伸手卻接了個空。胡斐手勢是向前發鏢，其實手指上使了一股反勁，將金鏢射向身後。站在他背後的正是商老太，突見金光一閃，鏢已到面前，急忙縮頭，嚓的一聲，金鏢從她髮髻邊擦過，隨即跌落在地。

商寶震只嚇得心驚肉跳，撲到母親跟前，叫道：「媽，可傷著你麼？」

自胡斐出手以來，幾乎每一招每一式都異想天開，令人防不勝防，這一下花巧異常的發鏢，更加眩人心目。眼見商老太在間不容髮之中死裏逃生，人人盡皆駭然。趙半山撚鬚微笑，心想這般前揚後發的鏢法，自己原也擅長，倘若自己出手，就有十個商老太，也非打死不可，只是這小孩裝模作樣的逼眞神態，卻遠非自己所及。

趙半山隨即想起，叫道：「王師兄，快揑住脈門，鏢上有毒。」商寶震一凜，叫道：「我去取解藥！」說著飛奔入內。

王劍英掌心一受鏢傷，只覺左手麻癢，聽得趙半山這麼一叫，右手拉斷衣帶，緊緊纏住左腕，臉色鐵青。王劍傑手足關心，搶過來幫他纏腕。王劍英左手一甩，喝道：

「走開！」王劍傑不提防給他猛力一甩，退開兩步，愕然相顧，叫道：「大哥！」王劍英一副執拗的狠勁，倒與他過世的父親相似，揮起傷掌，呼的一聲，疾往胡斐頭頂拍到，腳下飛跑，竟然使出「遊身八卦掌」的絕招，此時再不容情，決意要取這可惡的狡童性命。

胡斐學成武藝之後，初次是與商寶震對敵，其後對戰商老太和王劍傑，此時與王劍英對掌，已是第四個對手。越戰得久，他心思越開朗，怯意既去，盡力弄巧以補功力之不足。這「遊身八卦掌」曾在王劍傑手下領教過，當時手忙腳亂，險些命喪刀底，此刻已明白其中奧妙所在。晃眼之間，王劍英已轉到自己身後，斗然想起胡家拳譜上有一門「四象步」，步法雖單純，卻似可用，不及細思，見敵人轉到身後，立即向前跨了一步。就在這時候，王劍英呼的一掌，已擊向他後心。

眾人見胡斐背後門戶洞開，全無防禦，不禁爲他擔心，不料他輕輕巧巧的大步跨前，王劍英這一掌竟爾打空。那「遊身八卦掌」只要一使動，再無停歇，不管出掌是否打中，腳下絕不停留，一掌掌的連綿發出。胡斐面向廳門，見王劍英搶到右邊，便向左跨了一步，他腳下跨步，正與王劍英發掌同時而作，使得這一掌又即打空。

太極生兩儀，兩儀生四象，四象生八卦，這「四象步」與「八卦掌」，其理原有共通之處。胡家拳譜上的「四象步」是練習拳腳器械的入門步法，並不能用以傷敵，胡斐早練得純熟。鬥到後來，他索性雙手叉腰，凝神注視對手，也不理王劍英是否發招，只要他奔到左方，就向右一步，奔到前方，就退後一步。不論對方如何忽前忽後，忽東忽西，他總是好整以暇的前一步、後一步、左一步、右一步，來來去去只是四步，妙在拿揑分寸恰到好處，而這步法又與八卦掌步法的八卦方位絲絲入扣，每一跨步，均與對手的行動若合符節，倒似與王劍英長期共習，練成了套子一般。

那「遊身八卦掌」一出手就是連續不斷的四八三十二招，王劍英越打越焦躁，卻連手指尖也碰不到胡斐身上。趙半山看得暗自嘆息：「這人徒學父藝，只知墨守成法，臨敵時不能隨機應變，另創新意，看來王維揚是後繼無人了。」眼見他第二節的三十二招八卦掌也已使完，商寶震取來解藥，叫道：「師叔，服了藥再收拾那小子。」這時王劍英的左臂已漸漸不聽使喚，知毒氣上行，便躍出圈子，接過解藥吞服。

趙半山道：「王師兄，我瞧……」王劍英知他定是出言勸解，待他話一出口，自己若不聽從，倒顯得不給他面子，當即搖了搖手，搶上前又舉掌向胡斐擊去。此時他步法極小，出掌也甚凝重，卻是使出八卦門中最厲害的「內八卦」掌法來。先前王劍傑只虛使內八卦短架，就制得商寶震無法動手，王劍英的功夫又比乃弟精湛得多。這內八卦掌法出手雖短，每一掌都極凌厲狠辣。

胡斐硬接三招，登感不支，心中暗叫：「糟糕！」見對方步子向左跨出，猛地提腳往他左腳腳背上踩落。王劍英罵道：「你作死麼？」左腳一縮，右腳踏出時就錯了八卦方位。王維揚教子習藝之時，規定極爲嚴厲，不得有分毫差失，偏生這大兒子又天性固執，臨敵時腳下定須踏正方位，才肯出招。待他雙腳移正，胡斐又一腳對準他腳背踩了下去。這般胡鬧打法，原是任何成名的英雄所不屑爲，胡斐卻一味頑皮取鬧，連踩幾腳，王劍英心神微亂。胡斐見到有機可乘，猛地一掌，就往他小腹上擊去。王劍英叫聲：「好！」雙掌齊出，推在他掌上。

這是硬碰硬的對掌，再無討巧之處，胡斐全身劇震，左掌跟著力推，但仍感對方壓力沉重無比，此時稍一退讓，內臟立爲對方掌力所傷，只得奮力抵擋。

趙半山見胡斐已然輸定，笑道：「孩子，你輸啦，還比拚甚麼？」伸手在他背上輕輕一拍，一股內力從他身上傳將過去。王劍英雙臂一酸，胸口微熱，忙撤掌後退。趙半山道：「王兄，你功力自比這孩子高得多，那還用比甚麼？」他輕拍胡斐的肩頭，讚道：「了不起，了不起，再過五六年，連我也不是你敵手啦。」言下自然是說：你王老兄更加不用提了。

王劍英臉上一熱，自知功夫與趙半山差得太遠，要待交代幾句場面話，跟這孩子卻又不知從何說起，不由得怔在當地，一言不發。王劍傑見兄長的左掌紫黑，中毒甚深，向商老太道：「有沒有外敷的解毒藥？」商老太搖搖頭。

趙半山從懷中取出一個紅色小瓶，拔開瓶塞，說道：「兄弟自合的解毒藥，很有點兒功效。」王劍傑知他是使暗器的大行家，身上不帶解毒藥則已，倘若攜帶，定然應驗如神，他掛念兄長安危，伸出手掌。趙半山在他掌心倒了少些，笑道：「儘夠用了。」

這一來，王氏兄弟無論如何不能再對胡斐留難。

趙半山說道：「小兄弟，你我今日萍水相逢，意氣相投，雖然我年紀大了幾歲，但我見你俠義仁厚，委實相敬。他日你必名揚天下，爲當世豪傑，我何敢以長輩自居？」

第四章　鐵廳烈火

趙半山雙手負在背後，在廳中緩步來去，朗聲說道：「咱們學武的，功夫自然有高有下，但只要心地光明磊落，行事無愧於天地，那麼功夫高的固然好，武藝低也是一般受人敬重。我趙某人生平最恨的就是行事歹毒、卑鄙無恥的小人。」他越說聲音越嚴厲，雙目瞪著陳禹不動。

陳禹低下了頭，目光不敢與他相接，突然一瞥眼之間，嚇了一跳。原來商老太發出七枝金鏢，給趙半山接住後拋在地下。胡斐用一枝鏢刺傷王劍英後，接著將鏢射向商老太，那枝鏢仍跌落在地。這時趙半山在廳中來去，足下暗暗使勁，竟將七枝金鏢踏得嵌入了方磚之中，鏢與磚齊，甚是平整。衆人見陳禹臉上變色，順著他眼光看去，都大爲驚奇，知趙半山露這手功夫，一來是警告商老太不得再使歹毒暗器，二來是要逼陳禹出去算帳，叫旁人不敢阻攔。

陳禹四下一望，但見王氏兄弟忙著裹傷，商老太與商寶震咬牙切齒，馬行空微微點頭，殷仲翔臉如死灰，心知沒一個敢出手相助，將心一橫，大聲道：「好啊，平素稱兄道弟，都是好朋友，今日我姓陳的身受巨賊脅迫，好朋友卻到那裏去了？姓趙的，咱們也不用出去，就在這裏動手吧。」趙半山剛說得一個「好」字，忽聽背後風聲響動，知有暗器來襲，接著聽得一聲喝道：「好朋友來啦！」

趙半山也不回頭，反過手去兩指一夾，接住了一把小小飛刀，覺那飛刀射來勢道勁急，全是陽剛之力，接在手上時刀身微微一震，和福建莆田少林派發射暗器的手法又自不同，笑道：「這位好朋友原來是嵩山少林派的，是不疑大師的高足罷？」

發射這柄飛刀的，正是嵩山少林派的年輕好手古般若。王氏兄弟、殷仲翔、陳禹等都是一驚，見趙半山並未回身，尚未見到古般若人影，卻已將他的門派師承猜得一點兒不錯。

趙半山卻想，我紅花會只僻處回疆數年，離中原並沒多時，看來名頭已不及往時響亮，我要保護一個孩子，叫一個人出外，居然不斷有人前來礙手礙腳，今日若不立威，倒教後生小子們將紅花會瞧得小了，朗聲說道：「你這位好朋友站著可別動。」不等古般若回答，雙手向後幾揚，跟著轉過身來，兩手連揮。衆人一陣眼花繚亂，但見飛刀、金鏢、袖箭、背弩、鐵菩提、飛蝗石、鐵蓮子、金錢鏢，叮叮噹噹響聲不絕，齊向古般若射去。王劍英大駭，叫道：「趙兄手下容情。」

趙半山一笑，說道：「不錯，自該手下容情。」

衆人瞧古般若時，無不目瞪口呆。但見他背靠牆壁，身周釘滿了暗器，卻沒一枚傷到他身子。古般若半晌驚魂不定，隔了好一陣，這才離開牆壁，回過頭來，只見百餘枚暗器打在牆上，隱隱依著自己身子，嵌成一個人形。他慘然無語，向趙半山一揖到地，直出大門，也不向福公子辭別，逕自走了。

趙半山此手一露，便算已處了陳禹死刑，更還有誰敢出頭干預？但陳禹臨死還要強口，說道：「官匪不兩立，我一死報答福公子，那便是了。」趙半山大怒，向王劍英等說道：「太極門中出此敗類，是在下門戶之羞，原想私下了結，可是他非叫我抖個一清二楚不可。」陳禹自己也真不知道，甚麼事上得罪了這位紅花會三當家，他爲人精明圓滑，原不輕易跟人結怨，便接口道：「不錯，天下事抬不過一個理字。你說了出來，請大家評個道理。」

趙半山「哼」的一聲，指著那個黑膚大眼的小姑娘，問道：「你不認得這小妹妹麼？」陳禹搖頭道：「不認得，從來沒見過。」趙半山道：「就可惜你認得她父親。她是廣平府呂希賢的女兒。」

此言一出，陳禹本來慘白的臉色更加白得可怕。眾人「哦」的一聲，齊向這女孩望去。見這女孩十二三歲年紀，但滿臉風霜，顯是短短一生之中已受過不少困苦折磨。她手指陳禹，厲聲道：「你沒見過我，我可見過你。那天晚上你殺我兄弟，殺我爹爹，我在窗外看得清清楚楚。我每天晚上做夢，沒一次不見到你。」這幾句話說得淒厲肯定，陳禹又確曾做過那件事，張口結舌的「啊，啊」幾聲，沒再分辯。

趙半山向眾人雙手一拱，說道：「這姓陳的說得好，天下事抬不過個理字。我把這件事的前因後果，說出來請大家評個道理。各位想必都知道，廣平府太極門師兄弟三人，武功以小師弟呂希賢最強。這姓陳的，你稱呂希賢甚麼啊？」陳禹低下了頭，道：「他是我師叔。」心想趙半山述說往事，也不必跟他分辯，心中暗打脫身逃走的主意。

趙半山道：「不錯，呂希賢是他師叔。說到呂希賢這人，在下可與他素不相識，他是北京王府教師爺，咱們鄉下人又怎高攀得上？」言下之意，竟透著十分不滿，只是他存心厚道，又礙著那小姑娘的面子，說到此處爲止，接著道：「在下隱居回疆，中原武林的恩怨原本不聞不問，可是有一日這小姑娘尋到了在下，哭拜在地，說要請我主持公道。小姑娘，你將那兩件東西取出來，給各位叔伯們瞧瞧。」

那女孩解下背後包裹，珍而重之的取出一個布包打開，燭光下各人瞧得明白，赫然是一隻乾枯的人手，乃是左手，旁邊還有一塊白布，滿寫著血字。

趙半山道：「你說給各位聽吧。」

那小姑娘捧著一隻人手，淚流滿面，哽咽道：「我爹爹生了病，已好久躺著不能起來。有一天，這姓陳的突然帶了另外三個惡人，半夜裏來到我家，說是奉王爺之命，要爹爹說太極拳甚麼九訣的秘奧，不知怎樣，他們爭吵起來。我弟弟嚇得哭叫出聲，這姓陳的抓住了他，揚起了劍威嚇我爹爹，說道要是不說，就將我弟弟一劍殺死。我爹爹說了幾句話，我也不懂，他……他……就將我弟弟殺死了。」說到這裏，眼淚不斷流下。

胡斐叫道：「這樣的惡人，就該立刻宰了。」那小姑娘提衣袖抹了抹眼淚，說道：「後來我爹爹跟他們動手，他們人多，我爹爹又生著病，就給這壞人害死了。後來孫伯伯來到我家裏，我就跟他說……」小姑娘不懂武林之中的恩怨關節，說來不明不白。

趙半山插口道：「她說的孫伯伯，就是廣平府太極門的掌門人孫剛峯。」這個人的名頭大家是知道的，都點了點頭。那小姑娘又道：「孫伯伯想了幾天，叫我過去，他拿出刀來，砍下了自己左手，蘸了血寫成這封血書，叫我……叫我……送去回疆給趙伯伯，說太極門中除了趙伯伯，再沒旁人報得我爹爹血仇……」衆人聽得面面相覷，只覺這眞是人間一件極大慘事，只那小姑娘說得太不清楚，實在不懂。

趙半山道：「這位孫剛峯孫師傅，在下是識得的，當年他瞧不起我趙半山，曾來溫州跟我打過一場架，想不到竟因如此，心中有了我趙某人的影子。」

眾人均想：「這一場架，定是孫剛峯輸了。」

趙半山又道：「孫師傅這封血書上說，他是廣平太極門掌門，自愧無能，收拾不下這姓陳的叛徒，因此砍下左手，送給我趙某人，信上說甚麼『久慕趙三爺雲天高義，急人之難』云云。嘿，他送我一隻手掌，再加一頂大帽子，趙某人雖跟他沒半點交情，這件事可不能不給他辦了。」

陳禹慘白著臉，說道：「這封血書，未必是我孫師伯的親筆，我得瞧瞧。」說著慢慢走到小姑娘身旁，去取血書，突然手腕一翻，寒光閃處，右手中一柄匕首已指著小姑娘後心，叫道：「好，那就同歸於盡！」

這一下變生不測，眾人均沒料及。趙半山搶上兩步，待要奪人，卻見陳禹左臂緊緊扼在呂小妹頸中，低沉著嗓子喝道：「你再上前一步，這女娃子的命就是你害的。」趙半山一驚，自然而然的倒退了一步，一時徬徨無計，心想：「那便如何是好？若七弟在此，他定有計較。」趙半山忠厚老實，對付奸詐小人實非其長，處此困境，不禁想起那足智多謀的七弟武諸葛徐天宏來。

陳禹右手匕首刺破呂小妹後心衣服，刃尖抵及皮肉，要使趙半山沒法用暗器打落匕首，雙目瞪住了趙半山，說道：「趙三爺，你我往日無怨，近日無仇，在下一向仰慕你大仁大義。你就是發暗器打瞎我這雙招子，姓陳的決不閃避接招。但這女娃子，可就給你殺了！」趙半山手中扣了兩枚錢鏢，本擬射他雙目，只要他矮身一躲或伸手一護，就可俟機救人，豈知此人見事甚快，先行出言點破了自己用意。

一時之間，大廳上登成僵局。

陳禹目不轉瞬的瞪著趙半山，防他有甚異動，口中卻在對王氏兄弟說話：「王大哥，王二哥，趙三爺今兒跟兄弟過不去，你二位可知其中原由？」王氏兄弟與他同府當差，雖然並不怎麼交好，但陳禹手段圓滑，平日人緣甚好，若不是二王忌憚趙半山武功了得，早已出言勸解。王劍英接口道：「聽趙三爺說，他也是受人之託，未必明白眞相。只怕這中間有甚麼誤會，也是有的。」

陳禹冷笑一聲，道：「誤會倒沒有。王大哥，兄弟進福公子府之前，是在定親王府當差，這個你是知道的了？」王劍英道：「是啊，你是定王爺薦來給福公子的。王爺大大誇你精明能幹哪。」陳禹道：「兄弟傷了這小姑娘的父親，這件事是有的，兄弟一直好生過意不去。可是兄弟是奉了王爺之命。你我同是吃府門飯的人，主人家有差使交下來，你能違命麼？」王劍英這才明白，他藉著與自己一問一答，是在向趙半山解說這回事的來龍去脈，接上一句：「這叫做奉命差遣，概不由己，那也怪不得你陳兄弟。」

趙半山在回疆接到孫剛峯的血書，立即帶同呂小妹趕到廣平府，但沒法找著孫剛峯，當下又到北京找人，一查之下，得悉陳禹已隨同福公子南下。他胯下所騎是駱冰那匹銀霜逐電駒，不過兩天功夫，已從北京追到商家堡來。陳禹如何害死呂希賢父子，他確是不甚了了。呂小妹年幼，說不明白，多問得幾句，她就眼眶一紅，小嘴一扁，抽抽噎噎的哭個不停。這時聽陳禹要言明此事根由，正中下懷，道：「好，你曾說過，天下之事抬不過一個理字。你倒說說看。呂希賢是你師叔，就算他犯了彌天大罪，也不能由你下手，致他於死地。」

陳禹此時有恃無恐，料想今日已不難逃命，但趙半山決不肯就此罷手，日後繼續追尋，卻難抵擋，心想總須說得他袖手不顧，方無後患，說道：「趙三爺，你是忠厚仁善、光明磊落的英雄好漢，常言道君子可欺以方，你這回可是上了孫剛峯的大當啦。」趙半山一愕，道：「怎麼？上了甚麼當？」陳禹道：「我們廣平太極門姓孫的祖師爺傳了弟子三人，孫師伯是大弟子，先父居次，呂師叔第三，他師兄弟三人向來不睦，趙三爺你是明白的了？」趙半山本來絲毫不知，但想自己插手管他門戶之事，若說一切不知，未免於理有虧，當下不置可否，問道：「那便怎樣？」

陳禹道：「呂師叔是太極北宗一把響噹噹的好手，我對他老人家素來十分敬仰。他在定王府當教師爺，太極拳的秘奧卻半點不傳給王爺。定王爺生性好武，見他藏奸，心中自是不快，連問了幾次，呂師叔吃逼不過，竟辭去了差使。於是定王爺將在下找去，要我解釋太極拳中的甚麼亂環訣、陰陽訣。可是先父武功本就平常，又逝世得早，沒甚麼功夫傳下來，在下又懂得甚麼？定王爺便著落在下，去向呂師叔請問明白。」

趙半山心想：「太極門南北兩宗各有門規，本門武功秘奧不得傳於滿人。呂希賢不授秘訣，此事大致不假。」便點了點頭。陳禹臉色顯得十分誠懇，說道：「在下奉了王爺之命，與三位當差的兄弟到呂師叔府上去。那時他身上有病，肝火大旺，三言兩語就對我痛下辣手。趙三爺你想，以我這點點稀鬆平常的武功，怎能害得了廣平太極門的第一把好手？」趙半山道：「那他是怎麼死的？」陳禹道：「呂師叔本已有病，在下的言語又重了一些。呂師叔痰氣上湧，失足摔了一交，在下連忙施救，已然不及。」

這番言語之中破綻甚多，趙半山正待駁斥，呂小妹已叫了起來：「爹爹是他打死的，爹爹是他……」第二句話沒說完，陳禹扼著她脖子的手一緊，將她後半句話制住了。趙半山大怒，喝道：「你既說他有病，怎地又鬥不過他？再說，他小兒子跟你無怨無仇，又何以傷害無辜？快放手！」

陳禹道：「趙三爺，你身在萬里之外，怎知我門戶中之事？我勸你還是各人自掃門前雪的好。」他一面說，一面移動身子，慢慢退向廳口。

趙半山雙目如要噴火，只眼見此人心狠手辣，倘若上前攔阻，他定要傷害呂小妹性命。這女孩年紀雖小，性格卻極堅毅，孤身一人，竟間關萬里、歷盡苦辛的尋到回疆。

以這一條路上旅途之艱難，別說這樣個小小孤女，便壯年漢子，也十分不易。趙半山毅然揷手管這件事，固爲了孫剛峯斬手相託，有一小半也瞧在這孤女的孝心份上。後來與她共騎東來，時日一久，已視她猶如女兒一般。

只見陳禹再退幾步，便要出廳，趙半山空有一身暗器，竟爾不敢向他發射一枚，心下盤算：「若用一枚最重的蛇頭錐打他腦門，自能令他立時喪命，但他臨死之前只要手臂一送，呂小妹就性命不保。」

只見他又退了一步，此時桌上一枚大紅燭所結的一個燈花，突然卜的一聲爆了開來，燭光一暗，待得燭火再明，陳禹身旁忽已多了一個老者。

那老者左手平舉胸前，但光禿禿的只剩根腕骨，手掌已齊腕斬去，身穿青布長袍，形容枯槁，雙目深陷，顴骨高聳，臉上灰撲撲的甚是怕人。陳禹見衆人一齊望著自己左側，神情異樣，不由得回頭一瞧。突見那人的左腕骨已伸到自己臉前，險些碰到，一驚之下，忙讓開一步，叫道：「孫師伯，是你！」

那人竟不理會，拉起長袍，搶上一步，向趙半山磕下頭去，說道：「趙三爺，你的恩情，孫剛峯只好來生補報了。」趙半山急忙答禮，雙眼卻不離陳禹。陳禹急退兩步，正要擁著呂小妹搶出長窗，孫剛峯身形一晃，搶先堵住了去路，喝道：「回去！」陳禹道：「你讓不讓路？」孫剛峯道：「你已害過呂家二命，姓孫的早就沒想活著。」轉向趙半山道：「趙三爺，這位陳爺的話，在下在門外已聽得清清楚楚，當眞一派胡言。我呂師弟是爲了亂環訣與陰陽訣而死在這奸賊手下的。」

趙半山向陳禹側目斜睨，哼了一聲，道：「原來陳爺精研我們的這兩大秘訣，兄弟倒要領敎。」孫剛峯道：「這倒不是。這位陳爺知道我太極拳有九大秘訣，而亂環訣與陰陽訣又是拳法關鍵，只可惜他父親過世得早，沒來得及傳他。他千方百計要我和呂師弟吐露，我師兄弟知他心術不正，就沒肯說。於是他用定王爺的勢力相壓，呂師弟仍然不說。到後來他乘著呂師弟有病，夜中闖到呂師弟病榻之前，抓住他一脈單傳的一個娃兒，說道若不吐露亂環、陰陽二訣，就將孩子一劍殺了……姓陳的，我這話是眞哪，還是假哪？」

陳禹鐵青著臉，一言不發，心中又驚又怒，眼見已可脫身，這姓孫的老傢伙偏偏在這時候闖了進來。只聽孫剛峯哽咽著又道：「一個聰明伶俐的娃兒，便喪生在他利劍之下。呂師弟拖病跟他拚命，又給他使雲手功夫，拖得精疲力盡，虛脫而死。趙三爺，孫剛峯愧爲掌門，年老無能，我北宗又人才凋零，眼下只這姓陳的武功最強，只有老著臉皮，請南宗主持公道。」他轉向陳禹道：「陳大爺，我的話沒半句冤你吧？」

趙半山只聽得義憤塡膺，大步踏了上去，說道：「要學拳術的秘奧，自古以來只有求師訪友，從來沒聽說過如你這等禽獸之行。」陳禹喝道：「你別動，給我站著。」說著手臂一緊，呂小妹呀的一聲叫了出來。趙半山站定腳步，不敢再動。陳禹朗聲道：「姓趙的，你要找我，儘管到北京福公子府上來。今日請你叫他讓讓道。」

趙半山無奈，只得向孫剛峯道：「孫師兄，今日咱們就暫且饒他！」

孫剛峯大急，說道：「你說今兒……今兒饒……饒了他？」趙半山道：「孫爺，你放心，趙某既拉扯上了這回子事，定然有始有終。」孫剛峯急得說不出話來，只說：「你……你……」趙半山道：「讓路給他吧。姓趙的要是料理不了這回事，我斬這一隻手還你！」這幾句話說得斬釘截鐵，孫剛峯再無話說，身子往旁一讓，眼睜睜的盯著陳禹，目光中充滿了怨毒。

陳禹心道：「今日我脫卻此難，立時高飛遠走，天下之大，何處不是容身之所？只要我隱姓埋名，你找一百年也找不著老子。」臉上不自禁露出一絲得意神色，說道：「趙三爺，你我後會有期。孫師伯說得不錯，我確想學一學太極門中亂環訣與陰陽訣的竅門。你上京來，晚輩要好好請你指點、指點。」趙半山哼了一聲，那去理他。

陳禹不敢轉身，挾著呂小妹一步步倒退，經過孫剛峯身側，微微一笑，左足跨出了門檻，只須再走得幾步，便出廳門，黑暗中一躲，趙半山再難找到自己了。

胡斐自與王劍英比掌之後，一直在旁凝神注視趙半山、陳禹、孫剛峯三人，此時眼見陳禹狡計得逞，心道：「趙三爺幫了我這大忙，眼下他遇上難事，我如何不加理會？」

他頭腦靈敏，人又頑皮，心念一動，早有計較，運氣將一泡尿逼到尿道口，解開了褲子，見陳禹即將踏出長窗的門檻，突然端起一張椅子，說道：「陳禹，我有一事請教。」陳禹一呆，卻沒將這孩子放在眼內，並不理睬。

胡斐將椅子在他身前一放，跳上椅子，突然一泡急尿，往他眼中疾射過去。陳禹急怒之下，伸左手在眼前一擋，阻住他射過來的尿水，右手匕首就往他胸口刴去。胡斐解褲之前，早就籌劃好了下一步，見匕首刺到，雙手握起椅子，急躍而起，人在半空，椅子向他頭頂猛砸下去。陳禹伸手格開，怒罵：「小賊！」胡斐人未落地，已向前撲出，抱住呂小妹一個打滾，滾開半丈。

陳禹大驚，縱上搶奪，胡斐鉤腳反踢，隨即放開呂小妹站起，胡亂將解開的褲子往褲帶中一塞，施展空手入白刃功夫，搶他手中匕首。陳禹心知不妙，不敢戀戰，猛戳一刀，立即轉身出廳，卻見趙半山雙手叉腰，神威凜凜的站在廳口。

胡斐哈哈大笑，說道：「我一泡尿還沒撒完呢！」

這一下變化，趙半山固然萬萬猜想不到，廳上衆人也無一不大出意料之外。待得各人明白他用意，呂小妹早已獲救，陳禹亦已陷入重圍。這一來商老太更增恨意，王氏兄弟妒念轉深，馬行空暗叫慚愧，殷仲翔喃喃怒罵，但不論是恨是妒，是愧是罵，各人心中均帶著三分驚佩讚嘆：「若非這小子出此怪招，怎能將陳禹截得下來？」

趙半山對胡斐十分感激，臉上卻不動聲色，對陳禹淡淡道：「陳爺，你爲了學亂環訣和陰陽訣，傷了兩條人命，其實大可不必這麼費事。這兩篇歌訣，在太極門中也算不得是甚麼了不起的不傳之秘，趙某不才，倒還記得。你說過要向趙某討教，今日就傳了於你，也自不妨。」衆人一呆，均想：「他已難逃你掌握，卻來說反話。」

卻聽趙半山又道：「我先說亂環訣與你，好好記下了。」朗聲唸道：

「亂環術法最難通，上下隨合妙無窮。陷敵深入亂環內，四兩能撥千斤動。手腳齊進豎找橫，掌中亂環落不空。欲知環中法何在，發落點對即成功。」

這八句一唸，孫剛峯與陳禹面面相覷，說不出話來。這八句詩不像詩、歌不像歌的話，正是太極門中的「亂環訣」。陳禹幼時也依稀聽父親說起過，只全然不懂其中奧妙，萬想不到趙半山眞能原原本本的唸給自己聽，他把心一橫，生死置之度外，道：「其中含義，還請趙三爺指點。」

趙半山道：「本門太極功夫，出手招招成環。所謂亂環，便是說拳招雖有定型，變化卻存乎其人。手法雖均成環，卻有高低、進退、出入、攻守之別。圈有大圈、小圈、平圈、立圈、斜圈、正圈、有形圈及無形圈之分。臨敵之際，須得以大克小、以斜克正、以無形克有形，每一招發出，均須暗蓄環勁。」他一面說，一面比劃各項圈環的形狀，又道：「我以環形之力，推得敵人進我無形圈內，那時欲其左則左，欲其右則右。然後以四兩微力，撥動敵方千斤。務須以我豎力，擊敵橫側。太極拳勝負之數，在於找對發點，擊準落點。」

他所說的拳理明白淺顯，人人能解，但其中實含至理。廳上衆人均爲武學好手，聽他口中講述，手腳比擬，無不出神。能聽到這樣一位武學名家講述拳理精義，實是一生之中可遇而不可求的良機。胡斐凝神傾聽，心花怒放，正是如聞天樂。

趙半山說的是太極拳秘訣，初時王氏兄弟、商老太、馬行空、殷仲翔等還只存著觀摩與切磋之心，後來聽他越說越透徹，許多長期積在心中的疑難，師父解說不出、自己苦思不明，卻憑他三言兩語，登時豁然通解。

趙半山解畢「亂環訣」，說道：「口訣只是幾句話，這斜圈無形圈使得對不對，發點與落點準不準，卻是畢生的功力。你懂了麼？」

陳禹盼望這「亂環訣」盼了一生，此時聽得明白，懂得透徹，知道只要再加十餘年苦練，憑此一訣便可成武學大師，不由得滿心歡喜，又問：「請問趙爺，那陰陽訣又是如何？」

趙半山道：「陰陽訣也是八句，你記好了。」陳禹聽得出神，就似當年聽父親傳授武功一般，隨口應道：「是，孩兒用心記著。」待得出口，這才驚覺，不由得滿臉通紅，但衆人都在傾聽趙半山講武，誰也沒留意他說些甚麼。只聽趙半山朗聲唸道：

「太極陰陽少人修，吞吐開合問剛柔。正隅收放任君走，動靜變裏何須愁？生剋二法隨著用，閃進全在動中求。輕重虛實怎的是？重裏現輕勿稍留。」

這口訣陳禹卻從沒聽見過，但他此時全無懷疑，用心記憶。趙半山拉開架式，比著拳路，說道：「萬物都分陰陽。拳法中的陰陽包含正反、軟硬、剛柔、伸屈、上下、左右、前後等等。伸是陽，屈是陰；上是陽，下是陰。散手以吞法為先，用剛勁進擊，如蛇吸食；合手以吐法為先，用柔勁陷入，似牛吐草。均須冷、急、快、脆。至於正，那是四個正面，隅是四角。臨敵之際，務須以我之正衝敵之隅。倘若正對正，那便沖撞，便是以硬力拚硬力。如果年幼力弱，功力不及對手，定然吃虧。」

胡斐一直在凝神聽他講解拳理，聽到此處，心中一凜：「難道這句話是說給我聽的麼？是說我與王劍英以力拚力的錯處麼？」

卻見趙半山一眼不望自己，手腳不停，口中也絲毫不停：「倘若以角衝角，拳法上叫作：『輕對輕，全落空』。必須以我之重，擊敵之輕；以我之輕，避敵之重。再說到『閃進』二字，當閃避敵方進擊之時，也須同時反攻，這是守中有攻；而自己攻擊之時，也須同時閃避敵方進招，這是攻中有守，此所謂『逢閃必進，逢進必閃』。拳訣中言道：『何謂打？何謂顧？打即顧，顧即打，發手便是。何謂閃？何謂進？進即閃，閃即進，不必遠求。』倘若攻守有別，那便不是上乘武功。」這番話只將胡斐聽得猶似大夢初醒，心道：「要是我早知此理，適才跟王氏兄弟比武，未必就輸。」心中對趙半山欽佩到了極處。

趙半山又道：「武功中的勁力千變萬化，但大別只有三般勁，即輕、重、空。用重不如用輕，用輕不如用空。拳訣言道：『雙重行不通，單重倒成功。』雙重是力與力爭，我欲去，你欲來，結果是大力制小力。單重卻是以我小力，擊敵無力之處，那便能一發成功。要使得敵人的大力處處落空，我力雖小，卻能勝敵，這才算是武學高手。」只見他出手比劃，許多拳法竟是胡斐剛才與王劍英對掌時所用。他詳加解釋，這一招如何可使敵招用空，這一招如何方始見功。胡斐聽得此處，方始大悟：「原來趙三爺費了這麼大力氣，卻是在指點我學武功。」

陳禹是叛門奸徒，趙半山怎能授他太極秘法？那是他見胡斐拳招極盡奇妙，臨敵之際卻只憑一己的聰明生變，拳理的根本尚未明白，想是未遇明師指點。武林之中規矩極多，若為別門別派弟子，縱使他虛心請益，也未便可率爾指點，否則極易惹起他本門師長不快，許多糾紛禍患，常由此而起。他不知胡斐無師自通，只憑了祖傳的一部拳經，自行研習而成，眼見他良材美質，未加雕琢，甚為可惜，料想他師長未明武學至理，因此藉著陳禹請問之機，將武學的基本道理解說一通，每一句話都切中胡斐拳法的弊端，說得上是傾囊以授。他知胡斐聰明過人，必能體會，至於商老太、王劍英、王劍傑、馬行空等人雖也聽到了，但這些人年紀已大，縱明其理，未必能再下苦功。其餘殷仲翔、商寶震、徐錚等人，看來多半資質有限，當不足道。

經此一番指點，胡斐依法苦練，日後終得成爲一代武學高手。只如此傳授功訣，武林中也可說別開生面了。

趙半山講解已畢，向陳禹道：「我說的可對麼？」陳禹道：「承蒙指點，茅塞頓開。早知如此，在下只須向趙三爺磕頭求教，也不必向孫呂二人苦苦哀求了。」趙半山冷然道：「是啊，早知如此，那也不必害死兩條人命了。」陳禹一驚，一道涼氣從背脊上直透下去，心想：「他好端端傳我拳訣，怎地又提此事？」向王氏兄弟、殷仲翔等人一望，見各人臉上均現迷惘之色。

趙半山道：「陳爺，這兩個拳訣我是傳於你了，如何使用，只怕你還領會不到，來，咱們來推推手。」推手是太極同門練武的常用手法，陳禹雖存疑懼，卻也不便相拒，說道：「趙三爺，在下技藝平常，請您老人家包涵著點兒。」趙半山鐵青著臉道：「太極北宗第一高手呂希賢都死在閣下掌底，怎說是技藝平常？看招罷！」一招「手揮琵琶」，向他擊去。陳禹一驚，忙以「如封似閉」守住正中，數招之間，拳路已全受對手之制。兩人使的太極拳雖有南北宗之分，拳路其實大同小異，但修爲深淺有別，又拆數招，陳禹的雙掌似乎全給趙半山黏住了。

直到此時，孫剛峯心頭一塊大石方始落地，只聽趙半山問道：「孫兄，你說呂希賢是給他用『雲手』累死的？」孫剛峯忙道：「是啊。我見到呂師弟的屍首，顯是筋骨脫力。」陳禹越鬥越驚，說道：「趙三爺，在下不是您對手，請您停手罷。」趙半山道：「好，你再接我一招。」左手帶著他右手，轉了一個大圈，一股極強的螺旋力帶動他左手，正是太極雲手。這雲手連綿不斷，一圈過後，又是一圈，當日陳禹害死呂希賢，使的正是這路手法。陳禹想到呂希賢死時的慘狀，想到他連聲哀告而自己卻不絕催勁，想到他連最後一分力氣也給自己逼了出來，不由得面如土色。

趙半山見到他驚懼之極的神色，心腸軟了，勁力一鬆，黏力卸去，溫言道：「大丈夫一身作事一身當，既行惡事，自有惡果。你好好想一想罷。」他生性仁善，雖知陳禹死有應得，卻不忍見他如呂希賢一般慘受折磨而死。

他轉過身子，負手背後，仰天嘆道：「一個人所以學武，若不能衛國禦侮、精忠報國，也當行俠仗義、濟危扶困。如果以武濟惡，那還不如作個尋常農夫，種田過活了。」這幾句其實也是說給胡斐聽的，生怕他日後爲聰明所誤，走入歧途。他一生從未見過胡斐這等美質，心中對之愛極，自忖此事一了，隨即西歸回疆，日後未必再能與之相見，因此傳授上乘武學之後，復諄諄相誡，勸其勉力學好。

胡斐如何不懂他言中之意，大聲喝道：「姓陳的，一個人做了惡事，就算旁人不問，也不如自盡了的好，免得污辱了祖宗的英名。」他這幾句其實是答覆趙半山的。趙半山極是喜慰，轉頭望著他，神色甚是嘉許。胡斐眼中卻滿是感激之情。

正當一老一少惺惺相惜、心意互通之際，陳禹見趙半山後心門戶大開，全無防備，自己與他相距不到二尺，心想：「不是你死，便是我亡！」運勁右臂，奮起全身之力，一招「進步搬攔搥」，往趙半山背心擊去。

陳禹這一拳，乃他畢生功力之所聚，自知這一招若不能制敵死命，自己就無活命之機，當眞是拳去如風，勢若迅雷，猶似大鐵鎚之一擊。

就在這電光石火的一瞬之間，趙半山身子微弓，正是太極拳「白鶴亮翅」的前半招，陳禹這一拳的勁力登時落空。趙半山腰間半扭，使出「攬雀尾」的前半招，轉過身來，雙掌緩緩推出，使的是太極拳中的「按」勁。他以半招化解敵勢，第二個半招已立即反攻，只兩個半招，陳禹全身已在他掌力籠罩之下。太極拳乃極尋常的拳術，武學之士幾乎人人識得。廳上旁觀衆人於兩人招式均了然於心，見趙半山一守一攻都只使了半招，便能隨心所欲，的是名家手段，非同凡俗，無不大爲嘆服。

此時陳禹咬緊牙關，拚著生平所學，與趙半山相抗，初一接招，只覺對方力道也不甚強，當即手上加勁。但勁力一增，立覺對方反擊的力道也相應而增，大驚之下，急忙鬆勁，對方的反力居然也即鬆了，然而要脫出他牽引之力，卻也不能。

胡斐默默想著趙半山適才所授的「亂環訣」與「陰陽訣」，凝神觀看二人過招，印證趙半山所說的拳訣要義。但見陳禹發拳推掌，勁力雖強，可是只要給趙半山一撥一帶，拳掌的去向方位登時變了，那正是「亂環訣」中所謂「陷敵深入亂環內，四兩能撥千斤動」的應用。他瞧了一會，笑道：「陳老兄，你已經深陷趙三爺的亂環之內了，我瞧你今日要歸位。」

陳禹全神貫注的應付敵招，胡斐這幾句話全沒聽見。又拆數招，胡斐瞧出陳禹拳招中露出破綻，叫道：「趙伯伯，他左肋空虛，何不擊他？」趙半山笑道：「正是！」拳隨聲至，攻向他左肋。陳禹急忙閃避。胡斐又道：「攻他右肩。」趙半山道：「好！」發掌向他右肩拍去。

陳禹沉肩反掌架開。趙半山笑問：「下一招怎地？」胡斐道：「踢他腰間。」趙半山左掌一帶，陳禹拿勁穩住身子，趙半山果然飛腳踢他腰間。胡斐連叫數下，每一招都說得頭頭是道，而且是早說了一兩招，竟能料敵機先。趙半山讚道：「小兄弟，你說的大有道理。」胡斐突然叫道：「拍他背心。」

這時趙半山正與陳禹相對，心中一怔：「這一招可叫得不對了，我與敵人正面相持，怎能攻他背心？」但微一遲疑，立時省悟：「這孩子是出了個難題給我做。」身子半斜，右掌向外拖引，陳禹也即斜身應招。趙半山左掌再向右帶，陳禹的身子又斜了幾分，背心算是賣給了人家。趙半山輕輕揮掌拍出，正拍中他背脊。這一掌只要去得稍快，力道略強，改拍為擊，陳禹已然斃命，他大駭之下，急忙轉身，臉上慘無人色。

趙半山回頭笑道：「對不對啊？」胡斐大拇指一翹，讚道：「好極了！多謝趙伯伯教招。」躬身示謝。他其實並非向趙半山出個難題，而是向師父請教拳法。

陳禹死裏逃生，但究是名家弟子，雖驚魂未定，卻已見到可乘之機，只見趙半山回身與胡斐說話，下盤空虛，心想：「我急攻兩招，瞧來就能逃命。」飛腿「轉身蹬腳」，猛向趙半山踢去，見他側身一退，大喝一聲，一招「手揮琵琶」，斜擊敵人左肩。他這兩招連環而出，勢如狂風驟雨，用意不在傷敵，只求趙半山再退得一步，他便能奪門而逃，自恃年輕力壯，腿長腳快，趙半山身子肥胖，拳術雖高，說到跑路，總勝不了自己。

趙半山見他起腿，便已猜到他用意，待他「手揮琵琶」一招打到，竟不後退，卻踏上一步，也出一招「手揮琵琶」。這一招以力碰力，招數相同而處於逆勢，原是太極拳中的大忌，與他適才所說「雙重行不通」的拳理截然相反，即令是高手逢著低手，也非敗不可。旁觀衆人倒有半數輕輕「噫」的一聲。陳禹反掌一探，已抓著趙半山手腕，就勢一帶，將他龐大的身軀舉了起來，隨即甩了出去。

孫剛峯與呂小妹齊聲大叫：「啊喲！」胡斐卻笑著叫道：「妙極，妙極！」

趙半山身在半空，心中暗嘆：「無怪北宗太極盛極中衰。孫剛峯枉爲一派掌門，卻不及一個小小孩子，竟瞧不出我此招的妙用。」跟著一陣歡喜：「這孩子領悟了我指點的拳理精義，立即能夠變通，聰明才智，當眞難得，是老天生下來的武學高手！」他費了這麼多力氣心血，旨在指點胡斐武功，見胡斐一點即明，通曉武學要詣，心中大喜。

陳禹將敵人抓起，又驚又喜，這一下成功，遠非他始料所及，用力甩出，滿擬就算不能傷敵，也可全身而出商家堡。那知舉臂力揮，趙半山手掌翻過，反而將他手腕拿住，這一甩竟沒將他摔出。

陳禹大驚，左掌隨即向上揮擊，趙半山居高臨下，右掌按落。啪的一聲，雙掌相交，兩隻手掌就似用極黏的膠水黏住了。陳禹左掌前伸，趙半山右掌便後縮，陳禹回奪，他便跟進，胖胖的身軀仍雙足離地，爲陳禹舉在半空。

按常理一人給對手舉起，已處於必敗之地，但趙半山知對方功力與自己相差太遠，故行險著，要將平生所悟到最精奧的借力打力拳理，指點胡斐。雙足離地，身子凌空，其行動之不能自如，已到極處，所有招數勁力，純須順應對手，要從不由自主之中而得自由自在，可說是武學的最高境界，而胡斐之所不明者，也正在此。

他左手抓住陳禹右腕，右掌與他左掌相黏，不論陳禹如何狂甩猛摔，始終不能使他有一足著地。趙半山二百來斤的身子壓上對方雙臂，初時陳禹尚不覺得怎樣，時刻稍久，膀子上的壓力越來越重，就似舉了一塊二百多斤的大石練功一般。若真是極重的一塊大石，也就罷了，但趙半山人在空中，雙足不絕尋瑕抵隙，踢他頭臉與雙目。

陳禹又支持片刻，已額頭見汗，猛地一個箭步，縱向柱邊，揮手運力，想將敵人身子往柱子上撞去。趙半山右足早出，撐在柱上。先前他身子在半空，壓在陳禹膀上的只能是自身重量，要加上一兩一錢的力道也絕不能夠，此時撐了柱子，一股強力如泰山壓頂般蓋將下來。陳禹雙臂格格作響，如欲斷折，暗叫：「不妙！」急忙躍開。

這時他全身大汗淋漓，漸漸濕透衣衫，不論使地堂拳著地打滾，或縱橫跳躍，趙半山始終身在半空，將自身重量壓在他身上。胡斐見趙半山的武功如此神妙，又驚奇，又歡喜，體會他不使半分力道，卻能制敵的妙理精義，只見陳禹身上汗水一滴滴的落在地下，就像是在一場傾盆大雨下淋了半天一般，不多一會，滿地都是水漬。

胡斐還道他是出盡全力，疲累過甚。馬行空、王劍英等行家，卻知陳禹每流一滴汗水，功力便消耗一分，待得汗水流無可流，那便是油盡燈枯、斃命之時了。

陳禹自己也何嘗不知，只覺全身酸軟，胸口空洞洞地難受之極，猛地想起：「我使雲手累死呂希賢之時，他身上所受、心中所感，定與我此時一般無疑。這眞叫做自作自受，眼前報應。」一想到性命難逃，不禁害怕之極，剛勇之氣盡消，再沒半分力道相抗，突然雙膝跪下，哀聲號叫：「趙三爺饒命！」趙半山輕輕向後一縱，伸出右掌，喝道：「留著你這奸徒何用？」正要揮掌向他天靈蓋擊落，卻見他仰臉哀求，滿面驚懼悽慘之色。

趙半山素來心腸仁慈，縱遇窮兇極惡的神奸巨憝，只要不是正好撞到他在胡作非爲，常起憐憫之心，擒住了教訓一頓，即行釋放，讓他日後得能改過遷善。此時陳禹筋脈散亂，全身武功盡失，已與廢人無異，就算不痛改前非，也已無能作惡，眼見他神情可憐，右掌停在半空，不即擊落，轉頭向孫剛峯道：「孫兄，此人的功夫已經廢了，憑你處置罷。只是小弟求一個情，留他一條性命。」

孫剛峯望望趙半山，又望望陳禹，甚是爲難，轉頭看呂小妹時，見她雙目中噴出怒火，恨恨的瞪著陳禹，登時有了主意，撲翻身軀，向趙半山便拜，說道：「趙三爺，今日你爲我北宗清理門戶，孫某永感大德。」說著連連磕頭。

趙半山忙也跪下還禮，說道：「孫兄不必多禮。路見不平，拔刀相助，乃是我俠義道本份之事。何況你我同門，休戚相關，何勞言謝。」只見孫剛峯站起身來，右手中握著明晃晃的一柄尖刀。趙半山站直身子，突然見到尖刀，微感詫異，退了一步。

原來這柄匕首本是陳禹的，他先前用以指住呂小妹，胡斐施巧計救人，相鬥之際，奪下匕首擲地。後來趙半山口授拳訣，一件事緊跟著一件，陳禹始終無暇拾回匕首。孫剛峯乘著磕頭之時，右手拾起。他踏前兩步，走到呂小妹身前，將匕首送了過去。呂小妹伸手握住刀柄，目光中意存詢問。

孫剛峯說道：「趙三爺，你說甚麼，做兄弟的不敢駁回半句。呂小妹的父親是給這奸賊活活打死的，她兄弟是這奸賊親手殺的。饒不饒人，只好由小妹做主。趙三爺，你說是不是？」趙半山嘆口氣，點了點頭。

孫剛峯向呂小妹厲聲道：「小妹，你要報仇，有膽子就將這奸賊殺了。你如心軟害怕，就讓他走罷！」眾人目光一齊注視在呂小妹臉上。有的心想她既有堅志毅力遠赴回疆求援，復仇之心異常堅決，自有膽量殺人；有的卻見她瘦小怯弱，提著明晃晃的一柄尖刀，右手已不住發抖，只怕未必敢去殺陳禹這長大漢子。

呂小妹身子打戰，心中卻無半分遲疑，提著尖刀，逕自走向陳禹。她身高還不到陳禹胸口，尖刀向前戳出，刺向他小腹。這時陳禹四肢酸麻，能直立不倒，已萬分勉強，見小妹挺刀刺來，大叫一聲，回頭就走。呂小妹雖曾練過些拳腳，畢竟武功極淺，給他這麼一縮身，刀子刺空，提著尖刀，隨後追去。

陳禹腳步蹣跚，跨出長窗，奔向廳門，見廳門緊閉，忙伸手去推，不料大門竟然奇熱，嗤嗤幾聲響，冒出白煙，兩隻手掌已給大門黏住。他大驚之下，奮力回奪，但全身勁力已失，一個踉蹌，身子反靠了上去，黏在門上，只慘呼一聲，便即全無聲息。

這一下變故可沒一人料想得到。衆人一呆之下，一齊擁到門前，鼻中只聞到一陣焦臭，跟著熱氣撲上身來，那廳門竟是極厚的鐵門，而且燒得熾熱。陳禹給黏在門上，片刻間已然燙死。衆人爲鐵門上的熱氣所逼，都向後退。

衆人看明眞相，驚詫更甚。王劍英叫道：「師嫂，怎麼一回事啊？」卻不聽商老太回答，轉身尋人時，不但商老太母子影蹤不見，連廳中傳送酒菜的僕人也已個個躲得不知去向。王劍英臉上遮上一道陰影，急步走向內堂，卻見通向內堂之門也已緊閉。那門正中繪了一個八卦，烏沉沉的似乎也是鋼鐵所鑄。他不敢伸手去推，只走上兩步，登覺一股熱氣撲面而至，卻是後門也給烤熱了。

王劍傑大聲叫道：「商家師嫂，你搗甚麼鬼啊，快出來！」他聲音洪亮，四壁回音反震，更加響亮。衆人自然而然的抬起頭來，但見那廳除了廳口一排長窗作爲間隔的屏風之外，竟沒向外開啓的一扇窗子，前後鐵門一閉，關得密不通風，連蒼蠅也飛不出去。

衆人面面相覷，這才省悟，原來商家堡這座大廳建造之時已別具用心，門用鐵鑄，不設窗戶，瞧來牆壁也極其堅厚，非鐵即石。馬行空提起一條長凳，雙臂運勁，「嘿」的一聲，往牆上撞去，長凳從中斷爲兩截，牆上白粉簌簌簌落下幾塊，露出內裏的花崗石來。王劍英擺個馬步，運勁於掌，雙掌向牆壁排擊過去。以他這一擊之力，尋常牆壁縱不洞穿，也要打得土崩磚裂，但這牆壁顯是以極厚極重的巖石砌成，在王劍英雙掌併擊之下，竟爾紋絲不動。

王劍傑心慌意亂，不住叫嚷：「商家師嫂，你幹甚麼？快開門！快開門！」

趙半山沉住了氣，欲尋出路，但想：「這大廳如此建造，本意就要害人，屋頂上也必布置嚴密，衝不出去。」

王劍傑叫了幾聲，心中害怕起來，住口不叫了，望著兄長，沒半點主意。

這時廳中留著的是趙半山、胡斐、孫剛峯、呂小妹、王氏兄弟、馬行空、徐錚、殷仲翔，一共九人，還加陳禹一具屍體。除呂小妹外，其餘八人武功均自不弱，但困在這座鐵鑄石砌的廳中，空有全身武功，卻沒半點施展之法，一時你望我，我望你，不知如何是好。

忽聽得一個陰惻惻的聲音著地傳來：「你們自命英雄好漢，今日想逃出我商家堡的鐵廳，那叫做千難萬難。這鐵廳是先夫商劍鳴親手所建，他雖死去多年，還能制你們的死命。衆位大英雄，你們可服了麼？」隨即哈哈大笑。衆人聽得毛骨悚然，循聲望去，原來商老太這番話是從牆腳邊一個狗洞中傳進來的。

王劍英俯下身來，對著狗洞叫道：「師嫂，我兄弟與劍鳴師哥同門共師，有恩無仇。你把咱兄弟也關在這裏，那算怎麼一回事？」商老太又陰惻惻的笑了幾下。

狗洞中傳進來柴火爆裂的畢卜之聲，顯是外面火頭燒得極猛。

只聽商老太枯啞的聲音說道：「劍鳴不幸為奸賊胡一刀所害，你既與他有同門之誼，就該設法報仇。今日遇上仇人之子，你兄弟倆卻怕了外人，袖手不顧，這等不仁不義之人，活在世上何用？」王劍英道：「劍鳴師哥的死訊，我們今日才聽到，更不知是胡一刀所害。倘若早知，自然已為他報了大仇。」商老太冷笑道：「你抹了良心，說這等鬼話。」王劍英說道：「剛才我手上受傷中毒，不也是為了……為了……」一言未畢，只聽颼的一聲，狗洞中射進一枝箭來，若非王劍傑眼快，搶上一步踏住，伏在地下的王劍英還得中箭受傷。

殷仲翔也知無法跟商老太辯駁求情，問道：「商劍鳴造這座鐵廳，想害甚麼人？」王劍英怒道：「這人跟先父學藝之時，為人就不正派，鬼鬼祟祟的起這等房子，還能安甚麼好心眼了？」

胡斐心想：「那商劍鳴打不過我爹爹，便造了這座鐵廳，想用來害他，那知這膿包還是死在我爹爹手裏。」他口裏卻不說話，四下察看，找尋脫身之計。

胡斐的推想卻也錯了。商劍鳴與胡一刀素不相識，他是與苗人鳳結下了仇，上門殺了苗人鳳的兄弟和妹子，情知這號稱「打遍天下無敵手」的金面佛極不好惹，總有一日要找上門來，如比武不勝，就可用這鐵廳制他。那知找上門來的不是苗人鳳而是胡一刀。商劍鳴一向自負，全不將胡一刀放在眼裏，一戰之下，不及使用鐵廳，就給胡一刀殺了。商老太既知胡一刀已死，而他兒子胡斐武功既強，又得趙半山相助，大仇難復，乘著趙半山與陳禹相鬥、衆人凝神觀戰之際，她悄悄與兒子出廳，悄悄關上了前後鐵門，指揮家丁堆柴焚燒。這座鐵廳門堅牆厚，屋頂鐵鑄，外面燒火，廳中各人竟未知覺，待得陳禹燒死在鐵門之上，各人已如籠中之鳥，插翅難飛了。

衆人在廳中繞走彷徨，好在那廳極大，鐵門雖然燒紅，熱氣還可忍耐。趙半山道：「咱們總不成在這兒生生困死，大夥兒齊心合力，掘一條地道出去。」殷仲翔皺眉道：「此處又沒鐵鏟鋤頭，待得掘出，人都烤熟了。」

徐錚一直擔心未婚妻子馬春花隔在廳外，不知會有甚麼遭遇，他是個莽夫，空自焦急，想不出半點法子，這時聽趙半山說到掘地道，大聲道：「趙三爺說得對，總是勝過束手待斃。」拔出單刀，將地下的一塊大青磚挖起，突見一股熱氣冒將上來。

他嚇了一跳，伸刀在熱氣上升處一擊，只聽噹的一響，竟為金鐵撞擊之聲。衆人更加驚詫。王劍傑道：「地底也是鐵鑄的？」用刀接連撬起幾塊青磚，果然下面連成一片，整個廳底乃是一塊大鋼鐵。掘地道固然不用說了，更唬人的是，地面上的熱氣越冒越旺。徐錚罵道：「媽巴羔子，老虔婆在地底下生火，這廳子原來是隻大鐵鑊。」

胡斐笑道：「不錯，老婆子要把咱們九個人煮熟來吃了。」

眾人見熱氣孃孃上冒，無不心驚。過得片刻，頭頂也見到了熱氣，原來廳頂也是鐵板，上面顯然也堆了柴炭，正在焚燒。

王劍英又伏到狗洞之前，叫道：「商師嫂，你放我們出來，我兄弟為你取那姓胡的小雜種性命。」胡斐聽他出言不遜，提起腳來往他屁股上踢去。趙半山拉住他手臂向後一扯，這一踢登時落空。趙半山低聲道：「這裏大夥兒須得同舟共濟，自己人莫吵，要先想法子出去。」心想：「只要商老太肯放王氏兄弟，便有脫身之機。」

卻聽商老太說道：「小雜種的性命早已在我手中，何必要你假惺惺相助？再過半個時辰，你們人人都成焦炭。哈哈，這裏面沒一個好人。姓胡的小雜種，馬老頭子，廳上好風涼罷？」

馬行空皺眉不答。商老太又梟啼般笑了幾聲，叫道：「馬老頭子，你的女兒我會好好照料她，你放心，我給她找一千個一萬個好女婿。」她這句話，顯是說要將他女兒折磨後賣入窰子。馬行空心如刀割，他年紀已大，對自己性命倒不怎麼顧惜，只擔心獨生愛女落在外面，痛受這惡毒的老婆子折磨，必定苦不堪言。

王劍英站起身來，在兄弟耳邊說了幾句話，王劍傑點了點頭。王劍英向趙半山拱了拱手，說道：「趙三爺，咱們同在難中，兄弟可有句不中聽的言語。」趙半山拉著胡斐的手，說道：「一切全憑王大哥吩咐。可是要伸手加害這小兄弟，卻萬萬辦不到。」趙半山見王氏兄弟交頭接耳，已知二人為了活命，想先殺胡斐，再向商老太求情。

王劍英為他一言點破了心事，臉帶殺氣，厲聲道：「趙三爺，商老太的對頭只這孩子一人。冤有頭，債有主！大夥兒犯不著一齊陪一個孩子做鬼。」他向衆人逐一望去，說道：「各位說冤是不冤？」殷仲翔立即接口：「除了這孩子，大夥兒跟這件事全沒牽連。」王劍英道：「馬老鏢頭，你怎麼說？」馬行空自忖商老太與己有仇，未必能放過自己師徒，但眼前情勢危急異常，只有設法脫身先說，胡斐是死是活，原也不放在心上，便道：「王大爺說得是，此事原跟旁人無涉。」

王劍英道：「孫大哥，你來趕這淌渾水，那更加犯不著。姓陳的已經燒死，你與呂家小妹妹的仇已經報了。」孫剛峯覺他的話有理，不過心中極感趙半山之情，實不便公然與他作對，勸道：「趙三爺，不是兄弟不顧義氣，倘是你趙三爺……」

趙半山厲聲喝道：「你們有六個，我們只兩人。咱們倒先瞧瞧，是姓趙姓胡的先死呢，還是你們姓王姓殷的先死。」說著擋在胡斐身前，神威凜凜。他平時面目慈祥，說話溫和，心腸又極軟，但面臨生死關頭，「仁俠」二字卻顧得極緊，這幾句話說得斬釘截鐵，竟不留半分餘地。

王氏兄弟等一來忌他武功了得，二來又覺自己貪生怕死，跡近無義小人，倒也不敢一擁而上動手。但一個人到了生死之際，面目全露，委實半點假借不得。各人只覺腳底越來越熱，再也站立不住，都拖了一張長凳或椅子，踏在上面。王劍傑八卦刀一揚，叫道：「趙三爺，兄弟今日要得罪了。」左手向殷仲翔、馬行空、徐錚一招手，喝道：「併肩子上啊！」他知孫剛峯決不能與趙半山爲敵，但己方五人敵他一老一小，也大有可勝之機。五人兵刃紛紛出手，只待趙半山身子一動，便同時砍殺出去。

這一番只要動上了手，勢必人人拚命，廳中越來越熱，多挨一刻，便多一分危險。胡斐心想：「只爲我一人，卻陪上這幾個人，王氏兄弟等死不足惜，趙三爺是大大的英雄好漢，如何能讓他爲我而死？這幾人擁將過來，縱然趙三爺和我將他們殺了，我們仍難逃性命。瞧來只有我死在商老太手裏，才救得趙三爺性命。」見王氏兄弟躍躍欲動，只沒一人敢先發難，心念已決，朗聲道：「大家且莫動手。」俯身將頭鑽出狗洞，叫道：「商老太，我在這裏不動，你發鏢打死我罷！快開門放趙三爺出去！」

商老太仰天大笑，從懷中掏出金鏢，叫道：「劍鳴，劍鳴，今日我給你親手報仇！」右手一揚，一枚餵有劇毒的金鏢對準胡斐的面門急射過去。

胡斐見金光閃動，金鏢向自己眉心急射過來，雙目一閉，心想：「商老太將我打死，遂了心願。她跟趙伯伯無仇，自會放他出去。」就在此時，突覺右足給人扯動，身子向後激射。他睜開眼來，身在半空，當即左臂長出，在柱上一抹，輕輕落下。只見趙半山手中接了一枝金鏢，原來又是他救了自己性命。

王劍英見胡斐捨身救人，趙半山竟從中阻撓，不禁大怒，叫道：「姓趙的，大丈夫恩怨分明，此事原本與你我無干。他既自願就死，又要你橫加插手幹麼？」

趙半山微笑不答，轉頭向胡斐道：「小兄弟，適才你腦袋鑽出了狗洞之外，是麼？」胡斐道：「是啊。」見他神情鎮定，笑容可掬，似乎已有了脫身之計，說道：「趙伯伯，請你吩咐。」趙半山道：「腦袋是硬的，沒法縮小，肩膀與身子卻是軟的。」胡斐立時領悟，叫道：「是了，腦袋既鑽得出，身子便也鑽得出。」當即脫下棉襖，裹成一團，頂在頭上。身上瘦了，易於鑽出，頭頂棉襖，可擋商老太的餵毒金鏢。

趙半山道：「你且退後，我給你開路。」徐錚叫道：「不行，你這麼胖，怎鑽得出去？」趙半山哈哈一笑，不去理他，俯下身子，右手揚處，一枚袖箭從狗洞中激射而出，只聽外面一名莊丁大聲呼痛，叫道：「腳，腳，我的腳！」顯是他的腳給袖箭打中了。趙半山左手微動，又將商老太的金鏢發了出去。

這一次外面卻無動靜，想是各人均已避開。有人叫道：「快，快把狗洞堵死。」商老太喝道：「不許動，我要聽他們澋死時的呼叫。大家避在一旁便是，暗器能拐彎麼？」趙半山雙手連揚，十餘枚暗器接連射出，去勢勁急異常，都射出十丈以外。

發到將近二十枚，他左手在胡斐背後輕輕一推。胡斐向前一撲，先將棉襖送了出去。商老太早已防到這著，火光下見黑黝黝的一團從狗洞中鑽出，紫金八卦刀呼的一刀砍將下來，正中棉襖，但覺著刀之處軟綿綿地，心知不對，急忙提刀。胡斐急從狗洞中鑽出，右手搶前，手掌翻轉，已抓住商老太手腕。

商老太大叫一聲。商寶震縱了過來，揮刀向著胡斐頭頂砍落。胡斐借勁將商老太的手腕揮去，噹的一響，母子倆雙刀相交。這一下手法，正是趙半山適才所授的借力打力功夫，也是他聰明過人，一學即能使用。商寶震第二刀復又砍下，這一刀勁力好大，正砍在牆基的花崗石上，火星四濺，刃口也捲了起來。胡斐轉身打了個旋子，火光中見商老太橫刀向自己削來，急使個「千斤墜」，身子驟落，只聽得呼的一聲，八卦刀從頭頂掠過。他足未落地，左掌翻起，以空手入白刃功夫去奪商老太手中金刀。

商老太見仇人居然死裏逃生，眼都紅了，八卦刀直上直下，狂斫猛劈。胡斐空手搶攻數招，竟絲毫佔不到便宜，但聽得衆莊丁大聲吶喊，煙火裏商寶震提刀又上。胡斐心想此時廳上已燒得熾熱異常，時刻稍久，趙半山等性命難保，他心中焦急，一雙肉掌在兩柄大刀之間穿來插去，狠命相撲。商氏母子也知這一戰乃生死存亡之所繫，雙刀呼呼，繞著胡斐圍攻。

大廳中趙半山、王氏兄弟等八人一齊俯耳狗洞之旁，傾聽胡斐與商氏母子相鬥。王氏兄弟雖對胡斐頗爲憎恨，此時卻與趙半山的心思並無二致，只盼胡斐快些殺敗商氏母子，打開廳門。廳上熱氣越來越難熬，桌椅必剝作響，蠟燭遇熱熔盡，登時黑漆一團。突然間火光一旺，卻是牆壁上掛著的屏條字畫遇熱燃燒，但片刻燒盡，接著又伸手不見五指，再過不久，只怕桌椅也要燒著了。

眾人心中急得也如烈火焚燒，但誰也不出聲，凝神傾聽外面三人相鬥之聲。

王劍英突然在洞口叫道：「胡家小兄弟，快攻商老太下盤。她這路刀法下三路不穩。」他在八卦刀上浸淫數十年，聽著刀風的聲音，便知她如何使刀。

胡斐正苦於一時不能取勝，聽得王劍英的叫聲，心中大喜，彎腰弓身，伸拳往商老太腿上擊去。商老太竟然不避，舉刀往他背心直劈，她只求傷敵，已不顧自身。胡斐扭腰側身，讓開了這刀，商老太第二刀連綿而上。她明聽得王劍英叫敵人攻擊自己下盤，卻偏不去守禦。王劍英大叫：「她在情急拚命，你奪不下她金刀的。快想別法吧。」胡斐心道：「這個我早知道，何必你來提醒？遇到這樣個瘋婆子，有甚麼法子？」

狗洞外戰鬥激烈，胡斐以一敵二，漸佔上風，但要取勝，只怕還在百餘回合之後。商老太瞧出情勢不利，又聽得王劍英不住叫嚷指點敵人，將破解八卦刀的訣竅，一點一點的說了出來，惱怒異常，暗道：「你不給同門師哥報仇，已大大不該，卻反而相助敵人，當眞是狼心狗肺的奸賊。」她卻不想王劍英身處絕境，若不反助胡斐，性命已活不過一時三刻。她狂怒之下，心想：「這小雜種武藝高強，既逃了出來，只怕再難殺他。

那麼燒死了廳中這批奸人，也稍出我心中惡氣。」大聲呼喝莊丁，急速多加柴炭焚燒。

殷仲翔不住跌腳，埋怨胡斐無用。王劍傑道：「趙三爺，快發暗器相助。」趙半山手中早扣了十餘枚暗器，但商老太等三人在狗洞之旁惡鬥，貼身而戰，瞧不見準頭而憑虛發射，怎保得定不打中胡斐？小胡斐心思機敏，早已想到這節，數次要引商老太到狗洞之外。可是商老太忌憚趙半山暗器了得，始終不上這當。

這時廳上焦臭漸濃，先是各人的頭髮鬍子鬈曲燒焦，接著衣服邊緣都捲了起來，各人呼吸也漸感艱難。呂小妹抵受不住炙熱，人已半暈。徐錚情急之下，伸頭拚命向狗洞硬擠，但洞小頭大，如何鑽得出去？那狗洞四角均是極厚極重的花崗石，他雙手扳住用力搖撼，動不了半分。

王劍傑猛地想起：「小胡斐若有兵刃，商老太豈是他敵手？我如何不早想到？」當即伸手去拾自己拋在地下的八卦刀。那知這柄刀的刀頭與地下鐵板碰到，早已烤得炙熱無比，他一抓之下，登時疼得大叫一聲。這時在鐵廳上片刻也延挨不得，他忍著手上燙傷，撕下一塊衣襟，裹住刀柄，左手將徐錚拉開，叫道：「小胡斐，兵刃來了，快接著。」一手一揮，將鋼刀從狗洞中拋了出去。胡斐回身來接，商寶震也聽到了叫聲，同時過來搶奪。只聽得兩人同時驚呼一聲，嗆啷一響，兩柄刀都跌在地下。

原來胡斐搶先抓到王劍傑的單刀，但刀柄奇熱，一抓立即撤手。商寶震躍到狗洞之前，卻給趙半山一枝金錢鏢打中手腕，手中鋼刀也拋了下來。胡斐一抓不中，商老太的八卦刀已襲到後心，他側身閃過，搶到商寶震身旁，猛地使一招「揿牛喝水」，舉掌揿住他後頸，一運勁，商寶震給他直按下去，面頰俯地，正好碰到王劍傑那柄燒得半紅的單刀，嗤的一聲，跟著長聲慘呼，半邊俊俏的臉龐上已燙出一條長長的焦痕。

這一聲慘叫，廳上各人都是一喜，只道商寶震已為胡斐打傷。商老太復仇之心與母子之情在胸中略一交戰，竟爾不顧兒子，舉刀急往胡斐肩頭劈下。噹的一聲，胡斐卻不閃避，翻腕橫刀架開，原來他已乘隙將商寶震的八卦刀搶在手中。

廳上衆人身處黑暗與奇熱之中，但聽得雙刀相交，叮叮噹噹亂響，知胡斐已搶得兵刃，正猛力急攻，各自多了一分指望。王劍英大叫：「砍她右肩，砍她右肩。」馬行空叫道：「先殺散加添柴火的莊丁。」孫剛峯叫道：「別跟老太婆糾纏，想法子打開廳門要緊。」徐錚放聲大嚎：「熱死啦，熱死啦！」衆人亂成一片。

胡斐何嘗不知設法打開廳門乃第一要務，但商老太拚死糾纏，始終緩不出手腳。他刀法高出商老太甚多，只此時局勢特異，他年紀幼小，經歷不足，難以鎮定應付，數次得到可乘之機，都給商老太以拚命狠招拆解了。

二人狠鬥七八合，商老太不住後退。商寶震從家丁手中接過一柄單刀，再上前夾攻。衆莊丁初見主母與小主人手有兵刃，對付一個空手孩子，只道穩可得勝，此刻見主母頭髮散亂，不住後退，顯然不敵，各人持刀挺槍，紛紛加入戰團。衆莊丁武藝低微，給胡斐刀砍足踢，霎時間傷了數人，但商家堡的莊丁個個勇悍，負傷之下，仍拒戰不退。但聽得吶喊聲、兵刃撞擊聲、呼喝斥罵聲、柴火爆裂聲，響成一片。

大廳上各人聽得外面愈打愈亂，均想胡斐一人雖勇，一個小孩對敵商家堡全堡上下，卻如何能勝？於是有的咒罵，有的長嘆，有的悲號，嘈雜之中又加上嘈雜。

忽聽得一個聲音叫道：「小胡斐聽著，以陰陽訣先取主腦，以亂環訣散其附從。」這聲音中氣充沛，蓋過了一切雜聲，一個字一個字說得清清楚楚，正是趙半山的話聲。

胡斐見敵人越戰越多，本已心神煩躁，不知如何是好，忽聽得趙半山這幾句話，心想趙伯伯英雄蓋世，所說必定不錯，不由得精神爲之一振，鋼刀呼呼呼三刀，往商老太中盤砍斫。他這把刀取自商寶震，刃口雖已捲邊，但只要砍中了，仍能致命。商老太見他來勢猛惡，橫刀急架，雙刀碰撞時噹噹響了兩下，第三下胡斐從剛勁突轉柔勁，自陽變陰，一收一揮，手腕忽地轉了三個圈子。

他是順勢而轉，商老太的手臂卻逆轉圈子，到第二個圈子時她手臂已轉不過來，但覺肘骨劇痛，只得撒手放刀。那八卦紫金刀激飛而起，射入天空。胡斐「陰陽訣」建功，跟著一刀往她肩頭直劈下去。刀鋒距她肩頭約有半尺，只見她白髮披肩，半邊臉上滿染血污，一個念頭在心中一閃：「這老婆子委實可憐，怎能一刀將她砍死？」疾忙刀身翻轉，想用刀背撞她肩膀，教她無力再鬥，便即趕去開門救人。

不料商老太金刀脫手，心中立時便存了與仇人同歸於盡的念頭，見胡斐舉刀砍下，毫不閃避，反而搶上一步滾入他懷裏，右手扣住他前胸「神封穴」，左手扣住他小腹「中注穴」牢牢抓定。胡斐大驚，刀背用力擊下。商老太「嘿」的一聲，肩骨碎裂，但她不顧一切，抓住了胡斐穴道死也不放，同時右足力勾，二人一齊倒地。

胡斐直至此日方有臨敵對戰的經驗，絕不知敵人拚命之時竟能如此狠法，給她抓住後只得出力掙扎。商老太一張口，又咬住了他前胸衣服，幾個打滾，二人竟齊往大火堆中滾去。胡斐大叫：「快放開，你不怕燒死麼？」他心神一亂，竟忘了該使「小擒拿手」卸脫這貼身糾纏，惶急中猛力回奪。二人又滾了幾下，終於滾進了火堆。

商寶震大叫：「媽！」飛身來救，提起單刀，刀柄對準胡斐天靈蓋鑿下。胡斐偏頭急避，刀柄還是打中了額角，疼得險些兒暈去。商寶震生怕母親受傷，忙伸手將二人從火堆中提出，看準胡斐背心，揮刀疾砍而下。

就在這千鈞一髮的當口，胡斐神智倏地清明，忽出怪招，左足反踢，正中商寶震手腕，第二腿跟著踢出，這一腿出盡全力，踢得商寶震跌出五六丈外，一時爬不起來。

胡斐衣服著火，額角又疼痛欲裂，前胸與小腹均給商老太捨命扭住，忙抛下鋼刀，大喝一聲，雙臂疾振，格格兩響，已擺脫了商老太的糾纏，在地下一個打滾，滾熄衣上火燄。商老太年老，給煙火一薰，已暈了過去。幾名莊丁忙給她撲打身上火頭。

胡斐空手奔入莊丁叢中，心中對自己極爲惱怒：「在這捨生忘死、狠命撲鬥的當兒，我還要去可憐敵人，適才沒送了小命，當眞是無天理。」此時再不容情，夾手奪過一柄單刀，拳打足踢，刀劈肘撞，猶如虎入羊羣，片刻間將衆莊丁打得東逃西竄。

他奔到廳門之前，從莊丁手中奪過一柄火叉，將堆在門前的柴炭一陣亂挑亂撥，只見鐵門已燒得通紅，不禁大驚：「如果門鈕與鐵門燒得銲成一片，這門就打不開了。」危急中不及多想，提起單刀，將全身功勁運於右臂，奮力直砍下去，嗒的一聲，門鈕應手而落，這一砍用力過巨，單刀竟向上翹起，彎成了一把曲尺。他抛下單刀，用火叉鉤住門環向外拉扯，竟然不動。胡斐急得心中怦怦亂跳：「莫要最後差著一點兒，鐵門竟拉不開來！」他是小孩心性，突然哇的一聲，哭了出來，再奮力狠拉，但聽得軋軋連聲，鐵門緩緩開了，黑煙夾著火頭，從門中直撲出來。

他想不到廳中已燒得這般厲害，急叫：「趙伯伯，快出來！」只見煙霧瀰漫之中，一人當先搶出，正是王劍英，接著殷仲翔、徐錚、馬行空、孫剛峯先後奔出，最後才是趙半山抱著呂小妹出來。各人衣衫焦爛，狼狽不堪。

這時廳中木材都已著火，桌椅固已燒著，連樑柱也已大火熊熊。這時機當眞相差不得片刻，倘若胡斐再遲得一盞茶的時分破門，必定有人喪命。胡斐見趙半山無恙，撲了上去，連叫：「趙伯伯，趙伯伯。」趙半山鬚眉盡焦，但仍鎮定如恆，微微一笑，讚道：「好孩子！」

忽聽得王劍英叫道：「劍傑！劍傑！你在那裏？」趙半山四下張望，不見王劍傑，驚道：「難道他沒出來？」王劍英大叫：「我兄弟沒出來啊，沒出來啊。」此時廳中樑柱東一條，西一根，橫七豎八的倒塌，已燒成一個火窟，王劍英雖手足情殷，卻也不敢進去相救，嘶聲大叫：「劍傑，快出來，快出來！」

趙半山與胡斐同時想到：「他如能出來，豈有不出來之理？」他二人俱是天生的俠義心腸，一老一少，不約而同的衝進火窟，冒煙突火，急尋王劍傑。胡斐踏在燒得炙熱的磚上，不禁燙得雙足亂跳。趙半山道：「孩子，你快出去。」胡斐道：「不，趙伯伯，你快出去。」他剛說了這句話，忽地叫道：「在這裏了！」俯身將王劍傑拉起，飛奔出外。原來王劍傑挨不住熾熱，將口鼻湊在狗洞上吸氣，不料一陣黑煙自外衝進，將他薰得暈了過去。

胡斐給煙嗆得大聲咳嗽，王劍傑身材魁梧，難以橫抱，只好拉了他著地拖將出去，將到門口，門外眾人突然大聲驚呼，見屋頂一根火樑直跌下來，壓向胡斐頭頂。胡斐加緊腳步，想拖著王劍傑搶出廳門，但樑木下墜極速，其勢已然不及，趙半山搶上兩步，一招「扇通背」，右掌已托住火樑。這樑木本身重量不下四五百斤，從上面跌下，勢道更爲驚人。趙半山雙腿馬步穩凝不動，右掌一托，火樑反而向上一抬，「扇通背」的下半招跟著發出，左掌搭在樑木上向外送出，那是他精研數十年的深厚功力，只見一條火龍從廳口激飛而出，夭矯入空，直飛出六七丈外，方始落地。

廳門外衆人見他露了這手功夫，呆了半晌，這才震天價響喝起采來，連商家堡的莊丁，也不自禁的站在遠處叫好。王劍英扶著兄弟，忙著爲他撲熄衣上火燄，暗自慚愧：「我自己親兄弟有難，卻要旁人相救。」

馬行空與徐錚出了鐵廳，立即找尋馬春花，但東張西望，不見她影蹤。徐錚心下起疑：「她定是與那姓商的小子搗鬼去了！」他身出火域，心中妒火又旺，叫道：「師父，我去找她。」拔步飛奔。

馬行空年紀一大，究已不如小夥子硬朗，給煙火炙得頭暈眼花，只想找個地方休息一會，突覺背後有掌風襲到。這一下突襲全然出他意料之外，那一掌來得又快又勁，馬行空不及招架，只得吸氣硬接，砰的一響，身子給打得搖搖晃晃，但覺眼前一黑，全身發軟，接著臀上又讓人踢了一腿，身不由主的向鐵廳的火窟中跌去，迷糊中只聽得商老太縱聲大笑，叫道：「劍鳴，劍鳴，我終於給你報了一點兒仇……」一陣熱氣裹住全身，登時甚麼也不知道了。

趙半山適才托擲火樑，兩隻手掌都燒出了不少水泡，忍痛剛將呂小妹救醒，忽見商老太突然從煙火裏鑽出來，將馬行空打入火窟，不禁一呆。只見商老太弓身走入廳門，對熊熊大火竟視若無睹，他大叫：「快出來，你這不是送死麼？」他一言未畢，又是一條極大火樑落了下來，騰的一聲巨響，火燄四下飛舞，已將廳門封住。商老太懷抱紫金八卦刀，臉露笑容，端坐在火燄之中，全身衣服頭髮均已著火，卻竟似不覺痛苦。她心中似乎在想：「大仇雖然報不了，我卻不久就可與劍鳴相會了。」

趙半山長嘆一聲，心想這位老太太雖是女流，性子剛烈，勝於鬚眉，又想此番東來之事已了，無意中結識了一個少年英雄，也算此行不虛，見孫剛峯、王劍英等各自正在忙碌，轉頭向胡斐道：「小兄弟，咱們一起走一程如何？」胡斐道：「好極，好極！」

在他幼小的心靈之中，想到了世間許許多多變幻難測之事，想到呂小妹的報仇是如此，而商老太的報仇卻又如此。他與趙半山並肩同行，默默想著心事，走出里許，回頭一望，只見商家堡兀自燒得半天通紅。

趙半山道：「小兄弟，今天的事很慘，是不是？商老太的性子，唉！」說著搖了搖頭。胡斐道：「趙伯伯……」

趙半山轉過頭來，說道：「小兄弟，你我今日萍水相逢，意氣相投，雖然我年紀大了幾歲，但我見你俠義仁厚，委實相敬。他日你必名揚天下，為當世豪傑，我何敢以長輩自居？」此時東方初白，趙半山的臉色在朝曦照耀之下顯得又莊嚴，又誠懇。

胡斐一張小臉上滿是炭灰血漬，聽了他這幾句話，不禁脹得通紅，又道：「趙伯伯，多謝你教我武功……」心中感激萬分，便即跪倒。趙半山一把拉起，說道：「趙伯伯三字，今後休得再出你口。我與你結義爲異姓兄弟，可好？」

千手如來趙半山在江湖上是何等的威名、何等的身分，今日竟要與一個十二三歲的小孩義結金蘭，當眞事非尋常。他倒不是瞧在胡斐武功的份上，胡斐武功雖然不弱，但在趙半山這等大行家眼中，畢竟也不過如此，而是敬重他捨身救人的仁俠心腸，覺得他年紀雖小，但所作所爲，與紅花會衆兄弟已無二致。

胡斐聽了此言，不由得感激不勝，兩道淚水從眼中流下，撲翻身軀，納頭便拜，叫道：「趙……趙……」趙半山跪下答禮，說道：「賢弟，從今後你叫我三哥便了。」

一老一少兩位英雄，在曠野中撮土爲香，拜了八拜。

趙半山心中快慰，撮口長嘯，只聽得西面馬蹄聲急，那白馬奮鬣揚蹄而來，片刻間奔到了身前。胡斐讚道：「這馬眞好。」趙半山心想：「可惜此馬是四弟妹的，她愛若性命，否則憑你這麼一讚，我自然送你。」當下微微一笑，也不解釋，問道：「賢弟，你在此間可還有甚麼未了之事？」胡斐道：「我去跟平四叔說一聲，當送三哥一程。」趙半山也不捨得立即與他分別，道：「那再好沒有。」牽了韁繩，和胡斐並肩而行。

轉過一個山坡，忽見一株大樹後面站著一人，探頭探腦的在不住窺探。胡斐認得他的背影，低聲道：「這是徐錚！」心想他師父慘遭焚死，他躲在此處不知鬼鬼祟祟的幹甚麼勾當，又記掛著馬春花不知如何，說道：「我過去瞧瞧。」悄悄走上前去，在他身後向前一張。徐錚正瞧得出神，不知身後來了旁人。

只見前面二十餘丈一株楊樹之下，一男一女，相互偎倚在一起，神情異常親密。胡斐凝神看去，男的是商家堡作客的福公子，女的竟是馬春花。但見福公子左手摟著她腰，不住親她面頰。馬春花軟洋洋的靠在他懷裏，低聲不知說些甚麼。

胡斐雖尚年幼，還不大明白男女之事，但他心中對這個美麗的馬春花一直存有好感，見她和福公子這般親熱，心中卻也不免微有妒意。卻聽得徐錚口中發出嘰嘰格格的怪聲，原來是在咬牙切齒，又舉起拳頭，不住搥打自己胸口，顯是憤怒到了極點。胡斐笑問：「徐大哥，你在這裏幹甚麼？」

徐錚全神貫注在馬春花身上，對胡斐的話竟全沒聽見。突然之間，他大叫一聲：「我和你拚了！」拔出腰間單刀，向福公子衝去。

福公子和馬春花在大廳上溜了出來，唯恐給人見到，遠遠躲到這株大楊樹下偎倚密語。男歡女愛，不知東方之既白。商家堡鬧得天翻地覆，他二人竟半點也不知道，突見徐錚全身燒焦、披頭散髮的提刀殺來，同時大驚站起。

徐錚雙目如欲噴出火來，揮刀猛向福公子迎頭砍落，福公子武藝平庸，驚惶之下，急忙後退。徐錚這一刀用力大了，登的一聲卻砍在大楊樹上，急切間拔不出來。馬春花急道：「你幹甚麼？你幹甚麼？」徐錚怒喝：「幹甚麼？我要殺了這小子！」用力一拔，那刀脫卻楊樹，反彈上來，砰的一下，刀背撞上他額頭。

馬春花吃了一驚，叫道：「小心，可撞痛了麼？」徐錚伸手使勁將她推開，道：「不用你假惺惺做好人。」跟著趕上前去，舉刀又向福公子砍下。馬春花見這個平日對自己從來不敢違拗半點的師哥，此時突然發瘋一般，知他妒火中燒，不可抑制，又羞愧，又焦急，搶過去攔在他面前，雙手叉腰，說道：「師哥，你要殺人，先殺了我吧！」

徐錚見她一意維護福公子，更加大怒若狂，厲聲道：「我先殺他，再來殺你！」左手在她肩頭猛推。馬春花一個踉蹌，險些跌倒，隨手搶起地下一根枯枝，擋架他單刀，轉頭向福公子叫道：「你快走，快走啊。」福公子不知她和徐錚乃未婚夫婦，大聲道：「這人瘋了，你可要小心。」遠遠躲開。

徐錚舞動單刀，幾下便將馬春花手中枯枝砍斷，喝道：「你再不讓開，可莫怪我無情了。」馬春花將半截枯枝往地下一丟，轉過了頭，將脖子向著他刀口，說道：「師哥，這一生一世，我終究不能做你老婆了。你就殺了我吧。」徐錚滿臉紫脹，怒道：「我……我……」左手用力抓胸，說不出話來。

胡斐見他單刀上下揮盪，神色狂怒，只怕一個克制不住，順手便往馬春花身上砍了下去，當即搶上前去，隔在二人之間，左掌起處，已按在徐錚胸前，微一發勁，將他推得退後三步，笑道：「徐大哥，天下有誰想動馬姑娘一根毫毛，除非先將我胡斐殺了。」徐錚一愣，怒道：「你……你……連你這乳臭未乾的孩子，她也勾搭上了？」

啪的一聲，馬春花縱上前來打了他一記耳光。徐錚一來狂怒之下神智不清，二來胡斐夾在中間，擋住了他眼光，這一巴掌竟沒能避開，結結實實的，打得他半邊臉頰也腫了。

胡斐卻不懂徐錚這句話是甚麼意思，也不明白馬春花何以大怒。在他心中，自己給商老太擒住拷打之時，馬春花曾向商寶震求情，後來又求他釋放自己，雖自己已經先脫綑縛，但對她這番眷念之恩，卻銘感於心。何況在他少年人隱隱約約的心中，對馬春花也早有一份說不清楚的慕戀之意。此時馬春花與師哥起了爭執，他自全力維護。

徐錚見過胡斐與王氏兄弟動手，論到武功，自知與他可差得太遠，但心情激動之下，連性命也不理會了，還顧甚麼勝負？單刀直上直下的往他頭上、頸中、肩頭連連砍去。胡斐既不邁步，亦不後退，只站在當地，在他刀縫間側身閃避，突然左手伸出，一拳向他鼻樑打去。徐錚舉刀橫削，斫他手臂。胡斐這一拳乃是虛招，打到一半，手臂拐彎，翻掌抓住他手腕，順勢一扭，已將單刀奪在手中，跟著轉過身去，將刀交給馬春花。他將背脊向著徐錚，當眞是藝高人膽大，對之絲毫不加提防。

徐錚知道再鬥也已無用，長嘆一聲，再也忍耐不住，忽地大放悲聲，叫道：「師父，師父，你老人家也不管管嗎？」回身掩面便走。

馬春花猛吃一驚，問道：「我爹在那裏？」提刀趕去。徐錚不答，低首疾行。馬春花連問：「爹爹怎麼了？」不住追趕。

福公子站得遠遠地，沒聽清楚他師兄妹的對答，見馬春花追趕徐錚而去，心中急了，叫道：「春妹，春妹，回來，別理他！」馬春花掛念父親，不理會福公子的叫喊。福公子見鋼刀已到了馬春花手中，不再懼怕徐錚，快步趕上。

追出十餘步，忽見一株大樹後轉出一人，五十餘歲年紀，身形微胖，唇留微髭，正是紅花會的三當家千手如來趙半山。

福公子跟他一朝相，只嚇得面如土色，半晌說不出話來。

趙半山笑道：「福公子，你好啊！」福公子雙手一拱，勉強道：「趙三當家，你好。」一再也顧不得馬春花如何，轉過身來，飛步便行，直奔出十餘丈，回頭向趙半山一望，腳步更加快了。

霎時之間，福公子向北，徐錚與馬春花向南，俱已奔得影蹤不見，只趙半山臉帶微笑，胡斐神色迷茫，相向站在高坡之上。

胡斐道：「三哥，這福公子認得你啊，他好像很怕你。」趙半山微笑道：「不錯，他曾落在我們手中，很吃了些苦頭。」

原來這福公子，便是當今乾隆皇帝駕前第一紅人福康安。他是乾隆的私生兒子，曾遭紅花會羣雄擒住，逼得乾隆重修福建少林寺，不敢與紅花會爲難，紅花會才放了他。此時事隔數年，忽然又與趙半山相遇，他只道紅花會羣雄從回疆大舉東來，只嚇得魂飛魄散，不敢再去追尋馬春花。與王劍英等會合後，急急回北京去了。

胡斐見福康安不會武藝，對他未加留意，沒再追問他的來歷。趙半山伸出右手，握住他手，二人攜手同行，走了里許，來到路旁一所茶鋪之前。趙半山道：「賢弟，送君千里，終須一別，你我就此別過。」胡斐雖戀戀不捨，但他生性豁達豪邁，說道：「好，三哥，過幾年等我長得幾歲，到回疆來尋你相會。」趙半山點頭道：「我在回疆等你便了。」從懷中取出一朵紅絨紮成的大紅花來，說道：「賢弟，天下江湖好漢，一見此花，便知是你三哥的信物。你若遇上急需，要人要錢，憑著此花，向各處朋友儘管要便是。」

胡斐接過了放在懷內，好生羨慕，心想日後學到三哥的本領未必爲難，但要學到他朋友遍天下的交情，卻大大不易。趙半山到茶鋪倒了兩大碗茶，將一碗遞給胡斐，說道：「以茶代酒，你我喝了這碗別酒吧。」二人舉起碗來，仰頭飲乾。

趙半山問道：「賢弟，你的武功是誰教的？」胡斐道：「我是跟著家傳的拳經刀譜學的，只學了招式，運用變化之道全然不會，可惜沒人指教。今日才得三哥指點，你才是我眞正的師父。」想到不能跟他多學一些時候，很覺不捨。

趙半山道：「你家傳的武學書中，可有講到練內功嗎？」胡斐道：「最後一部分是教內功的，可惜一則太難，二則還來不及練。」趙半山道：「武學之道，內力乃是根基，內力強了，招式變化想也不用想，自然而然就出來了，而且一招一式，勁力大了幾倍。你學武十分聰明，但練內功是死功夫，不能靠聰明。一板一眼的照式而練，循序漸進，年深月久，功力自進。你家傳武學高明之極，和我所學的太極拳各有所長，內功必定也是好的，我們所學不同，我就教你不到了。但願你在聰明機變之上，再加上刻苦勤練。」胡斐道：「是。我大了之後，武功與爲人能像三哥一樣，那就心滿意足了。」

趙半山拍拍他肩頭，說道：「賢弟，你三哥沒甚麼了不起，你將來所作所爲，一定要勝過三哥十倍，那才眞正是男子漢大丈夫。」胡斐道：「可惜我爹爹過世得早，今日得見三哥，我做人才有了榜樣。」

趙半山走出茶鋪，左手牽住馬韁，說道：「賢弟，臨別之際，做哥哥的再問你一句話。」胡斐道：「三哥請問便了。」趙半山道：「除了商家堡之外，賢弟是否還有甚麼厲害的仇家對頭？」胡斐一凜，心道：「我爹爹不知是誰害的，此人旣殺得我爹爹，自然武功非同小可。要是三哥知我大仇未報，查到我仇人姓名，他義氣爲重，前去找他拚鬥，一來我殺父大仇不能教人代報，二來焉能讓三哥冒此凶險？」他年紀雖小，卻滿腹傲氣，仰頭道：「不勞三哥掛懷，便有甚麼仇家對頭，小弟也自料理得了。」

趙半山哈哈大笑，翹起大拇指讚道：「好！」飛身上馬，向西疾馳而去，只聽他遠遠說道：「桌上的小包，哥哥送了給你。」

胡斐回過頭來，見板桌上放著個包裹，本來是趙半山掛在白馬背上的。他伸手一提，沉甸甸的有些壓手，解了開來，金光耀眼，卻是二十枚二十兩重的金錠，共是黃金四百兩。胡斐哈哈一笑，心道：「我貧你富，你贈我黃金，我也不能拒卻。三哥怕我推辭，贈金之後急急馳走，未免將我胡斐當作小孩子了。」

回頭望見趙半山胯下那白馬的馬蹄濺起一路塵土，數里不歇，想起今日竟交上這樣一位肝膽相照的好友，又蒙他授以武學精義，過去久思不明的疑難，豁然而解，不由得喜不自勝，提了黃金，高聲唱著山歌，大踏步而行。

胡斐找著平阿四後，分了二百兩黃金給他，要他回滄州居住，自己卻遨遊天下，每日裏習拳練刀，參照趙半山所授的武學要訣，鑽研拳經刀譜上的家傳武功，兼且勤練內功，於是內外俱進，漸臻於一流高手之列，決意武功當眞練得好了，便到回疆去找趙半山。

鍾四嫂跪在地下，不住向鳳天南磕頭，叫道：「鳳老爺你大仁大義，北帝爺爺保佑你多福多壽。我小三子在閻王爺面前已告了你一狀哪……」瘋瘋顛顛的不住跪拜，又哭又笑。

第五章　血印石

數年之間，小胡斐身材長高了，武功大進了，見識經歷，也與日俱增。自經趙半山一番教導，他明白了眞正高明的武功，是用頭腦隨機應變創想出來的，而苦練招式與內功則是變化的根基。飛天狐狸武功的精要，是在一個「變」字，其後人也往往深得「靈動活潑」的要旨，觀流水落花而悟武道，見鷹翔蛇鬥而明搏擊，自來武學高人，皆由此徑。王劍英兄弟雖得上乘傳承，卻因拘泥刻板而終生不能上窺第一流武學之境。胡斐得趙半山教導，知須勤修苦練方得培厚根柢，增強內力。他多思勤修，數年不懈，隨意漫遊，四海爲家，到處行俠仗義，扶危濟困，只是趙半山所贈的二百兩黃金，卻也使得蕩然無存了。

一日想起，常聽人說，廣東富庶繁盛，頗有豪俠之士，左右無事，便騎了一匹劣馬，逕往嶺南而來。

這一日到了廣東的大鎮佛山鎮。那佛山自來與朱仙、景德、漢口並稱天下四大鎮，端的是民豐物阜，市廛繁華。胡斐到得鎮上，已是巳末午初，腹中飢餓，見路南有座三開間門面的大酒樓，招牌上寫著「英雄樓」三個金漆大字，兩邊敞著窗戶，酒樓裏刀杓亂響，酒肉香氣陣陣噴出。胡斐心道：「這酒樓的招牌起得倒怪。」一摸身邊，只剩下百十來文錢，心想今日喝酒是不成的了，吃一大碗麵飽飽肚再說，將馬拴在酒樓前的木樁上，逕行上樓。

酒樓中伙計見他衣衫敝舊，滿臉不喜，伸手攔住，說道：「客官，樓上是雅座，你不嫌價錢貴麼？」胡斐氣往上衝，心道：「你招牌叫做英雄樓，對待窮朋友卻這般狗熊氣概。」哈哈一笑，說道：「只要酒菜過得去，就不怕價錢貴。」那伙計將信將疑，斜著眼由他上樓。

樓上桌椅潔淨。座中客人衣飾豪奢，十九是富商大賈。伙計瞧了他模樣，料得沒甚油水生發，半天不過來招呼。胡斐暗暗生氣，但想趨富嫌貧，天下原是一般。吃一碗麵，也生不出甚麼花樣。忽聽得街心一個女人聲音哈哈大笑，拍手而來。

胡斐正坐在窗邊，倚窗向街心望去，見一個婦人頭髮散亂，臉上、衣上、手上全是鮮血，手中抓著柄菜刀，哭一陣，笑一陣，指手劃腳，卻是個瘋子。旁觀之人遠遠站著，臉上或現恐懼，或顯憐憫，無人敢走近她身旁。只見她指著「英雄樓」的招牌拍手大笑，說道：「鳳老爺，你長命百歲，富貴雙全啊，我鍾婆子給你磕頭，叫老天爺生眼睛保佑你啊。」跪倒在地，登登登的磕頭，撞得額頭全是鮮血，卻似絲毫不覺疼痛，一面磕頭，一面呼叫：「鳳老爺，你日進一斗金，夜進一斗銀，大富大貴，百子千孫啊……」

酒樓中閃出一人，手執長煙袋，似是掌櫃模樣，指著那婦人罵道：「鍾四嫂，你要賣瘋，回自己窩兒去，別在這兒擾了貴客們吃喝的興頭。」那鍾四嫂全沒理會，仍又哭又笑，向著酒樓磕頭。掌櫃的一揮手，酒樓中走出兩名粗壯漢子，一個夾手搶過她手中菜刀，另一個用力推出。鍾四嫂登時摔了個觔斗，滾過街心，掙扎著爬起後，癡癡呆呆的站著，半晌不言不語，突然搥胸大哭，號叫連聲：「我那小三寶貝兒啊，你死得好苦啊。老天爺生眼睛，你可沒偷人家的鵝吃啊。」

搶了菜刀的那漢子舉起刀來，喝道：「你再在這裏胡說八道，我就給你一刀。」鍾四嫂毫不害怕，仍然哭叫。掌櫃的見街坊衆人都有不以爲然之色，呼嚕呼嚕的抽了幾口煙，噴出一股白煙，將手一揮，自與兩名漢子回進酒樓。

胡斐見兩個漢子欺侮個婦道人家，本感氣惱，但想這婦人瘋了，原也不可理喻，忽聽得坐在身後桌邊兩名酒客悄聲議論。一個道：「鳳老爺這件事，做得也太急躁了些，活生生逼死一條人命，只怕將來要遭報應。」胡斐聽到「活生生逼死一條人命」九字，心中一凜。只聽另一人道：「那也不能說是鳳老爺的過錯，家裏不見了東西，問一聲也甚爲平常。誰教這女人失心瘋了，竟把自己親生兒子剖開了肚子！」

胡斐聽到最後這句話，怎還忍耐得住，猛地轉過身來。見說話的二人都是四十左右年紀，一個肥胖，一個瘦削，身穿綢緞長袍，瞧這打扮，均是店東富商。二人見他回頭，相視一眼，登時住口不說了。

胡斐知這種人最膽小怕事，如善言相問，必推說不知，決不肯坦告，便站起身來，作了個揖，滿臉堆笑，說道：「兩位老闆，自在廣州一別，數年不見了，兩位好啊？」那二人和他素不相識，聽口音又是外省人，均感奇怪，但生意人講究和氣生財，拱手還禮，說道：「幸會，幸會！」胡斐笑道：「小弟這次到佛山來，帶了一萬兩銀子，想辦一批貨，只人地生疏，好生爲難。今日與兩位巧遇，再好也沒有了，正好請兩位幫忙。」二人聽到「一萬兩銀子」五字，登時從心窩裏笑了出來，雖見他衣著不似有錢人，但「一萬兩銀子」非同小可，豈能失之交臂？齊道：「那是該當的，請過來共飲一杯，慢慢細談如何？」

胡斐正要他二人說這句話，那裏還有客氣，走過去打橫裏坐了，開門見山的問道：「適才聽兩位言道，甚麼活生生的逼死了一條人命，倒要請教。」那兩人臉上微微變色，正欲推搪。胡斐伸出左手，在桌底自左至右的移過，已將每人一隻手腕抓住，握在手掌之中，略加勁力，二人「啊」的一聲叫，立時臉色慘白。樓頭的伙計與衆酒客聽到叫聲，都回頭過來。胡斐低聲道：「不許出聲！」二人不敢違拗，只得同時苦笑。旁人見無別事，就沒再看。

這二人手腕給胡斐抓在掌中，宛如給鐵箍牢牢箍住了一般，那裏還動彈得半分？胡斐低聲道：「我本是個殺人不眨眼的大盜，現下改邪歸正，學做生意，要一萬兩銀子辦貨，可是短了本錢，只得向二位各借五千兩。」二人大吃一驚，齊聲道：「我……我沒有啊。」胡斐道：「好，你們把鳳老爺逼死人命的事，說給我聽。那一位說得明白仔細，我便不向他借錢。這一萬兩銀子，只好著落在另一位身上。」二人忙道：「我來說，我來說。」先前誰都不肯說，這時生怕獨力負擔，做了單頭債主，竟爭先恐後起來。

胡斐見這比賽的法兒收效，微微一笑，聽那胖子說北方話口音較正，便指著他道：「胖的先說，待會再叫瘦的說。那一位說得不清楚，便是我的債主老爺了。」說著放脫了二人手腕，取下背上包裹，打了開來，露出一柄明晃晃的鋼刀，拿起桌上一雙象牙筷子，在刀口輕輕一掠，筷子登時斷爲四截。這二人面面相覷，張大了口合不攏來，兩顆心怦怦跳個不住。胡斐伸出雙手，在二人後頸摸了摸，好似在尋找下刀的部位一般，將二人更嚇得面如土色。胡斐點點頭，自言自語的道：「好，好！」又將包裹包上。

那胖商人忙道：「小爺，我說，保管比……比他說的明白……」那瘦商人搶著道：「那也不見得，讓我先說吧。」胡斐臉一沉，道：「我說過要先聽他說，你忙甚麼？」那瘦商人忙道：「是，是。」胡斐道：「你不遵我吩咐，要罰！」那瘦商人嚇得魂不附體。胡斐道：「酒微菜薄，怎是敬客的道理？快叫一桌上等酒席來。」瘦商人忙叫伙計過來，吩咐他即刻做一席最上等酒菜。那伙計見胡斐跟他們坐在一起，甚是詫異，聽到有大買賣，眉花眼笑的連聲答應。

胡斐在窗口探頭望去，見那鍾四嫂披頭散髮的坐在對街地下，抬頭望天，嘴裏不停的自言自語，不知說些甚麼。

那胖商人道：「小爺，這件事我說便說了，可不能讓人知道是我說的。」胡斐眉頭一皺，道：「你不說也罷，那就讓他說。」轉頭向瘦商人。胖商人忙道：「我說，我說。小爺，這位鳳老爺名字叫作鳳天南，乃是佛山鎮上的大財主，有一個綽號，叫作……」瘦商人接口道：「叫作南霸天。」胡斐喝道：「又不是說相聲，你插口幹麼？」瘦商人低下了頭，不敢再言語了。

那胖商人道：「鳳老爺在佛山鎮上開了一家大典當，叫作英雄當舖；一家酒樓，便是這家英雄樓；又有一家大賭場，叫作英雄會館。他武藝算得全廣東第一，財雄勢大，交遊廣闊，別說廣東省城，就京城直隸、湖南湖北，不少大官也都是他好朋友。鎮上的人私下裏還說，每個月有人從粵東、粵西、粵北三處送銀子來孝敬他，聽說他是甚麼五虎派的掌門人，凡是五虎派的弟兄們在各處發財，便得抽個份兒給他。這些江湖上的事，小的也弄不明白。」

胡斐點頭道：「是了，他是大財主，又是坐地分贓的大強盜。」二人向他望了一眼，心想：「那你跟他是同行哪。」

胡斐早明白他們心意，笑道：「常言道同行是冤家。我跟這位鳳老爺不是朋友。你們有好說好，有歹說歹，不必隱瞞。」那胖商人道：「這鳳老爺的宅子一連五進，本來已夠大啦，可是他新近娶了一房七姨太太，又要在後進旁邊起一座甚麼七鳳樓，給這位新姨太太住。他看中的地皮，便是鍾四嫂家傳的菜園。這塊地只兩畝幾分，但鍾阿四種菜為生，一家五口全靠著這菜園子吃飯。鳳老爺把鍾阿四叫去，說給五兩銀子買他的地。鍾阿四自然不肯。鳳老爺加到十兩。鍾阿四還是不肯，說道便是一百兩銀子，也吃得完，可是在這菜園子扒扒土、澆澆水，只要力氣花上去，一家幾口便餓不死了。鳳老爺惱了，將他趕了出來，昨天便起了這偷鵝的事兒。」

胡斐點點頭，那胖商人跟著說下去：「鳳老爺後院中養了十隻肥鵝，昨天忽然不見了一隻。家丁說是鍾家的小二子、小三子兄弟倆偷了，尋到他菜園子裏，果然見菜地裏有不少鵝毛。鍾四嫂叫起屈來，說她兩個兒子向來規矩，決不會偷人家東西，這鵝毛準是旁人丟在菜園子裏的。家丁們找小二小三去問，兩個都說沒偷。鳳老爺問道：『今兒早晨你們吃了甚麼？』小三子道：『吃我，吃我。』鳳老爺拍桌大罵，說：『小三子自己都招了，還說沒偷？』叫人到巡檢衙門去告了一狀，差役便來將鍾阿四鎖了去。

「鍾四嫂知家裏雖窮，兩個兒子卻乖，平時一家又懼怕鳳家，決不會去偷他們的鵝吃，便到鳳家去理論，卻給鳳老爺的家丁踢了出來。她趕到巡檢衙門去叫冤，也給差役轟出。巡檢老爺受了鳳老爺的囑託，又是板子，又是夾棍，早將鍾阿四整治得奄奄一息。鍾四嫂去探監，見丈夫滿身血肉模糊，話也說不出了，只胡裏胡塗的叫嚷：『不賣地，不賣地！沒有偷，沒有偷。』

「鍾四嫂心裏一急，便橫了心。她趕回家裏，一手拖了小三子，一手拿了柄菜刀，叫了左右鄉鄰，一齊上祖廟去。鄉鄰們只道她要在神前發誓，便同去作個見證。小人和她住得近，也跟去瞧瞧熱鬧。鍾四嫂在北帝爺爺座前磕了幾個響頭，說道：『北帝爺爺，我孩子決不能偷人家的鵝。他今年還只五歲，刁嘴拗舌，說不清楚，在財主爺面前說甚麼吃我，吃我！小婦人一家橫遭不白，贓官受了賄，斷事不明，只有請北帝爺爺伸冤！』說著提起刀來，便將小三子的肚子剖開了！」

胡斐一路聽下來，早已目眥欲裂，聽到此處，不禁大叫一聲，霍地站起，砰的一掌，打得桌上碗盞躍起，湯汁飛濺，叫道：「竟有此事？」

胖瘦二商人見他神威凜凜，一齊顫聲道：「此事千眞萬確！」胡斐右足踏在長凳之上，從包袱中抽出單刀，揷在桌上，叫道：「快說下去！」胖商人道：「這……這不關我事。」酒樓上的酒客伙計見胡斐兇神惡煞一般，個個膽戰心驚。膽小的酒客不等吃完，一個個便溜下樓去。衆伙計遠遠站著，誰都不敢過來。

胡斐叫道：「快說，小三子肚中可有鵝肉？」那胖商人道：「沒有鵝肉，沒有鵝肉。他肚腹之中，全是一顆顆螺肉。原來鍾家家中貧寒，沒甚麼東西裏腹，小二小三哥兒倆就到田裏摸田螺吃。螺肉很硬，小三子咬不爛，一顆顆都囫圇的吞了下去，因此隔了大半天還沒化。他說『吃我，吃我！』其實說的是『吃螺！』唉，好好一個孩子，便這麼慘死在祖廟之中。鍾四嫂也就此瘋了。」（按：吃螺誤爲吃鵝，祖廟破兒腹明冤，確有其事，佛山鎭老人無一不知。今日廣東佛山祖廟之中，北帝神像之前地下有血印石一方，尚有隱隱血跡，即爲此千古奇冤之見證。作者曾親眼見到。讀者如赴佛山，可往參觀。唯此事之年代及人物姓名，年久失傳。作者當時曾向佛山鎭上文化界人士詳加打聽，已無人知悉，因此書中人名及其他故事均屬虛構。）

胡斐拔起單刀，叫道：「這姓鳳的住在那裏？」那胖商人還未回答，忽聽得遠處隱隱傳來一陣犬吠聲，瘦商人嘆道：「作孽，作孽！」胡斐道：「還有甚麼事？」瘦商人道：「那是鳳老爺的家丁帶了惡狗，正在追拿鍾家的小二子。」胡斐怒道：「冤枉已然辨明，還拿人幹甚麼？」瘦商人道：「鳳老爺言道：小三子既沒吃，定是小二子吃了，因此要拿他去追問。鄰居知道鳳老爺老羞成怒，非把這件冤枉套在小二子頭上不可，暗暗叫小二子逃走。今日鳳老爺的家丁已到處搜拿了半天呢。」

胡斐反抑怒氣，笑道：「好好，兩位說得明白，這一萬兩銀子，我便向鳳老爺借去。」說著提起酒壺就口便喝，將三壺酒喝得涓滴不賸，一疊聲催伙計拿酒來。

但聽得狗吠聲、吆喝聲越來越近，響到了街頭。胡斐靠到窗口，只見一個十二三歲的孩子從轉角處沒命價奔來。他赤著雙足，衣褲已讓惡狗的爪牙撕得稀爛，身後一路滴著鮮血，不知他與衆惡犬如何廝鬥，方能逃到這裏。他身後七八丈遠處，十餘條豺狼般的猛犬狂叫著追來，眼見再過須臾，便要撲到鍾小二身上。

鍾小二此時已筋疲力盡，突然見到母親，叫一聲：「媽！」雙腿一軟，摔倒在地，再也爬不起來。鍾四嫂雖神智胡塗，卻認得兒子，猛地站起，衝了過去，擋在衆惡犬之前，護住兒子。衆惡犬登時一齊站定，露出白森森的牙齒，嗚嗚發威。

這些惡犬隻隻兇猛異常，平時跟著鳳老爺打獵，連老虎大熊也敢與之搏鬥，但見了鍾四嫂這股拚死護子的神態，竟不敢逼近。衆家丁大聲吆喝，催促惡犬。只聽得嗚嗚幾聲，兩頭兇狼般的大犬躍起身來，向爬在地下的鍾小二咬去。

鍾四嫂撲在兒子身上。第一頭大犬張開利口，咬住她肩頭。第二頭惡犬卻咬中她左腿。雙犬用力拉扯，就似打獵時擒著白兔花鹿一般。衆家丁呼喝助陣。鍾四嫂不顧自身疼痛，仍拚命護住兒子，不讓他受惡犬侵襲。鍾小二從母親身下爬出，一面哭喊，一面和衆惡犬廝打，救護母親。霎時之間，十餘條惡犬從四面八方撲了上去。

街頭看熱鬧的閒人雖衆，但迫於鳳老爺的威勢，個個敢怒而不敢言。當此情勢，只要有誰稍惹惱了這些家丁，一個手勢之下，衆惡犬立時撲上身來。有的不忍卒睹慘劇，掩面避開。衆家丁卻興高采烈，猶似捕獲到了大獵物一般。

胡斐在酒樓上瞧得淸楚，他遲遲不出手救人，是要親眼看個分明，那鳳天南是否眞如這兩個商人所說那麼歹毒，以免誤信人言，冤枉無辜。初時他聽胖商人述說這件慘事，極其惱怒，後來聽說那鳳天南旣已平白無端的逼死了一條人命，還派惡犬追捕另一個孩子，覺得世上縱有狠惡之人，亦不該如此過份，反有些將信將疑，直到親見惡犬撲咬鍾氏母子，便更無懷疑，眼見慈母孝子血濺街頭，再遲得片刻，一雙母子不免死於當場，抓起桌上三雙筷子，勁透右臂，一枚枚的擲了下去。

但聽得汪汪汪、嗚嗚嗚連聲慘叫，六頭惡犬均遭筷子插入腦門，伏地而死，其餘惡犬呆在當地，不知該當繼續撲咬，還是轉身逃去。胡斐又拿起桌上的酒杯，飛擲下街，差不失寸，勁力透骨，每隻酒杯杯底都擊中一頭惡犬的鼻子。三頭大狗叫也沒叫一聲，便翻身而死。餘下幾條惡犬後腿夾住了尾巴，轉眼逃得不知去向。

帶狗的家丁共有六人，仗著鳳天南威勢，在佛山鎮上一向兇橫慣了的，眼見胡斐施展絕技殺狗，竟不知死活，一齊怒喝：「甚麼人到佛山鎮來撒野？打死了鳳老爺的狗，要你這小子償命。」各人身上都帶著單刀鐵鍊，紛紛取出，蜂擁著搶上樓來。

衆酒客見到這副陣仗，登時一陣大亂。那「英雄樓」是鳳天南的產業，掌櫃的、站堂的、送菜的、大廚二廚，見到鳳府家丁上樓拿人，各自抄起火叉、菜刀、鐵棒，都要相幫動手。胡斐瞧在眼裏，只微微冷笑。

六名家丁奔到身前，爲首一人鐵鍊嗆啷啷一抖，喝道：「臭小子，跟老爺走吧。」胡斐心想：「一個鄉紳的家丁，也敢拿鐵鍊鎖人，姓鳳的家裏，難道就是佛山鎮衙門？」他也不站起，反手一掌，正中那家丁左臉，手掌縮回時，順手在他前頸「紫宮」、後腦「風府」兩穴各點一指。那家丁便即呆呆站著，動彈不得。

其時第二、第三個家丁尚未瞧得明白，各挺單刀從左右襲上。胡斐見二人雙刀砍來時頗有勁力，顯是練過幾年武功，倒非尋常狐假虎威的惡奴可比，也正如此，更可想見那鳳天南的兇橫，當下一般施爲，啪啪兩記巴掌，打得那兩名家丁楞楞的站著。

餘下三名家丁瞧出勢頭不對，一個轉身欲走，另一個叫道：「鳳七爺，你來瞧瞧這是甚麼邪門。」那鳳七是鳳天南的遠房族弟，在這英雄酒樓當掌櫃，武功倒沒甚麼，爲人卻極機靈，這時已站在樓頭，瞧出胡斐武功了得，當即搶上兩步，抱拳說道：「原來今日英雄駕到，恕鳳某有眼不識泰山……」

胡斐見三名家丁慢慢向樓頭移步，想乘機溜走，當即從身邊站著不動的家丁手中取過鐵鍊，著地捲去，捲住三名家丁六隻腳，回勁扯動，但聽得「啊喲，啊喲」聲中，三人橫倒在地，跌成一堆，一齊給他拖將過來。胡斐拿起鐵鍊兩端，打了一個死結，對鳳七毫不理睬，自斟自飲。英雄樓衆伙計雖見胡斐出手厲害，但想好漢敵不過人多，各執傢伙，布成陣勢，只待鳳七爺一聲令下，便即擁上。

胡斐喝了一杯酒，問道：「鳳天南是你甚麼人？」鳳七笑道：「鳳老爺是在下的族兄，尊駕可認得他麼？」胡斐道：「不認得，你去叫他來見我。」鳳七心中有氣，暗道：「憑你這小子也請得動鳳老爺？便是你登門磕頭，也不知他老人家見不見呢？」臉上仍笑嘻嘻的道：「請教尊駕貴姓大名，好得通報。」

胡斐道：「我姓拔，殺鷄拔毛的拔。」鳳七暗自嘀咕：「怎麼有這個怪姓兒？」陪笑道：「原來是拔爺，物以稀爲貴，拔爺的姓氏，南方倒很少有。」胡斐道：「是啊，俗語道物以稀爲貴，掉句文便是『鳳毛麟角』，在下的名字便叫作『鳳毛』。」鳳七笑道：「高雅，高雅！」突然轉念：「不對，他這『拔鳳毛』三字，豈不是有意來尋晦氣，找岔子？」臉色一變，厲聲道：「尊駕到底是誰？到佛山鎭有何貴幹？」胡斐笑道：「早就聽說佛山鎮有幾隻惡鳳凰，我既名叫拔鳳毛，便得來拔幾根毛兒耍耍。」

鳳七退後三步，嗆啷一響，從腰間取出一條軟鞭，左手一擺，叫手下眾人小心，軟鞭勢挾勁風，向胡斐頭上猛擊下來。

胡斐盤算已定：「單憑鳳天南一人，也不能如此作惡多端。他手下的幫兇，個個死有餘辜。今日下手不必容情。」反手迴帶，抓住鞭頭，輕輕一扯。鳳七立足不住，向前衝來。胡斐左手在他肩頭一拍，鳳七不由自主的雙膝酸軟，跪倒在地。胡斐笑道：「不敢當！」順手將軟鞭往他身上一捲，已將他縛在一張八仙桌桌腳上。

酒樓眾伙計正要撲上動手，突見如此變故，嚇得一齊停步。

胡斐指著一個肥肥的廚子叫道：「喂，將菜刀拿來。」那肥廚子張大了嘴，不敢違拗，將手中握著的菜刀遞了過去。胡斐道：「炒裏脊用甚麼材料？」肥廚子道：「用豬背上脊骨兩旁的上好精肉。你是要吃糖醋、椒鹽、油炸，還是清炒？」胡斐伸手一扯，嗤的一響，將鳳七背上的衣服撕破，露出肥肥白白的背脊來，摸摸他脊樑，道：「是不是這裏下刀？」那肥廚子的大口張得更大，那敢回答？鳳七連連磕頭，叫道：「英雄饒命！」胡斐心想：「饒你性命可以，但不給你吃些苦頭，豈不是作惡沒有報應？」菜刀落下，在他脊骨旁劃了一條長長的傷口，問道：「半斤夠了麼？」

廚子獃頭獃腦的道：「一個人吃，已經夠啦！」鳳七嚇得魂飛天外，但覺背上劇痛，只道眞的已給他割了半斤裏脊肉去，只聽胡斐又問：「炒豬肝用甚麼作料？清蒸豬腦用甚麼作料？」鳳七心想：「炒裏脊那還罷了，這炒豬肝、蒸豬腦，可做不得！」拚命磕頭，把樓板磕得鼕鼕直響，叫道：「英雄有事便請吩咐，只求饒了小人一命。」

胡斐見嚇得他也夠了，喝道：「你還敢幫那鳳天南作惡麼？」鳳七忙道：「小人不敢。」胡斐道：「好，快趕走樓上與雅座的客人，大堂與樓下的客人，卻一個也不許走。」鳳七叫道：「伙計，快遵照這位好漢爺的吩咐。快！快！」

樓上衆酒客不是財主，便是商富，個個怕事，這時也不用人趕，早心急慌忙的走了。樓下大堂的客人都是窮漢，十個中倒有七八個吃過鳳七的虧，見有人上門尋事，說不出的痛快，都要留下來瞧瞧熱鬧。

胡斐叫道：「今日我請客，朋友們的酒飯錢，都算在我帳上，不許收客人一文錢。快抬酒罈子出來，做最好的菜餚敬客。快把街上九隻惡狗洗剝了，燒狗肉請大家吃。」他吩咐一句，鳳七答應一句。衆伙計行動稍遲，胡斐便揚起菜刀，問那肥廚子：「紅燒大腸用甚麼作料？炒腰花用甚麼作料？」那廚子據實回答，用的是大腸一副，腰子兩枚。只把鳳七驚得臉無人色，不住口的催促。

六名家丁見胡斐如此兇狠，不知他要如何對付自己，向胡斐偷瞧一眼，又互相對望一眼，心中焦急萬狀：「鳳老爺怎地還不過來救人？再遲片刻，這兇神便要來對付我們了。」

胡斐見衆伙計已照自己吩咐，一一辦理不誤，大步走到樓下，倒了一大碗酒，說道：「今日小弟請客，各位放量飲酒，想吃甚麼，便叫甚麼，酒樓上若有絲毫怠慢，回頭我一把火把它燒了。」衆酒客歡然吃喝，只在鳳家積威之下，誰也不敢接口，自也沒人敢叫菜要酒。

胡斐回到樓上，解開三名家丁穴道，將鐵鍊分別套在各人頸裏，連著另外三名家丁，將六人拉下樓來，問道：「鳳天南開的當舖在那裏？我要當六隻惡狗。」便有酒客指點途徑，說道：「向東再過三條橫街，那一堵高牆便是。」胡斐說聲：「多謝！」牽了六人便走。一羣瞧熱鬧的人遠遠跟著，要瞧當活人如何當法。

胡斐一手拉住六根鐵鍊，來到「英雄典當」之前，大聲喝道：「英雄當狗來啦！」牽了六名家丁，走到高高的櫃檯之前，說道：「朝奉，當六條惡狗，每條一千兩銀子。」坐櫃的朝奉大吃一驚，佛山鎮上人人知道，這「英雄典當」是鳳老爺所開，向來誰也不敢前來胡混，怎麼竟有個失心瘋的漢子來當人？凝神看時，認出那六個給他牽著的竟是鳳府家丁，這一來更加驚訝，說道：「你……你……你當甚麼？」

胡斐喝道：「你生不生耳朵？我當六條惡狗，每條一千兩，一共六千兩銀子。這筆生意便宜你啦。」那朝奉知他有意前來混鬧，悄聲向身旁的朝奉說了，命他快去呼喚護院武師來打發這瘋子，一面向胡斐客客氣氣的道：「典當的行規，活東西是不能當的，請尊駕原諒。」胡斐道：「好，活狗你們不收，那我便當死狗。」六名家丁大驚，齊聲叫道：「俞師爺，你快收下來，救命要緊。」

但典當的朝奉做事何等精明把細，豈肯隨隨便便的就送六千兩銀子出去，不住陪笑道：「你老請坐啊，用杯茶不用？」胡斐道：「先把活狗弄成死狗，再喝你的茶。」四下一瞧，心下已有了計較，兩步走到大門旁，抓住門緣向上一托，將一扇黑漆大門抬了下來。那俞朝奉見事情越加不對，叫道：「喂，喂，你這位客人幹甚麼啊？」胡斐不去理他，左一腿，右一腿，將六名家丁踢倒在地，橫轉門板，壓在六人身上。俞朝奉叫道：「唉，別胡鬧，你可知這是甚麼地方？這典當是誰的產業？」

胡斐心想：「瞧你這副尖酸刻薄的樣兒，佛山鎮上定有不少窮人吃過你苦頭。」走到櫃檯之前，夾手一把抓住他後領，從高高的櫃檯後面揪將出來，也壓在門板之下，接著走到門口，抱起門邊那隻又高又大的石鼓，砰的一聲，摔上了門板。

這石鼓何止五百斤重，這一摔上去，門板下七人齊聲慘呼，有的更痛得屎尿齊流。門外閒人與櫃檯內的眾朝奉也同聲驚叫。

胡斐又抱起另一隻石鼓，叫道：「惡狗還沒死，得再加個石鼓！」奮力將石鼓往空中抛去，眼看又要往門板上摔落，聽得衆人齊聲大叫，他雙手環抱，倏地將石鼓抱住，又壓上門板。這時門板上已壓了一千餘斤，雖由七人分擔，但人人已壓得筋骨欲斷。

俞朝奉大叫：「好漢爺饒命！快……快取銀子出來！」胡斐道：「甚麼？你還要我快取銀子出來？」俞朝奉身子瘦弱，早給壓得上氣不接下氣，忙道：「不……不……我是叫當裏取銀子出來……」

典當裏衆朝奉見情勢險惡，只得將一封封銀子捧了出來，一百兩一封，共是六十封，胡斐將銀子都堆在門板之上，說道：「六條惡狗當六千兩，還有一個朝奉呢？難道堂堂英雄典當的一位大朝奉，還不及一條惡犬嗎？至少得當三千兩。」這六千兩銀子，足足有三百七十餘斤，又壓在門板上，下面七人更加抵受不住。

正亂間，忽聽門外有人叫道：「那一個雜種吃了豹子膽，來鳳老爺的舖子混鬧？」人羣往兩旁一分，闖進來兩條漢子。兩人一般的高大魁偉，黑衣黑褲，密排白色鈕子，武師打扮。胡斐身形一晃，竄到兩人背後，一手一個，已抓住了兩人後頸。那兩人正是英雄典當的護院，閒著無事，正在賭場賭博，聽得當舖中有人混鬧，忙匆匆趕回，還沒瞧清楚對手的身形面目，已讓人抓住後頸，提了起來。

胡斐雙手一抖，一個身上落下七八張天九牌，另一個手中卻掉下兩粒骰子。胡斐笑道：「好啊，原來是兩個賭鬼！」將兩人頭對頭一撞，騰騰兩聲，將兩人摔上門板。這兩名護院武師武功雖然平平，身子的重量卻足斤加三。門板上又加了四百來斤，只壓得下面七人想呻吟一句也有聲無氣。

典當的大掌櫃只怕鬧出人命，忙命伙計又捧出三千兩銀子來，放在桌上，不住向胡斐打躬作揖，陪笑說好話，心下納悶：「怎地鳳老爺還不親來料理？」

胡斐在酒樓中命人烹狗，到典當中來當人，用意本是要激鳳天南出來。他自從少年時在商家堡鐵廳遇險之後，行事小心謹愼，心想這鳳天南旣號稱「南霸天」，家中的布置只怕比商家堡更爲厲害，常言道：「強龍不鬥地頭蛇。」倘若上門去與他爲難，只怕中了他毒計，是以先鬧酒樓，再鬧當舖，那知鳳天南始終不露面，倒也大出意料之外。他見又有三千兩銀子搬到，頭一擺，喝道：「都放在門板上。」衆伙計明知一放上去，又加上一百八九十斤，但不敢違拗，只得一包包輕輕的放了上去。

胡斐叫道：「你們這典當是皇帝老子開的麼？怎地做事這等橫法？」大掌櫃陪笑道：「不敢，不敢。好漢爺還有甚麼吩咐？」胡斐道：「當東西的沒當票麼？大淸朝沒王法了嗎？」那大掌櫃心想這六個家丁皮粗肉厚，壓一會兒還不怎樣，這俞朝奉只怕轉眼就要一命嗚呼，一疊連聲的叫道：「快寫當票。」

櫃面的朝奉不知如何落筆，見大掌櫃催得緊，只得提筆寫道：「今押到鳳府家丁六名，俞朝奉一名，皮破肉爛，手足殘缺，當足色紋銀九千兩正。年息二分，憑票取贖。

蟲蟻鼠咬，兵火損失，各安天命，不得爭論。半年爲期，不贖斷當。」天下當舖的規矩，就算你當的是全新完整之物，他也要寫上「殘缺破爛」的字樣，以免贖當時有所爭執。當舖當活人，那是從所未有之事，那朝奉寫得慣了，也給加上「皮破肉爛，手足殘缺」八字評語。

大掌櫃將當票恭恭敬敬遞了過去，胡斐一笑收下，提起兩名武師，喝道：「將石鼓取下來。」兩名武師兀自頭暈眼花，卻自知一人搬一個石鼓不夠力氣，當下二人合力，一個個的抬了下來。胡斐道：「好，咱們到賭場去逛逛。你兩條大漢，抬著本錢跟我來。」兩名武師給他治得服服貼貼，一前一後用門板抬了九千兩紋銀，跟在胡斐後面。

看熱鬧的閒人見他隻手空拳，鬥贏了佛山鎮上第一家大典當，無不興高采烈，但怕鳳老爺見怪，卻不敢走近和他說話，聽他說還要去大鬧賭場，更加人人精神百倍，跟在後面的人越來越多。

那賭場開設在佛山鎮頭一座破敗的廟宇裏，大門上寫著「英雄會館」四個大字。胡斐大踏步走進門去，見大殿上圍著黑壓壓一堆人，正在擲骰子押大小。

開寶的寶官濃眉大眼，穿著佛山鎮的名產膠綢衫褲，敞開胸膛，露出黑毿毿的兩叢長毛，見胡斐進來，後面跟著兩名武師，抬著一塊大門板，放著近百封銀子，心裏一怔，叫道：「蛇皮張，你做甚麼？」那姓張的武師努一努嘴，道：「這位好漢爺要來玩一手。」那寶官聽蛇皮張說得恭敬，素知鳳老爺交遊廣闊，眼前這人年紀雖輕，多半是他老人家的朋友，心想：「好哇，你抬了銀子給我們場裏送來啦。開飯店的不怕大肚漢，開賭場的豈怕財主爺？再抬了兩門板來也不嫌多。」咧嘴一笑，說道：「這位朋友貴姓？請坐，請坐。」

胡斐大剌剌的坐了下來，說道：「我姓拔，名字叫作鳳毛。」那寶官一楞，心道：「啊，你是存心來跟我們過不去了。」拿起骰盅搖了幾下，放下來合在桌上。四周數十名賭客紛紛下注，有的押「大」，有的押「小」。

胡斐有意要延挨時刻，等那鳳天南親自出來，好與他相鬥，當下笑嘻嘻的坐著觀看，並不下注。寶官揭開盅來，三枚骰子相加共十一點，買「大」的賭客紛紛歡呼，買小的垂頭喪氣。那寶官連開三次，都是「大」。

胡斐心想：「十賭九騙，這鳳天南既如此橫法，所開的賭場鬼花樣必多，待我查出弊端，大鬧他一場。」注目看那骰盅，又傾聽骰子落下的聲音，要查究骰中是否灌鉛，聽了片刻，覺得骰子倒無花巧。他練過暗器聽風術，耳音極精，縱在黑暗之中，若有暗器來襲，一聽聲音，立知暗器來勢方位，是何種類，手勁如何。如趙半山這等大行家，當日在商家堡中一聽到身後暗器射到，即料到對方是嵩山少林寺不疑大師的弟子，暗器聽風之術，一精至斯。胡斐的耳音較之趙半山尚有不及，但聽了一陣，已聽出三枚骰子向天的是甚麼點數。骰子共有六面，每面點數不同，一點的一面與六點的一面落下之時，聲音略有差別，雖所差微細之極，但在內力精深、暗器功夫極佳之人聽來，自能分辨。

胡斐又讓他開了幾盅，試得無誤，笑道：「寶官，限注麼？」那寶官大聲道：「廣東通省都知，南霸天的賭場決不限注，否則還能叫英雄會館麼？」胡斐微微一笑，伸出大拇指一翹，道：「是啊，倘若限注，豈不成了狗熊會館？」聽他骰子落定，乃是十六點，回頭叫道：「蛇皮張，押一千兩『大』。」

那寶官雖在賭場中混了數十年，但骰子到底開大開小，也要到揭盅才知，見他一押便一千兩，不由得一怔，揭開盅來，見三枚骰子兩枚六點，一枚四點，不由得臉都白了，由下手賠了一千兩。接下去搖骰時聲音錯落，胡斐聽不明白，袖手不下，開出來是個八點小。跟著他押了二千兩「小」，盅子揭起，果然是四點「小」。

如此只押得五六次，場中已賠了一萬一千兩。那寶官滿手是汗，舉起骰盅猛搖。胡斐聽得明白，盅中正是十四點，說道：「蛇皮張，把二萬兩都給押上『大』！」兩名武師將門板上的銀子一封封的儘往桌上送。寶官掀起骰盅一邊，眼角一張，已看到骰子共是十四點。他手腳也真利落，小指在盅邊輕輕一推，盅邊在骰子上一碰，一枚六點的骰子翻了一轉，十四點變成九點，那是「小」了。這一記手法，若不是數十年苦功，也真不能練成，比之於武功，可算得是厲害之極的絕招。

那寶官見他渾然不覺，心想這次勝定你了，得意洋洋的道：「大家下定注了？」胡斐左手將一大堆銀子往桌子中心一推，說道：「這裏是二萬兩銀子，是『小』你便盡數吃去。」寶官叫道：「好！好！吃了！」揭開寶盅，不禁張大了口合不攏來，只見三枚骰子共是一十二點。

衆賭客早已罷手不賭，望著桌上這數十封銀兩，無不驚心動魄，突見開出來的是「大」，不約而同的齊聲驚呼：「啊！」聲音中又驚奇，又艷羨。他們一生之中，從未見過如此大賭。

胡斐哈哈大笑，一隻腳提起來踏在凳上，叫道：「二萬兩銀子，快賠來！」

原來那寶官作弊之時，手腳雖快，卻又怎瞞得過胡斐的眼光？他雖瞧不出那寶官如何搗鬼，但料定三枚骰子定是給他從「大」換成了「小」，他左手推動銀兩之際，右手伸到桌底，隔著桌面在盅底輕輕一彈。三枚骰子本來一枚是三，一枚是一，一枚是五，合共九點。他這一彈力道恰到好處。三枚骰子一齊翻了個身，變成四點、六點、兩點，合成十二點「大」。

那寶官臉如土色，伸手在桌上一拍，喝道：「蛇皮張，這人是甚麼路數？到鳳老爺的場子來攪局？」蛇皮張哭喪著臉道：「我……我……也不知道啊。」胡斐道：「快賠，快賠，二萬兩銀子，老爺贏得夠了，收手不賭啦！」

那寶官在桌上砰的一擊，罵道：「契弟，你搞鬼出老千，當老子不知麼？」胡斐雖不明白他罵人的言語，料想決非好話，笑道：「好，你愛拍桌子，咱們賭拍桌子也成！」右手在桌子角上一拍，桌子角兒應手而落，跟著左手一拍，另一隻角又掉在地下。

這一手驚人武功顯了出來，這寶官那裏還敢兇橫？突然飛起右腳，要想將桌子踢翻，乘亂溜走。幾個地痞賭客跟著起轟：「搶銀子啊！」胡斐右手伸出，已將寶官踢出的右腳抓住，倒提起來，順手將他頭頂往桌面椿落，力道好重，桌面登時給他腦門撞破一洞，腦袋插到了桌面之下，肩膀以上的身子卻倒栽在桌上，手腳亂舞，蔚爲奇觀。

衆賭客齊聲驚叫，紛紛退開。突然大門中搶進一個青年，二十歲上下年紀，身穿藍綢長衫，右手搖著摺扇，叫道：「是那一個好朋友光降，小可未曾遠迎，要請恕罪啊！」胡斐見這人步履輕捷，臉上英氣勃勃，顯是武功不弱，不覺微微一怔。

那少年收攏摺扇，向胡斐一揖，說道：「尊兄貴姓大名？」胡斐見他彬彬有禮，便還了一揖，道：「沒請教閣下尊姓。」那少年道：「小弟姓鳳。」胡斐雙眉一豎，哈哈笑道：「如此說來，在下的姓名未免失敬了。我姓拔，名叫鳳毛。老兄與鳳天南怎生稱呼？」那少年道：「那是家父。家父聽說尊駕光臨，本該親來迎接，不巧恰有要務纏身，特命小弟前來屈駕，請到舍下喝杯水酒。」

他轉頭向英雄當舖的兩名護院喝道：「定是你們對拔爺無禮，惹得他老人家生氣，還不快賠罪？」那兩位護院喏喏連聲，一齊打躬請安，道：「小人有眼不識泰山。」胡斐微微冷笑，心想：「瞧你們鬧些甚麼玄虛。」

那寶官的腦袋揷在賭桌上，兀自雙腳亂舞，啊啊大叫。那少年抓住他背心，向上提起，然後將他倒過身來，那桌子卻仍連在他項頸之中，只是四隻桌腳向天，猶似頸中戴了一個大枷。那寶官雙手托住桌子，這情狀當眞十分滑稽，十分狼狽，向那少年道：「大爺，你來得正好，他……他……」眼望胡斐，卻不敢再說下去了。

胡斐道：「你不賭了，是不是？那也成，我贏的錢呢？英雄會館想賴帳麼？」那少年罵寶官道：「拔爺贏了多少銀子，快取出來！慢吞吞的幹甚麼？」說著抓住桌子兩角，雙手向外力分，喀的一響，桌面竟給他掰成了兩半。這一手功夫乾淨利落，賭場中各人一齊喝采。

那寶官有少主撐腰，膽子又大了起來，向胡斐惡狠狠的望了一眼，說道：「這人出老千。」那少年叱道：「胡說！人家是英雄好漢，怎會出老千？館裏銀子夠麼？要是不夠，快叫人往當舖取去。」胡斐不懂「出老千」三字是何意思，但想來多半是「欺騙作弊」之意，心想：「這少年武功不弱，行事也有擔當，我可不能絲毫大意了。」只聽那少年道：「拔爺的銀子，決不敢短了半文。這些市井小人目光如豆，從來沒見過眞好漢大英雄的氣概，拔爺不必理會。現下便請拔爺移玉舍下如何？」

他明知「拔鳳毛」三字決非眞名，乃是存心來向鳳家尋事生非，但還是拔爺前，拔爺後，絲毫不以爲意。胡斐道：「你們這裏鳳凰太多，不知大爺的尊號如何稱呼？」那少年似乎沒聽出他言語中意含譏諷，連說：「不敢，不敢。小弟名叫一鳴。」胡斐道：「在下賭得興起，還要在這裏玩幾個時辰，不如請你爸爸到這裏會面吧。」

那寶官聽他說還要賭，嚇得面如土色，忙道：「不，不……賠不起了……」

鳳一鳴臉一沉，叱道：「我們在說話，也有你插嘴的份兒？」轉頭向胡斐陪笑道：「家父對朋友從來不敢失禮，得知拔爺光臨佛山，歡喜得了不得，恨不得立時過來相見，只是恰好今日京中來了兩位御前侍衛，家父須得陪伴，確實分身不開。請拔爺包涵原諒。」胡斐冷笑一聲，道：「御前侍衛，果然好大的官兒。一鳴兄，小弟在江湖上有個外號，你想必知道。」鳳一鳴正自嘀咕：「不知此人眞姓名究是甚麼，若能摸淸他幾分底細，對付起來就容易得多了。」聽他提起外號，忙道：「小弟孤陋寡聞，請拔爺告知。」胡斐「哼」的一聲，道：「虧你也是武林中人，怎地連大名鼎鼎的『殺官毆吏拔鳳毛』也不知道？」鳳一鳴一怔，道：「取笑了。」

胡斐左手倏地伸出，抓住他衣襟，喝道：「咦，好大膽子！你怎敢將我的一塊鳳凰肉吃下了肚中。」鳳一鳴再也忍耐不住，右手虛出一掌，左手便來拿他手腕。胡斐手掌疾翻，當眞快如電火，叫人猝不及防，啪的一聲，鳳一鳴左頰已吃了一記巴掌。胡斐順手再將他右手拿住，喝道：「還我的鳳凰肉來。」

鳳一鳴家學淵源，武功頗爲了得，只覺自己右掌宛似落入了一雙鐵鉗之中，筋骨都欲碎裂，忙飛起右足，向胡斐小腹上踢去。胡斐提起腳來，從空高高踏落，正好踏住了他的足背。鳳一鳴腳上又如爲鐵錘一擊，忍不住「啊」的一聲大叫。胡斐左手反手擊出，鳳一鳴右頰早著，這兩下勁力十足，他雙頰就如豬肝般又紅又腫。

胡斐大聲叫道：「各位好朋友聽著，我千里迢迢的從北方來到佛山，向這裏的鍾阿四鍾老兄買到一塊鳳凰肉，卻讓這廝一口偷吃了。你們說該打不該打？」賭場中衆人面面相覷，不敢說話，都知他是在爲給冤屈逼死的鍾小三伸冤。

鳳一鳴給他踏住一足，握住一手，已全身沒法動彈。

人叢中轉出一個老者，手中拿著一根短煙袋，正是英雄當舖的大掌櫃。他給胡斐逼去了九千兩銀子，那裏便肯罷休？一面命人急報鳳天南，自己悄悄跟到英雄會館來瞧他動靜，這時見小主人被擒，忙上前陪笑道：「好漢爺，這是我們鳳老爺的獨生愛子，鳳老爺當他猶如性命一般。好漢爺要銀子使用，儘管吩咐，可請快放了我們少主人。」胡斐道：「誰叫他偷吃了我的鳳凰肉？是鳳老爺的獨生愛子，便能偷吃人家東西麼？」

大掌櫃笑道：「好漢爺取笑了。天下那有甚麼鳳凰肉？便算有，我們小主人也決不會偷吃。」胡斐喝道：「這鳳凰肉乃大補之劑，眞是無價之寶，一吃下肚，立時滿面通紅，肥胖起來。你們大家看，他的臉是否比平時紅了胖了？還說沒偷吃我鳳凰肉麼？」大掌櫃陪笑道：「這是好漢爺下手打腫的，不與鳳凰肉相干。」胡斐道：「大家來評個理，這小子可偷吃了我的鳳凰肉麼？」

在賭場中胡混之人，一小半是鳳天南的手下，另一半不是地痞流氓，便是破落戶子弟，人人畏懼鳳天南的威勢，聽胡斐如此詢問，七嘴八舌的說道：「沒見到你有甚麼鳳凰肉。」「鳳大爺決不能偷你東西吃。」「鳳老爺府上的東西還怕少了麼？怎能偷人東西？」「笑話，笑話！」「好漢快放了他，別鬧出大事來。」

胡斐道：「好，你們大家說他沒偷吃，我難道賴了他？咱們到北帝廟判個理去。」

衆人一怔，立時想起鍾四嫂在北帝廟中刀剖兒腹之事。那大掌櫃暗暗吃驚，心想：「一到北帝廟，可要鬧得不可收拾了。」不住向胡斐打躬作揖，道：「好漢爺說得對，我們都錯了。少主人吃了好漢的鳳凰肉，好漢要怎麼賠，便怎樣賠就是。」胡斐冷笑道：「你倒說得容易。這裏人人不服，不到北帝廟評個明白，我今後還有臉見人麼？」說著將鳳一鳴挾在腋下，銀子也不要了，走出賭場，向途人問了路，逕往北帝廟而去。

那北帝廟建構宏偉，好大一座神祠，進門院子中一個大水塘，塘邊石龜石蛇，昂然盤踞。佛山當地人氏都稱之爲「祖廟」。

胡斐拉著鳳一鳴來到大殿，只見神像前石板上血跡殷然，想起鍾四嫂被逼切剖兒腹的慘事，胸間熱血上衝，將鳳一鳴往地下一推，抬頭向著北帝神像，朗聲說道：「北帝爺，北帝爺，你威靈顯赫，給小民有冤伸冤，有仇報仇。這賊廝鳥偷吃了我的鳳凰肉，但旁人都說他沒吃……」

他話未說完，猛覺背後風聲颯然，左右有人雙雙來襲。他低頭縮身，那二人已然撲空。他雙手分別在二人背上一推，砰的一聲，二人臉對臉互相猛地碰撞，登時暈去。只聽得一人高聲怒吼，又撲了上來。

胡斐聽他腳步沉重，來勢威猛，心想：「這人功夫倒挺不錯。」一側身間，乘勢掠帶，刀光閃動，一條肥水牯似的粗壯大漢已在身旁掠過，揮刀逕向鳳一鳴頭頂砍落。總算他武功不低，危急之際手臂疾偏，鋼刀砍上地下青磚，磚屑紛飛。胡斐叫道：「妙極！」左足伸出，已踏住他手肘。

那大漢狂吼一聲，放手撒刀。胡斐右足一挑，單刀飛起，順手接過，笑道：「我正愁沒刀剖他肚子，你巴巴的趕來送刀，當眞有勞了。」

那大漢怒極，使力掙扎。胡斐左腿一鬆，讓他翻身躍起，這大漢蠻力過人。他右足力撐，雙手十指如鉤，在空中逕向胡斐撲到。胡斐轉過身來，繞到他身後，左手搭在他肥臀之上，借力送出，喝道：「上天吧！」這一送有八成倒是借了他本身縱躍之勢。那大漢身不由主，向上疾飛，旁觀衆人大叫聲中，眼見要穿破廟頂而出。他忙伸出雙手，抱住了大殿正中的橫樑，總算沒撞破腦門，但就這麼掛在半空，向下望去，離地著實不近。他沒練過輕功，身子又重，外家硬功雖然不弱，卻不敢躍下。這大漢在五虎門中位居第三，外號「嶺南飛虎」，乃鳳天南的得力助手，佛山鎮上人人懼怕，這時掛在樑上，上不得，下不來，甚爲狼狽，算得上是半隻飛虎。

胡斐拉住鳳一鳴衣襟，向上一扯，嗤的一響，露出肚腹肌膚，橫過刀鋒，向擠在殿上的衆人叫道：「他是不是吃了鳳凰肉，大家睜大眼睛瞧個明白，別說我冤枉了好人。」

旁邊四五個鄉紳模樣的人一齊來勸，都道：「好漢爺高抬貴手，倘若剖了肚子，人死不能復生，那可不得了。」胡斐心想：「這些人鬼鬼祟祟，定與鳳天南一鼻孔出氣。」回頭怒喝：「那鍾四嫂剖孩子肚子，你們何以便不勸了？有錢子弟的性命値錢，窮人的孩子便不是性命？你們快回家去，每人把自己兒子送一個來，若不送到，我自己上門找尋。我的鳳凰肉若不是他吃的，便是你們兒子吃了，我一個個剖開肚子來，查個明白。」這幾句話只把那幾個鄉紳嚇得魂不附體，再也不敢開口。

正亂間，廟門外一陣喧嘩，搶進一羣人來。當先一人身材高大，穿一件古銅色緞袍，雙手一分，大殿上已有七八人向兩旁跌出數尺。

胡斐見了他這等氣派威勢，又如此橫法，心想：「啊哈，正點子終於到了。」眼光從他頭上瞧到腳下，又從腳下看到頭上。只見他上唇留著兩撇花白小髭，約莫五十來歲年紀，右腕戴一隻漢玉鐲，左手拿著個翡翠鼻煙壺，儼然是個養尊處優的大鄉紳模樣，實不似個坐地分贓的武林惡霸，只腳步凝穩，雙目有威，多半武功高強。

這人正是五虎門掌門人南霸天鳳天南，他陪著京裏來的兩名侍衛在府內飲宴，聽得下人一連串來報，有人混鬧酒樓、當鋪、賭場。他不願在御前侍衛跟前失了氣派，一直置之不理，心想這些小事，手下人定能打發，直聽到兒子遭擒，給拿到北帝廟中要開膛剖肚，這才匆匆趕來。他還道是極厲害的對頭來到尋仇，那知一看胡斐，竟是個素不相識的鄉下少年，當下更不打話，俯身便要扶起兒子。

胡斐心想：「這老傢伙好狂，竟將我視如無物。」待他彎腰俯身，揮掌便往他腰間拍落。鳳天南竟不回身，左手迴掌，想將他手掌格開。胡斐掌力加重，啪的一聲，雙掌相交，鳳天南身子一晃，險些跌在兒子身上，才知這鄉下少年原來是個硬手。心下微驚，顧不得去扶兒子，右手橫拳，猛擊胡斐腰眼。

胡斐見他變招迅捷，拳來如風，果是名家身手，揮刀往他拳頭上疾砍下去。這一刀雖然兇猛，鳳天南也只須一縮手便能避過，但鳳一鳴橫臥在地，他縮手不打緊，兒子卻要受了這一刀。當此危急之際，他應變倒也奇速，扯落神壇前的桌披，倒捲上來，格開了這一刀。胡斐叫道：「好！」心想：「此人會隨機應變，武功不低。」左手伸出，已抓住桌披一端。兩人同時向外拉扯，啪的一響，桌披從中斷爲兩截。

此時鳳天南那裏還有半點小覷之心？向後躍開半丈，早有弟子將他的兵刃黃金棍送在手中。這金棍長達七尺，徑一寸有半，通體鋼鐵鑄成，外鍍黃金，金光燦然，算得是武林中第一豪闊富麗的沉重兵器。他將金棍一抖，指著胡斐說道：「閣下是那一位老師門下？鳳某甚麼地方得罪了閣下，卻要請教。」

胡斐道：「我一塊鳳凰肉給你兒子偷吃了，非剖開他肚子瞧個明白不可。」

鳳天南憑一條鍍金鐵棍打遍嶺南無敵手，這才手創五虎門，在佛山鎮定居。武家所用之棍，以齊眉最爲尋常，依身材伸縮，短者五尺不足，長者六尺有餘，鳳天南這條棍卻長達七尺，仗著他膂力過人，使開來兩丈之內一團黃光，端的厲害非常。

他聽了胡斐之言，金棍起處，手腕抖了兩抖，棍端將神壇上兩點燭火點熄了，叫道：「在下素來愛交朋友，跟尊駕素不相識，何苦爲一個窮家小子傷了江湖義氣？」他見胡斐武功了得，估計不賣他個面子，不能善罷，轉頭吩咐當舖的掌櫃，去佛山鎮巡檢衙門向巡檢頭兒討情，將鍾阿四先放了出來，向胡斐道：「衝著尊駕的面子，那個鍾阿四，在下已命人去放了出來，交於尊駕。他兒子死了，可不是我殺的，我再賠他五百兩銀子，作爲賠禮，尊駕以爲如何？」

這金棍雖是純鋼鍍金，仍極沉重，他一抖棍花而打滅燭火，妙在不碰損半點蠟燭，燭台毫不搖晃，手法之準，可說是罕見功夫。他言語中軟裏帶硬，要胡斐不必多管閒事，同時允賠鍾阿四銀子，已給足了胡斐面子。胡斐笑道：「是啊，你的話再對也沒有，你只須割一塊鳳凰肉賠我，我立即拍拍灰塵走路，你看可好？」鳳天南臉一沉，喝道：「既是如此，咱們兵刃上分高下便了。」說著提棍躍向院子。

胡斐提起鳳一鳴，往地下重重摔落，將單刀插在他身旁，喝道：「你如逃走，便剖你老子的肚皮作抵！」空手走出，大聲道：「老爺行不改姓，坐不改名，大名鼎鼎『殺官毆吏拔鳳毛』便是。鳳毛拔不到，臭鷄臭鴨的屁股毛拔幾根也是好的。大家瞧淸楚了。」一言甫畢，左手探出，逕來抓對方棍頭。

鳳天南知他武功厲害，心想你自己托大，不用兵刃，那可怪不得我，見他出手便奪兵刃，竟對自己藐視已極，棍尾抖起，一招「驅雲掃月」，向他頭頸橫掃過來。這一招雖以橫掃爲主，但後著中有點有打，有纏有挑，所謂「單頭雙頭纏頭，頭頭是道；正面側面背面，面面皆靈」，的是極上乘的棍法。胡斐身隨棍轉，還了一掌。

衆人凝神屏息，注視二人激鬥。鳳天南手下人數雖衆，但不得他示意，誰也不敢插手相助，何況二人縱躍如風，旁人武功遠遠不及，便要相助，也無從著手。

二人惡鬥正酣，廟門中闖進兩個人來。當先一個婦人亂髮披身，滿身血污，正是鍾四嫂。她一路磕頭，一路爬著進來，身後跟著是她兒子鍾小二。鍾四嫂跪在地下，不住向鳳天南磕頭，哈哈大笑，叫道：「鳳老爺你大仁大義，北帝爺爺保佑你多福多壽，保佑你金玉滿堂，四季發財。我小三子在閻王爺面前已告了你一狀，閻王爺說你大富大貴，後福無窮哪。」她瘋瘋顛顛的不往跪拜，又哭又笑。

鳳天南與胡斐拆了十餘招，早已全落下風。金棍揮成的圈子越縮越小，見鍾四嫂似瘋非瘋的向著自己跪拜，更加心神不寧，情知再鬥下去定將一敗不可收拾，當下勁貫雙臂，使一招「揚眉吐氣」，往胡斐下顎挑去。胡斐卻不閃不縮，伸手竟來硬奪他金棍。鳳天南又驚又喜，心想：「你這隻手爪子就算是鐵鑄的，也打折了你。」內力送臂，臂運手腕，急挑之力更大。胡斐手掌與棍頭一搭著，輕輕向後一縮，已將他挑力卸去，手指彎過，抓住棍頭。總算鳳天南在這條棍上已下了三十餘年苦功，忙使一招「上滑下劫」，跟著一招「翻天徹地」，以極剛猛的外勁硬奪回去。

胡斐叫道：「拔臭鷄毛了！」雙手自外向內圈轉，卻來捏他咽喉，也不知他如何移動身形，竟在這一抓一奪之際，順勢攻進了門戶。鳳天南的金棍反在外檔，已然打他不著。鳳天南大駭之下，急忙低頭，同時伸出手護頸。胡斐左手在他天靈蓋上輕輕一拍，除下他帽子，右手已抓住他辮子尾端，叫道：「這一掌暫不殺你！」左手已然抓住辮根，雙手向外一分，蹦的一聲，一條辮子斷成了兩截。鳳天南嚇得面如土色，急忙躍開。胡斐右手揚處，鳳天南帽子飛出，剛好套在石蛇頭上。胡斐踏上兩步，一掌擊在石龜昂起的頭頂，蹦的一響，水花四濺，石龜之頭齊頸而斷，落入水塘。胡斐哈哈一笑，將鳳天南那條長辮繞在石龜頸中，雙手彈一彈身上灰塵，笑道：「還打麼？」

旁觀眾人見他顯了這手功夫，人人臉上變色。鳳天南知他適才這一掌確是手下留情，否則以掌擊石龜之力擊在自己頭頂，那裏還有命在？但斷辮繞龜，飛帽戴蛇，如此的奇恥大辱如何忍耐得了？舞動金棍，一招「青龍捲尾」，猛掃而至。這時他已然性命相拚，再非以掌門人身分跟人比武過招。

胡斐心想：「此人平素橫得可以，今日若不掃盡他顏面，佛山一鎮之人冤氣難出。」見他金棍上威力雖增，棍法卻已不如適才靈動，空手拆了幾招，見他使一招「鐵牛耕地」，著地捲到，當下看準棍端，右足一腳踹落，棍頭著地，給他踏在腳下。鳳天南忙運勁後奪，胡斐出腳奇快，剛覺右腳下有些鬆動，左足已踏在棍腰，猛力住下一蹬。鳳天南再也拿揑不住，雙手一鬆，棍尾正好打中他右足足背，兩根小骨登時斷折。

這一下痛得他臉如金紙，但他咬緊牙關，一聲不哼，雙手反在背後，朗聲說道：「我學藝不精，無話可說。你要殺要剮，悉聽尊便。」鍾四嫂還是不住向他磕頭，哭叫：「多謝鳳老爺成全了我家小三子，他眞是偷吃了你家的鵝麼？」

這時一個衣衫破爛的鄉下漢子一跛一拐的走進廟來，正是剛從巡檢衙門中放出來的鍾阿四。他過去扶起妻子，鐵靑著臉，怒目瞪視鳳天南，一聲不作。

胡斐見鳳天南敗得如此狼狽，實不想再折辱於他。但見到鍾四嫂發瘋的慘狀，神壇前石板上的血跡，心想這南霸天除了此事之外，這許多年來定是更有不少惡行，旣撞在我手裏，豈能輕饒？大踏步過去一把將鳳一鳴提起，拔起插在地下單刀，轉頭向鳳天南道：「鳳老爺，我跟你無冤無仇，可是令郞偷吃了我的鳳凰肉，實在太不講理。這裏佛山鎭的人都護著你，我冤屈難明，只好剖開令郞肚子，讓列位瞧瞧。」說著單刀刀頭在鳳一鳴肚子上輕輕一拖，雪白的肌膚上登時現出一條血痕。

鳳天南雖作惡多端，卻頗有江湖漢子氣概，敗在胡斐手下之後，仍十分剛硬，不失掌門人身分，但眼見獨生愛子即要爲他開膛剖腹，叫道：「且慢！」從身旁手下人手中，搶過一柄單刀，見胡斐年紀甚輕，臉上尚有稚氣，心想：「這等乳臭未乾之人，不能力敵，當可智取。」

胡斐笑道：「你還不服氣，要待再打一場？」鳳天南慘然道：「一身做事一身當，鳳某行事不當，惹得尊駕打這個抱不平，這跟小兒可不相干。鳳某不敢再活，但求饒了小兒性命。」說著橫過單刀，假意便往頸中刎去。忽聽得屋樑上一人大叫：「鳳大哥，使不得！」原來那「嶺南飛虎」兀自雙手抱住橫樑，飛身半空。

鳳天南臉露苦笑，揮刀迴砍。衆人大驚之下，誰也不敢阻攔，眼見他單刀橫頸，立時要血濺當場、屍橫祖廟。忽聽得嗤嗤聲響，一件暗器從殿門外自高而下的飛射過來，錚的一聲，在單刀上一碰。鳳天南手一盪，單刀立時歪了，但還是在左肩上劃了一道口子，鮮血迸流。

這一下倒大出鳳天南意料之外，不禁一怔。胡斐定睛看去，只見射下的暗器是一枚女子手上所戴的指環。鳳天南膂力甚強，這小小一枚首飾，居然能將他手中單刀盪開，那投擲指環之人的武功，只怕不在自己之下。他心中驚詫，縱身搶到天井，躍上屋頂，但見西南角上人影一閃，倏忽間失了蹤跡。胡斐疾向西南角搶去，暮色蒼茫之中，四顧悄然，竟沒人影。他心中嘀咕：「這背影小巧苗條，似是女子模樣，難道世間女子之中，竟有這等高手？」

他生怕鳳天南父子逃走，不敢在屋頂久耽，隨即轉身回殿，只見鳳天南父子摟抱在一起，鳳天南臉上老淚縱橫。

胡斐見了這副情景，倒起了饒恕他父子之意，只一時不知如何發落，若要殺了二人，委實不忍下手，但如給他父子倆這麼一哭，便即饒恕，又未免太便宜了他們。正自躊躇，鍾阿四突然走上前來，向胡斐道：「好漢爺救了小人的妻兒，又給小人一家明冤雪恨，大恩大德，小人粉身難報。」說著撲翻在地，鼕鼕鼕鼕，磕了幾個響頭。胡斐連忙扶起。

鍾阿四轉過身來，臉色鐵青，望著鳳天南道：「鳳老爺，今日在北帝爺爺神前，你憑良心說一句，我家小三子有沒偷你的鵝吃？」鳳天南爲胡斐的威勢所懾，低頭道：「沒有。是……是我弄錯了。」鍾阿四又道：「鳳老爺，你再憑良心說，你叫官府打我關我，逼死我兒子，全是爲了要佔我的菜園，是不是？」

鳳天南向他臉上望了一眼，只見這個平時忠厚老實的菜農，咬緊牙關，目噴怒火，神情可怕，不由得低下了頭，不敢回答。鍾阿四道：「你快說，是也不是？」鳳天南抬起頭來，道：「不錯，我是要出價買你菜園，你說甚麼也不賣，殺人償命，你殺我便了。」

胡斐轉過身來，對鳳天南道：「鳳老爺，你在這佛山鎮上，狠得也夠了。鍾小三雖不是你殺的，卻是你逼死的。我也不要你償命，就照你的意思，你拿五百兩銀子出來，向鍾老四大哥賠罪……」鳳天南喜出望外，忙道：「該當的，該當的。鍾四哥，是我不對，冤枉了你家小三，我即刻賠銀子，你的菜園子我永遠不買了。」

胡斐轉念又想：「我這一走，他再爲非作歹，無人制他。他如又再來欺侮鍾阿四，誰也奈何他不得。」朗聲道：「鳳老爺，我限你三天之內，從此退出佛山鎮，連同你的蝦兵蟹將，誰也不許回來。甚麼英雄當鋪、英雄酒樓、英雄會館，全數收檔，那一個回來再幹惡事，我見一個，殺一個，第一個先殺你兒子……」鳳天南道：「好，就是這句話，三天之內，我姓鳳的退出佛山鎮，終身不再回來。閣下尊姓大名，我交了你這個朋友！」心想暫且不妨使個緩兵之計，挨得過眼前危機，再作計較。

忽聽廟門外一人高聲叫道：「自稱拔鳳毛的小賊，你敢不敢出來鬥三百回合？你在北帝廟中縮頭縮頸，幹麼不敢出來啊？」

這幾句話極是響亮，大殿上人人愕然，聽那聲音粗魯重濁，滿是無賴地痞的口氣。胡斐一怔之下，搶出廟門，只見前面三騎馬向西急馳，馬上一人回頭叫道：「縮頭烏龜，料你也不敢跟老子動手。」胡斐大怒，見廟門旁一株大紅棉樹下繫著兩匹馬，縱身過去躍上馬背，拉斷韁繩，雙腿一夾，催動坐騎，向那三人急追下去。

遠遠望見三乘馬向西沿著河岸急奔，瞧那三人坐在馬背上的姿式，手腳笨拙，騎術更劣，不知是否有意做作，但胯下所乘卻是良馬，胡斐趕出里許，始終沒能追上。聽那三人不時高聲叫罵，肆無忌憚，對自己毫不畏懼，實似背後有極厲害之人撐腰，他焦躁起來，俯身在地下抓起幾塊石子，手腕抖處，五六塊石子飛了出去，只聽得「啊喲」「媽呀」之聲不絕，三個漢子分別給打中了，一一摔下馬來。兩個人一跌下來，爬在地下大叫。第三人卻左足套在馬鐙之中，給馬匹拖著直奔，霎時之間已轉入柳蔭深處。

胡斐跳下馬來，見那二人按住腰臀，哼哼唧唧的叫痛。胡斐在一人身上踢了一腳，喝道：「你說要和我鬥三百回合，怎不起身來鬥？」那人爬起身來，說道：「欠了賭債不還，還這麼橫！總有一日鳳老爺親自收拾你。」胡斐一怔，問道：「誰欠了賭債不還？」

另一人猛地裏跳起，迎面出拳往胡斐擊去。這一拳雖有幾斤蠻力，但出拳不成章法，顯是全無武功。胡斐微微一笑，揮手輕帶。那人一拳打偏，砰的一聲，正好打中同伴的鼻子，登時鼻血長流。出拳之人嚇了一跳，撫著拳頭發呆。受擊之人大怒，喝道：「狗娘養的，打起老子來啦！」飛起一腿，踢在他腰裏。那人回手相毆，砰砰蓬蓬，登時打得十分熱鬧，不再理會胡斐。

胡斐見這二人確實不會武功，居然敢向自己叫陣，其中大有蹊蹺，雙手分別抓住兩人頭頸，往後一扯，將兩人分開。但兩人打得眼紅了，不住口的污言穢語互相辱罵，一個罵對方專偷人家蘿蔔，另一個說對方是佛山的偷鷄好手，看來兩人都是市井無賴，心中越加起疑，大聲喝道：「誰叫你們來罵我的？」說著雙手合攏，砰的一下，將兩人額角對額角的一撞，登時變了兩條怒目相向的獨角龍。

那偷鷄賊膽子甚小，一吃到苦頭，連叫：「爺爺，公公，我是你老人家的灰孫子。」

胡斐喝道：「呸，我有你這等賤孫子？快說。」那偷鷄賊道：「英雄會館開寶的鄺寶官說，你欠了會館裏的賭債不還，教我們三個引你出來打一頓。他給了我們每人五錢銀子，這坐騎也是他借的。你賭債還不還，不關我事……」

胡斐聽到這處，「啊」的一聲大叫，心道：「糟啦，糟啦！我恁地胡塗，竟中了敵人調虎離山之計。」雙手往外一送，將兩名無賴雙雙跌了個狗吃屎，飛身上馬，急往來路馳回，心想：「鳳天南父子定然躲了起來，偌大一座佛山鎮，我卻往那裏找去？好在他搜刮霸佔的產業甚多，我一處處的鬧將過去，攪他個天翻地覆，瞧他躲得到幾時？」

不多時已回到北帝廟前，廟外本有許多人圍著瞧熱鬧，這時已走得乾乾淨淨，連孩子也沒留下一個。胡斐心想：「那鳳天南果真走了。」翻身下馬，大踏步走向廟中，一步跨進大殿，不由得倒抽一口涼氣，胸口呼吸登時凝住，只嚇得身子搖搖擺擺，險些要坐倒在地。

北帝廟大殿上滿地鮮血，血泊中三具屍身，正是鍾阿四、鍾四嫂、鍾小二三人。鍾阿四腦漿迸裂，顯是給鳳天南用金棍打碎了頭顱。鍾四嫂與鍾小二兩人身上都是亂刀砍斬的傷口，血肉模糊，慘不忍睹。

胡斐呆了半晌，一股熱血從胸間直衝上來，禁不住伏在大殿地下，放聲大哭，叫道：「鍾四哥，四嫂，鍾家兄弟，我胡斐無能，竟害了你們性命。」見三人雖死，眼睛不閉，臉上充滿憤怒之色。他站起身來，指著北帝神像說道：「北帝爺爺，今日要你作個見證，我胡斐若不殺鳳天南父子給鍾家滿門報仇，我回來在你座前自刎。」

他定神一想，到廟門外牽進馬匹，將三具屍身都放上馬背，心中悔恨不已：「我年幼無知，不明江湖上的鬼蜮伎倆，卻來出頭打抱不平，枉自又害了三條人命。那姓鳳的家中便布滿了刀山油鍋，今日也要闖進去殺他個落花流水。」牽了馬匹，往大街而來。

但見家家店舖都關上了大門，街上靜悄悄的竟沒一個人影，但聽得馬蹄得得，在石板路上一路響將過去。

胡斐來到英雄當舖和英雄酒樓，逐一踢開大門，裏面均寂然無人，似乎霎時之間，佛山鎮上數萬人忽地盡數消失，只當舖與酒樓各處堆滿柴草，不知是何用意。再去賭場，也一個人也不見，成萬兩銀子卻兀自放在門板之上，竟無人敢動。

胡斐隨手取了幾百兩放入包袱，暗自驚訝：「這鳳天南定然擺下鬼計，對付於我，彼衆我寡，莫要再上他當。」他步步留神，沿街走去，轉了幾個彎，只見一座白牆黑瓦的大宅第，門上懸著一面大匾，寫著「南海鳳第」四個大字。那宅第一連五進，氣象宏偉。大門、中門一扇扇都門板大開，宅中空空蕩蕩的似乎也沒一人。

胡斐心道：「就算你機關萬千，我一把火燒了你的龜洞，瞧你出不出來。」正要去覓柴草放火，忽見屋子後進和兩側都有煙火冒將上來，一怔之間，已明其理：「這鳳天南好厲害的手段，竟捨卻家業不要，自己一把火燒個乾淨。如此看來，他定要高飛遠走。若不急速追趕，只怕給他躲得無影無蹤。」

將馬匹牽到鳳宅旁鍾家菜園，找了柄鋤頭，將鍾阿四夫婦父子三人葬了。只見菜園中蘿蔔白菜長得肥美，菜畦旁丟著一頂小孩帽子，一個粗陶娃娃。胡斐越看越傷心惱怒，伏地拜了幾拜，暗暗祝禱：「鍾家兄嫂，你若在天有靈，務須助我，不能讓那兇手走脫了。」

忽聽得街上腳步聲響，數十人齊聲吶喊：「捉拿殺人放火的兇手！」「莫走了無法無天的江洋大盜！」「那小強盜便在這裏。」

胡斐繞到一株大樹之後，向外張去，只見二三十名差役兵丁，手執弓箭刀槍、鐵尺鐵鍊，在鳳宅外虛張聲勢的叫喊。他凝神看時，人羣中並無鳳家父子在內，心道：「這鳳天南驚動官府，明知拿我不住，卻要擋我一陣。」縱身上馬，向荒僻處疾馳出去。

出得鎮來，回頭望時，只見鳳宅的火燄越竄越高，同時當舖、酒樓、賭場各處也均冒上火頭。看來鳳天南決意將佛山鎮上的基業盡數毀卻，那是永遠不再回頭了。胡斐心中惱恨，卻也不禁佩服這人陰鷙狠辣，果斷勇決，竟不惜將十來年的經營付之一炬，心想：「此人這般工於心計，定有藏身避禍的妙策，該當到何處找他才是？」立馬佛山鎮外，一時自責自悔，徬徨不定，自覺若論計謀籌策，自己與鳳天南差得甚遠，萬萬不及。

遠遠聽得人聲嘈雜，救火水龍在石板路上隆隆奔馳。胡斐心想：「適才追那三個無賴，來去不到半個時辰。這鳳天南家大業大，豈能在片刻之間料理清楚？他今晚若不親自回來分斷，定有心腹親信去他藏身的所在請示。我只守住路口便了。」

料想白日定然無人露面，便在僻靜處找了株大樹，爬上樹去閉目養神，想到鍾家四口受害的慘狀，悲憤難平，心中翻覆起誓：「若不殺那鳳賊全家，我胡斐枉自生於天地之間。」又想：「世事變化百端，實在難辨得緊。我只是個一勇之夫，單憑武功，豈能事事順利？」等到暮色蒼茫，他走到大路旁，伏在長草中守候，睜大眼四下觀望，幾個時辰過去，竟沒半點動靜，直到天色大明，除賣菜挑糞的鄉農外，沒人進出佛山。

正感氣沮，忽聽馬蹄聲響，兩乘快馬從鎮上奔出，馬上乘客穿著武官服色，是京中侍衛打扮。胡斐心中一動，記起鳳一鳴曾道，他父親因要陪伴御前侍衛，不能分身來見，這兩名侍衛定與鳳天南有干連。心念甫起，兩騎馬已掠過他伏身之所，當即撿起一塊小石，伸指彈出，波的一聲輕響，一匹馬的後腿早著。石子正好打中那馬後腿的關節，那馬奔跑正速，突然後腿一曲，向後坐倒，那腿登時斷折。

馬上乘客騎術甚精，這一下變故突起，他提身躍起，輕輕落在道旁，見馬匹斷了後腿，連聲哀鳴，不由得皺起眉頭，叫道：「糟糕，糟糕。」

胡斐離著他有七八丈遠，見另一名侍衛勒馬回頭，問道：「怎麼啦？」那侍衛道：

「這畜牲忽然失蹄，折斷了腿，只怕不中用啦。」胡斐聽了他說話的聲音，猛然想起這個侍衛，數年前在商家堡中曾經見過。

另一名侍衛道：「咱們回佛山去，另要一頭牲口。」那坐騎斷腿的侍衛正是當年和徐錚打過一架的何思豪，說道：「鳳天南走得不知去向，佛山鎮上亂成一團，沒人理事，還是去向南海縣要馬吧。」拔出短劍，在馬腦袋中一劍插進，免得那馬多受痛苦。

那侍衛道：「咱們合騎一匹馬吧，慢慢到南海縣去。何大哥，你說鳳天南當眞不回佛山了？」何思豪道：「他毀家避禍，怎能回去？」那侍衛道：「這次南來，不但白辛苦一趟，還害死了你一匹好馬。」何思豪跨上馬背，說道：「也不一定是白辛苦。福大帥府裏的天下掌門人大會，是何等盛事，鳳天南是五虎門掌門，未必不到。」說著伸手在馬臀上一拍。那馬背上乘了兩人，不能快跑，只邁步緩行。

胡斐聽了「福大帥府裏的天下掌門人大會」這幾字，心裏一喜：「天下掌門人聚會，那可熱鬧得緊哪。鳳天南便算不去，他落腳何方，多少也能在會中打聽到些訊息。但不知那福大帥邀聚各派掌門人，卻爲了何事？」

飛狐外傳. 1,鐵廳烈火 / 金庸作. -- 二版. -- 臺北市：
遠流, 2019.04
面； 公分. -- (大字版金庸作品集; 27)
大字版
ISBN 978-957-32-8503-8 (平裝)

857.9　　108003434